grafit

Dieses Buch ist ein Roman. Handlungen und Personen sind frei erfunden. Ähnlichkeiten mit lebenden oder toten Personen sind nicht gewollt und rein zufällig.

Bibliografische Information der Deutschen Nationalbibliothek
Die Deutsche Nationalbibliothek verzeichnet diese Publikation in der Deutschen Nationalbibliografie; detaillierte bibliografische Daten sind im Internet über http://dnb.d-nb.de abrufbar.

FSC
www.fsc.org
MIX
Papier aus verantwortungsvollen Quellen
FSC® C083411

Cäcilienstraße 48, D-50667 Köln
Internet: http://www.grafit.de
E-Mail: info@grafit.de

Umschlaggestaltung: Nele Schütz Design unter Verwendung von shutterstock/Diego Schtutman (Plakatwand), Krasoovski Dmitri (Mauer), Ana Babil (Typ), oleschwander (Rose), Sharif Hidayatulloh (Löwenzahn)
Druck und Bindearbeiten: CPI – Clausen & Bosse, Leck
ISBN 978-3-89425-591-6
1. Auflage 2019

Lucie Flebbe

Jenseits von tot

Kriminalroman

grafit

Die Autorin

Lucie Flebbe, geb. 1977 in Hameln, ist Physiotherapeutin und lebt mit Mann und Kindern im Weserbergland. Mit ihrem Krimidebüt ›Der 13. Brief‹ mischte sie 2008 die deutsche Krimiszene auf. Folgerichtig wurde sie mit dem ›Friedrich-Glauser-Preis‹ als beste Newcomerin in der Sparte ›Romandebüt‹ ausgezeichnet. Die Geschichte der Detektivazubine Lila Ziegler lässt sich über acht weitere Romane verfolgen.

›Jenseits von tot‹ ist der dritte Teil einer Trilogie um die Kriminalkommissarin Eddie Beelitz. Band eins heißt ›Jenseits von Wut‹, Band zwei ›Jenseits von schwarz‹.

www.lucieflebbe.de

Zombie

Scheiße, ich war nicht bei der Sache! Für einen Sekundenbruchteil waren meine Gedanken abgedriftet. Zum Gerichtstermin und zu dem Plastikkästchen in meiner Hosentasche.

Jetzt war meine Deckung nicht rechtzeitig oben!

Die Quittung bekam ich sofort, denn mein Gegner hatte trainiert. Das Tempo seiner rechten Geraden hatte sich in den letzten Monaten bemerkenswert verbessert. Der zerschlissene, rote Boxhandschuh schnellte auf meine Schläfe zu.

Dana würde ausrasten, wenn sie wüsste, dass ich in den Ring stieg. Garantiert verstand sie etwas anderes darunter, »das Risiko, einen Schlag gegen den Kopf zu bekommen, so gering wie möglich zu halten«, wie sie es mir dreihundertfünfzigtausend Mal eingeschärft hatte.

Erst recht, weil der Typ, der gerade zum ersten Mal in seinem Leben eine echte Chance hatte, mich auszuknocken, mir mit ein bisschen schlechter Laune die Schuld am Tod seiner kleinen Schwester geben könnte.

Bevor mir sein Schlag wirklich gefährlich wurde, hielt Lars inne. Grinsend ließ er die Fäuste sinken.

»Du vögelst zu viel und trainierst zu wenig, Boss.« Der bullige Kerl wischte sich eine verschwitzte, dunkelrote Haarsträhne aus dem Gesicht.

Da war was dran.

»Ohne unsere wöchentliche Trainingssession würdest du doch heute noch wie Klitschko in Slow Motion zuschlagen«, konterte ich trotzdem gewohnheitsmäßig.

»An deiner Stelle würde ich öfter mal ein paar Trainingseinheiten einschieben. Sonst versohle ich dir nächste Woche deinen untoten Arsch«, witzelte Lars.

Ich schnalzte mit der Zunge. Vielleicht machte ich das wirklich. Einfach so. Zum Spaß.

Seltsamer Gedanke. Ich brauchte den Sandsack seit Monaten nicht mehr, aber in meinem Kopf war der Sport noch immer mit der Wut verknüpft. Das Training war Mittel zum Zweck, um mich abzureagieren, um die Kontrolle zu behalten.

Und jetzt war es ausgerechnet Lars Bleier, der mich darauf hinwies, dass normale Leute tatsächlich zum Spaß trainierten, einfach nur, um sich fit zu halten.

Es war eine abgefahrene Idee gewesen, ausgerechnet ihn zum Geschäftsführer vom *Jenseits* zu machen. Ich hatte die alte Boxbude von meinem Kumpel Freddie geerbt, aber es hatte Monate gedauert, bis ich mich nach seinem Tod getraut hatte, wieder einen Fuß hineinzusetzen. Da war der Laden schon ziemlich abgewrackt gewesen.

Doch inzwischen hatte Lars die Eingangstür repariert, ein paar Sandsäcke ausgetauscht und Matten besorgt, die beim Sprungtraining unebenen Boden simulierten. Im vorderen Bereich hatte er eine komplette Wand verspiegeln lassen.

So viel Eigeninitiative hatte ich ihm gar nicht zugetraut. Ich ließ ihn machen, was er wollte. Und vielleicht musste ich ihm statt eines Gehalts irgendwann eine Beteiligung anbieten.

Eine Horde lärmender Teenager riss mich aus meinen Gedanken. Die Kids warfen ihre Rucksäcke in die Hallenecke vor der neuen Spiegelwand. Lars' jüngere Brüder Silvio und Danielo schmissen die Soundanlage an und dumpfe Bassbeats ließen die Wände vibrieren.

Ich streifte die Handschuhe ab und bückte mich aus dem Ring.

Nach seiner steilen Hartz-IV-Karriere hatte Lars selbst

wohl am wenigsten damit gerechnet, mit über dreißig sein eigenes Ding zu machen, noch dazu in einem Job, auf den er tatsächlich Bock hatte.

Jetzt hatte er sogar seine ebenfalls arbeitsscheuen jüngeren Brüder drangekriegt. Die beiden lockten drei Mal pro Woche Teenies mit Hip-Hop-Kursen in den Laden.

»Was ist jetzt?« Lars lehnte sich über die Seile. »Ich brauche einen Gegner, kein Opfer. Sieh zu, dass du von deiner Schnecke runterkommst und die Hanteln bewegst.«

»Wenn ich hier selbst den Deko-Gorilla machen wollte, bräuchte ich dir nicht so viel Kohle rüberschieben, oder?«, entgegnete ich.

Ich hatte Besseres zu tun. Meine Hand tastete nach dem Plastikkästchen in meiner Hosentasche.

Eddie

Philipp schwieg.

Ich presste die Hände auf die Oberschenkel, damit sie meine Nervosität nicht verrieten.

Mein Noch-Ehemann wirkte wie immer jungenhaft attraktiv in seinem dunklen Anzug, zu dem er ein orangefarbenes T-Shirt trug, das perfekt zu seinen roten Locken passte. Nur die unnatürlich eckige Form seiner blauen Augen verriet seinen noch immer schwelenden Zorn.

Weil Philipp nicht antwortete, sah der Richter irritiert von seinen Unterlagen auf.

Mir brach der Schweiß aus. Wenn Philipp jetzt behauptete, dass er noch eine Chance für unsere Ehe sah, dann würde der nächste Scheidungstermin erst nach zwei weiteren Trennungsjahren angesetzt werden. Bei der Hochzeit erzählt dir niemand, wie schwer es ist, aus einer Ehe wieder herauszukommen.

Philipp hatte es mit der Scheidung nicht eilig gehabt. *Ich* hatte den Anwalt beauftragt, *ich* hatte auf die Klärung der Rente gedrängt.

Philipp hingegen hatte auch ein Jahr nach meinem Auszug nicht verdaut, dass ich nicht auf Knien zu ihm zurückgekrochen war. Mal ganz davon zu schweigen, dass ich inzwischen mit *seiner* Tochter mit einem anderen Mann zusammenlebte. Das war auch der Grund, aus dem ich Zombie gebeten hatte, nicht mitzukommen. Ich wollte Philipps Laune nicht unnötig verschlechtern.

»Glaubst du wirklich, ich lasse dich damit durchkommen?«, hatte Philipp mir noch vor fünf Minuten beim Betreten des Gerichtssaals zugezischt.

»Glaubst du wirklich, ich verzichte weiterhin auf alle Ansprüche, wenn du die Scheidung heute platzen lässt?«, hatte ich eisig entgegnet.

Meine einzige Forderung war gewesen, dass Lotti bei gemeinsamem Sorgerecht bei mir lebte.

Sogar diese Regelung kam Philipp entgegen. Er konnte unsere Tochter jedes zweite Wochenende abholen – von mir aus auch öfter. Weil sein Luxusfitnesscenter aber auch samstags und sonntags geöffnet hatte, reichte Philipp meist der Samstag aus.

»Herr Kramaczik, halten auch Sie Ihre Ehe für gescheitert?«, wiederholte der Richter seine Frage ungeduldig.

Philipp sah aus, als würde er mich gern umbringen.

Genervt betrachtete ich die langstielige Rose. Das ging einfach nicht, so einen Kitsch kaufte Eddie mir nicht ab. Verdammte Scheiße, warum funktionierte sie nicht wie jede andere Tussi? Dann könnte ich einfach die Blumen-und-Klunker-Nummer abziehen und fertig. Aber Eddie würde mir vermutlich unterstellen, dass ich sie bestechen wollte.

Was durchaus korrekt war. Wütend wandte ich mich ab und trat ans Fenster.

Unten ließ Steffi ihren mickrigen Köter in die Rabatten kacken. Steffi hatte abgenommen. Sichtbar. Das lag an dem inkontinenten Kläffer, den Eddie ihr aufs Auge gedrückt hatte. Nun musste Steffi im Stundentakt die Treppen der vier Stockwerke rauf- und runterrennen, um das Vieh auf den Rasen neben dem Kinderklettergerüst pissen zu lassen.

Vorher war Steffi nicht mal mehr Einkaufen gegangen, weil sie sich geschämt hatte, dass sie in keine Hose passte. Mütze hatte mich einmal sogar schon das Schloss ihrer Wohnungstür knacken lassen, weil sie Angst gehabt hatte, Steffi könnte mit einem Herzinfarkt im Flur liegen. Dabei war die erst fünfundzwanzig oder so.

Eddie und der Köter hatten ein kleines Wunder vollbracht.

Zufällig, könnte man denken. Allerdings häuften sich die Wunder um Eddie herum wie Ufolandungen in der Area 51.

Meiner Tochter hatte sie eine Karriere als Pornodarstellerin ausgeredet und mir selbst hatte sie mein grandios verpfuschtes Leben nicht nur wortwörtlich gerettet, sondern es geschafft, dass meine Zukunft nicht mehr wie ein jede Materie ansaugendes und vernichtendes schwarzes Loch aussah.

Ich drehte die viereckige Plastikschachtel in meiner Hosentasche zwischen den Fingern. Nach acht Monaten

Beziehung wunderte ich mich immer noch darüber, dass wir miteinander schliefen. Unglaublich, dass das passiert war, obwohl Eddie den krankhaft aggressiven, abgefuckten, sexistischen Wichser, der ich neulich noch gewesen war, zuerst kennengelernt hatte.

Jetzt war mein Bedürfnis, wahllos Leute zusammenzuschlagen, weg. Ich konnte mich nicht einmal erinnern, wann ich das letzte Mal bis zum Zusammenbruch auf einen Sandsack eingeprügelt hatte.

Ich musste es durchziehen. Heute.

Ruckartig drehte ich mich um, zog die Schachtel aus der Hosentasche und schnippte sie neben die bescheuerte Rose auf den Tisch.

EDDIE

»Boah! Ich hab echt keinen Bock, jedes Mal für dich die Putze zu spielen, bevor die Tussi vom Amt um die Ecke kommt!«

Ich blieb in der Tür des einzigen Zimmers der winzigen Wohnung stehen. Es roch muffig. Nach nasser Wäsche. Und dem schimmelnden Cornflakes-Matsch in der auf dem wackligen Couchtisch festgegammelten Schüssel. Und – ich seufzte – nach Zigaretten. Immer noch.

Weil das Jugendamt seinen Besuch bei unserer zwanzigjährigen Nachbarin Flo angekündigt hatte, hatten meine Freundinnen Dana, Mütze und Steffi die Putzkolonne gespielt, während ich zu meinem Scheidungstermin gefahren war.

Mütze zerrte genervt schmutzige Wäsche unter dem Bett hervor. Sie trug eine pinkfarbene Hose im Tarnfleckmuster zu einem schlabberigen Achselshirt, unter dem ihr BH zu sehen war. Aus ihrer strubbeligen, grau-blonden Kurzhaarfrisur baumelte ein langer, dünner, pinkfarbener Zopf.

»Und schmeiß deinen Müll nicht in das Kinderbett«, ergänzte Steffi, während sie leere Kekspackungen aus dem Gitterbettchen am Fenster sammelte. Ihr kleinwüchsiger Pudelmischling Fussel schnüffelte skeptisch an einem auf dem Boden stehenden Plastikbecher mit Instantnudeln, traute sich aber nicht, den Inhalt zu fressen.

Dana hob den Becher auf und warf einen Blick hinein. Zombies Schwester war ein ganzes Stück größer als ich, schlank und dunkelhäutig. Die schwarzen Afrolocken trug sie raspelkurz. Wäre die ganze Situation nicht zum Heulen gewesen, wäre es beinahe lustig, dass eine promovierte Neurologin bei Hartz-IV-Empfängerin Flo putzte.

»Mann, Flo«, meckerte Dana gereizt. »Das Jugendamt nimmt dir das Kind weg, wenn hier alles schimmelt. Wann schnallst du das endlich?«

»Geht mir doch nicht auf den Sack!« Die hochschwangere Bewohnerin der Müllkippe legte ihre nackten Füße neben die Schimmelschüssel auf den Couchtisch. »Ich kann im Moment ja wohl kaum die Wäsche machen.«

»Nee, alle Schwangeren sitzen neun Monate lang auf dem Sofa und lassen sich bedienen – vorausgesetzt, sie sind englische Prinzessinnen und haben ein paar Butler.« Mütze stapfte mit dem vollen Korb an mir vorbei.

Wie immer in Flos Wohnung beschlich mich ein mulmiges Gefühl. Fühlte sich an, als würde die Katastrophe, die auf uns zurollte, den Boden unter meinen Füßen zittern lassen. Die Geburt von Flos Kind stand unmittelbar bevor, übermorgen war der errechnete Termin.

Floriane Neri war zwanzig Jahre alt, kleiner als ich und trotz ihres Drei-Tage-vor-der-Geburt-Schwangerschaftsbauches sehr zierlich, mit kinnlangen, braunen Haaren und Rehaugen.

Als ehemaliges Straßenkind fiel es ihr schwer, ein halbwegs geregeltes Leben zu führen. Eine Betreuerin kam einmal in der Woche vorbei und Mütze, Dana, Steffi und ich halfen, wo wir konnten.

Als Flo versehentlich eine Lehrstelle gefunden hatte und auf eigenen Füßen zu stehen drohte, hatte sie sich schwängern lassen – von einem siebzehnjährigen Alkoholiker, der auf den vielsagenden Namen ›Rüde‹ hörte.

Seitdem war Flo der Ansicht, dass sich irgendwer um sie kümmern müsste und das Amt sie ja wohl kaum mit ihrem Kind auf die Straße setzen konnte.

Ihre Betreuerin hatte das Jugendamt über die anstehende Geburt informiert, doch was das bedeutete, schien Flo einfach nicht zu begreifen.

Zombie

Ich starrte die Scheißrose an. Das Grünzeug ging gar nicht.

Gereizt trommelte ich mit den Fingern auf die Tischplatte, die aus einer Scheibe vom Stamm eines gigantischen Baumes gefertigt war.

Mein Leben lang hatte ich nicht geschnallt, warum immer alle von einer ›Partnerschaft‹ quatschen, wenn sie ficken meinten. Bevor ich Eddie kennengelernt hatte, war eine Tussi für mich bloß eine Person gewesen, der ich als Gegenleistung fürs Vögeln den Friseur finanzieren musste. Es war immer klar gewesen, dass die Weiber mit mir zusammen waren, weil ich der supercoole Boss einer supercoolen Securityfirma war, ein iPhone in der Hand und einen fetten

Hummer H2 unterm Arsch hatte und Haarverlängerungen für fünfhundert Euro bezahlen konnte.

Irgendwie hatte ich es fertiggekriegt, immer die Schicksen aufzureißen, die genau so tickten. Vielleicht lag das tatsächlich ein bisschen an meiner verrückten Mutter. Die versuchte ja heute noch, in ihrer Leo-Leggings den Supermacker aufzureißen, von dem sie sich wie der letzte Dreck behandeln lassen konnte als Gegenleistung dafür, dass er sie finanzierte.

Wahnsinn, dass ich ihr gestörtes Beziehungsmuster tatsächlich übernommen hatte.

Die Trennung von meiner letzten Kurzzeitbeziehung Michelle tauchte aus einer besonders düsteren Ecke meines Gedächtnisses auf. Ich schaffte es nicht, sie in die Dunkelheit zurückzudrängen.

Das war an dem Tag gewesen, als ich zum ersten Mal die Kondome in Jaz' Schulranzen entdeckt hatte. Ich war ausgerastet.

»Du bist zehn Jahre alt!«, hatte ich meine Tochter angebrüllt.

»Meine Mutter verdient mit Werbung für Dildos ihr Geld und mein Alter vögelt eine Tussi, der man auf YouTube zusehen kann, wie sie nackt kocht. Glaubst du wirklich, ich weiß nicht, wozu die Dinger da sind?«, hatte Jaz prompt gekontert.

Ich hätte ihr am liebsten eine gescheuert.

Weil das nicht ging, war ich zu Michelle gefahren, in die Küche marschiert und hatte sie auf dem Tisch zwischen frisch geschnittenen Paprika und Zwiebeln gefickt. Auf die harte Tour. Das hatte mit Sex nichts zu tun gehabt. Ich war aggro gewesen und hatte jemandem wehtun wollen. Hatte geklappt. Als ich hinterher Michelles blauen Flecken gesehen hatte, war mir schlagartig wieder bewusst gewesen, dass ich meine Wut mithilfe von Sex abreagierte, seit ich mit Anfang zwanzig aufgehört hatte, Leute zusammenzuschlagen.

Ich hatte mich beschissen gefühlt und mich entschuldigt. Doch Michelle hatte bloß blöde geglotzt und gemeint, ich sollte nicht rumheulen. Wir hätten doch besprochen, dass sie auf Vergewaltigungsfantasien stand. Noch geiler wäre es aber, wenn ich sie beim nächsten Mal auch noch würgen würde.

Das war der Moment gewesen, in dem ich endlich kapiert hatte, dass ich beim Sex genauso kurz davor war, jemanden umzubringen wie im Ring. Ich war gegangen und hatte danach die Finger von den Weibern gelassen.

Bis Eddie aufgetaucht war …

Bei dem Gedanken sträubten sich mir reflexartig die Nackenhaare.

Nee, mit Eddie war alles anders! Es war unvorstellbar, dass ich Eddie jemals wehtun könnte. Mit ihr fühlte ich mich plötzlich wieder wie der zu groß geratene, schüchterne Junge, der es in der dritten Klasse nicht gebacken bekam, Ashley Brinkmann unters T-Shirt zu fassen.

Andererseits war der Sex mein Leben lang genauso mit der Wut verknüpft gewesen wie der Sport …

Ruckartig bewegte ich die Schultern, um das Frösteln abzuschütteln.

Mein Blick wanderte zurück zu der Scheißrose neben der kleinen Plastikschachtel auf Eddies Teller.

Das war ein todsicheres Zeichen, dass ich den Verstand verloren hatte. Ich hatte bereits eine Ex-Frau, für die ich noch ein paar Jahre lang blechen musste, bis ich ihr endlich ihren Zugewinnanteil an meiner Firma ausgezahlt hatte.

Und ich wusste besser als jeder andere, dass ich nichts festhalten konnte. Alles konnte im nächsten Moment einfach zu Ende sein. Deshalb hatte sich meine Zukunftsplanung seit Jahren darauf beschränkt, die Dienstpläne für den nächsten Monat zu erstellen. Aber jetzt *wollte* ich sie, die blödsinnige kleine Chance, dass doch noch alles gut werden könnte. Ich musste es hinkriegen, für die Kids.

Dass das nicht einfach werden würde, war klar. Eddie würde mich liebenswürdig abblitzen lassen.

Und deshalb konnte ich ihr auf keinen Fall mit Blumen kommen! Ich musste mir was Besseres, was Besonderes, was Großartiges einfallen lassen.

Genervt ließ ich die Schachtel wieder in meiner Hosentasche verschwinden. Dann öffnete ich das Fenster und schnippte die Rose hinaus.

EDDIE

»Und? Können wir anstoßen oder muss ich deinen Ex besuchen und ihm ein paar Finger brechen?«

Zombie stand in Jogginghose und einem Achselshirt in der Küchentür und hielt mir ein Sektglas hin. Es roch nach Pizza.

Ich biss mir auf die Zunge, um nicht zu grinsen. Mein Freund war zwei Meter groß, dunkelhäutig, seine langen, schwarzen Locken hatte er zum Knoten zusammengebunden und sein muskelbepackter, rechter Arm war bis in die Ellenbeuge extrem scheußlich tätowiert.

Er ließ den Gangster raushängen. Klappte nicht. Es war nicht zu übersehen, dass der Verlauf meines Scheidungstermins ihn mehr interessierte, als er zugeben wollte. Seine dunklen Augen hingen an meinem Gesicht, er wippte auf die Zehenspitzen, während er auf meine Antwort lauerte. Es wunderte mich, dass seine Anspannung nicht als elektrisches Knistern in der Luft zu hören war.

Ich nahm ihm das Sektglas aus der Hand. Unsere Finger berührten sich und mir wurde warm.

Zombies Schultern entspannten sich prompt, seine Augen leuchteten auf und er fuhr sich mit der Zunge über die anscheinend trocken gewordenen Lippen.

Jetzt musste ich doch grinsen.

Zombie besaß die emotionale Steuerungsfähigkeit eines pubertierenden Teenagers. Und seit er das nicht mehr hinter unkontrollierten Aggressionen versteckte, war sogar meine sechsjährige Tochter besser in der Lage zu vertuschen, wie sie sich fühlte.

Unsere Blicke sogen sich aneinander fest.

»Es ist echt einfacher, Läuse wieder loszuwerden als einen Ehemann«, erklärte ich.

»Dann sollte ich dich heute lieber nicht fragen, ob du jetzt *mich* heiraten willst?«, konterte Zombie belustigt.

»Wenn ich schon eine Ex-Frau am Hintern kleben hätte, die mich die Kinder großziehen lässt und mir trotzdem noch auf der Tasche liegt, wäre ich mit den Witzen, die ich reiße, vorsichtiger«, warnte ich ihn ironisch.

»Du dürftest mich bis auf die Unterhose ausziehen«, entgegnete Zombie achselzuckend.

Die Anspannung nach dem Scheidungstermin fiel von mir ab und ich spürte plötzlich mein Herzklopfen. Ich schob das Sektglas zu den Schuhen in das Regal im Flur und trat dicht vor meinen Freund.

»Wie? Nur bis auf die Unterhose?«, erkundigte ich mich.

Zombie ließ mich nicht aus den Augen, er blieb an den Türrahmen gelehnt stehen. Er wartete darauf, dass ich den ersten Schritt machte, er ließ mich immer den ersten Schritt machen. Möglicherweise, weil er bei unserem ersten Zusammentreffen das Horrorfilmmonster hatte raushängen lassen und immer noch befürchtete, ich könnte wieder Angst vor ihm bekommen. Dabei hatte ich schon lange keine Angst mehr.

Ich schob meine Hände unter sein Achselshirt. Die Berührung seiner warmen Haut kribbelte in meinen Fingerspitzen. Ich konnte sehen, wie seine Atmung beschleunigte, als ich meine Finger über seine harten Bauchmuskeln wandern ließ.

»Hast du die Kinder geknebelt oder wieso sind sie so still?«, erkundigte ich mich.

»So ähnlich«, grinste er. »Sie gucken *Ice Age 4*.«

Sanft umgriff er mit beiden Händen meinen Nacken und zog mich an sich. Zombie küsste mich so behutsam, als wäre ich sehr leicht zerbrechlich.

Prompt wurde mir schwindelig, meine Knie gaben nach. Ich war hoffnungslos verknallt in das Möchtegernungeheuer.

Nachdem wir mit den Kindern zusammen die Pizza aufgegessen hatten, startete Zombie *Ice Age 5*.

Gleich darauf zerrte ich ihm sein Achselshirt über den Kopf, noch während ich rückwärts aufs Bett fiel. Der Knoten, zu dem er seine langen, dunklen Locken zusammengebunden hatte, löste sich und seine Haare fielen ihm ins Gesicht, als er sich über mich beugte.

Das hätte gruselig wirken können, denn ein vermutlich geistesgestörter Tattookünstler hatte Zombies dunkle Haut auf der gesamten rechten Seite seines Körpers zerfetzt. Blanke Knochen blitzten unter zerrissenem Muskelfleisch auf, zwischen den freigelegten Rippen seines Brustkorbes geiferte eine tollwütige Ratte mit blutverschmiertem Maul hervor. Das Vieh sah aus, als hätte es sich gerade durch seine Eingeweide gefressen. Aber mir kamen Zombies Horrortattoos mittlerweile so normal vor wie seine rechte Hand.

Zombie küsste sich meinen Bauch hinunter und noch weiter, nachdem er den Reißverschluss meiner Jeans geöffnet hatte.

Dann klingelte mein Handy.

Nee!

Verdammt. Die Kinder waren satt und beschäftigt, es bestand zumindest eine Chance, dass sie während der nächsten halben Stunde nicht zankten.

Ich ignorierte das Klingeln – bis ich bemerkte, dass mein Freund das Gerät mit dem geschickten Griff eines Profidiebes aus meiner Hose geangelt hatte und einen Blick auf das Display warf.

»Adamkowitsch. Der geht mir auch auf den Sack, wenn er mich nicht einbuchten will«, murrte er.

Adrian Adamkowitsch leitete das Ermittlungsteam, dem ich im Kriminalkommissariat 11 zugeteilt war, und war somit mein direkter Vorgesetzter. Allerdings herrschte zwischen uns seit einem unbedachten One-Night-Stand kurz nach dem Aus meiner Ehe tiefste Eiszeit.

Auch aus Zombie und Adrian würden wohl keine Kumpel mehr werden. Zombie nahm es meinem Kollegen übel, dass er bei jeder sich bietenden Gelegenheit versuchte, ihn zu verhaften. Und Adrian konnte nicht vertragen, dass Zombie das Alphamännchen überzeugender spielte als er.

Dabei hatte Adrian noch nicht mal mitbekommen, dass wir miteinander schliefen.

»Hörst du dir an, was er will, oder soll ich ›Hallo‹ sagen?«, erpresste mich Zombie, das Gespräch anzunehmen. Dass Adrian mich aus der ›richtigen‹ Ermittlungsarbeit konsequent ausklammerte, ging Zombie noch mehr auf die Nerven als mir selbst.

Diese Woche schob Zombie Nachtschichten, weil einer seiner Mitarbeiter krank war. Ansonsten lief seine Securityfirma scheinbar von selbst, vormittags zog er neue Aufträge an Land und wenn ich nach Hause kam, hatte er meistens schon gekocht.

Nachmittags bespaßten wir dann gemeinsam unsere drei Kids. Weil Kinderbetreuung mit Zombie Kletterhallenbesuche, Indoor-Skydiving oder knallhartes Bootcamp-Training für den Ninja-Warrior-Parcours bedeutete, waren nicht nur meine sechsjährige Tochter Lotti und Zombies gleichaltrige Tochter Jo Feuer und Flamme, auch Jos zwölfjährige Schwester Jaz war erstaunlich häufig dabei. Der Untote war ein Superpapa.

Allerdings besaß er trotz seiner momentanen Arbeitszeitreduzierung in beruflichen Angelegenheiten weiterhin einen instinktiven Ehrgeiz. Ums Geld ging es ihm dabei nicht, er wollte schlicht das Sagen haben. Er sorgte konsequent dafür, dass alles lief. Nicht nur in seiner Securityfirma mit über vierzig Mitarbeitern, neuerdings schrieb sogar seine Boxhalle schwarze Zahlen.

Dass ich mit meiner Teilzeitstelle als Kriminalkommissarin die überbezahlte Sekretärin für meine Teamkollegen spielen musste, war für ihn schwerer verständlich als die chinesische Bedienungsanleitung vom Fernseher.

Ich bemühte mich, meine festgefahrene Arbeitssituation pragmatisch zu sehen: Zumindest hatte ich einen familienfreundlichen Job, der zuverlässig den Kühlschrank füllte. Überstunden und Bereitschaftsdienst waren nur selten nötig. Ich konnte vormittags ein paar Berichte abtippen und einfache, telefonische Recherchen erledigen, um dann pünktlich Feierabend zu machen und zum Mittagessen zu Hause zu sein.

Obwohl Lotti und ich seit acht Monaten bei Zombie und seinen beiden Töchtern lebten, hatte ich meine eigene kleine Wohnung im Haus gegenüber nicht aufgegeben. Zu hart hatte ich mir das eigene Dach über dem Kopf erkämpft, nachdem Philipp mich mitten in der Nacht ohne einen Cent in der Tasche vor die Tür gesetzt hatte.

Zombie hielt mir immer noch das hartnäckig klingelnde Handy hin.

Seufzend nahm ich das Gespräch an.

»Mein Dienst beginnt morgen früh um acht, Adrian«, meldete ich mich. Zombie beobachtete mich. Sein Zeigefinger, mit dem er kitzelnd die Konturen meines Schlüsselbeins nachzeichnete, lenkte mich ab.

»Es gibt eine Leiche«, kam Adrian sofort zur Sache.

Das war keine Überraschung, schließlich waren wir im Kriminalkommissariat 11 für Todesermittlungen, Waffen und Brandsachen zuständig. Aber ein Grund, mich anzurufen, war es für Adrian normalerweise auch nicht. Die Berichte konnte ich auch morgen abtippen.

Ich wartete darauf, dass mein Teamleiter auf den Punkt kam.

»Der Fundort ist gleich bei dir um die Ecke. Wir gehen von Tod durch Fremdeinwirkung aus.«

»Und?«

Ich konnte das Knirschen seiner Zähne durchs Telefon hören.

»Und Frau Dr. Röhmer würde sich freuen, wenn du herkommen und dir das ansehen könntest.«

Ach so.

Staatsanwältin Röhmer hatte schon mehrmals durchblicken lassen, wie wenig Verständnis sie dafür hatte, dass Adrian mich wegen meiner reduzierten Arbeitszeit die Tippse spielen ließ. Gelegentlich versuchte sie, mich stärker in die Ermittlungen einzubinden.

Ich ballte die Fäuste. Natürlich hatte ich die Polizeihochschule nicht besucht, um für meine Kollegen den Kaffee zu kochen. Zwei Mal hatte ich bisher als vollwertiges Teammitglied in einer Mordkommission mitgearbeitet und jedes Mal hatte ich zur Aufklärung der Tatumstände beigetragen.

Dass ich Röhmers Einladung in die Mordkommission ablehnen musste, weil Adrian mir mein Arbeitsleben so unangenehm wie möglich machen würde, wenn ich mich in seine Ermittlungen einmischte, nervte mich.

Zombie versuchte, meine Gedanken an meinem Gesicht abzulesen. Er zog die richtigen Schlüsse und deutete fragend mit einem Finger einen Schnitt quer über seine Kehle an.

Ich nickte.

»Wir sind in Gerthe«, informierte mich Adrian, wahrscheinlich, weil Dr. Röhmer ihn hören konnte.

Mein Blick wanderte zum Fenster.

»Ostwaldstraße, Ecke Fischerstraße. Das ist wohl ehemaliges Zechengelände«, fuhr Adrian fort. »Wir sind in einer alten Maschinenhalle, die vor einiger Zeit halb abgebrannt ist.«

Ich wusste, welche Halle er meinte. Das Gelände lag tatsächlich nur ein paar Minuten entfernt.

»Ein Wohnungsloser, der die Ruine als Unterschlupf nutzt, hat die tote Frau gefunden.«

Zombie machte eine Handbewegung, die »Worauf wartest du?« bedeutete. Er war der simplen und überhaupt nicht hilfreichen Meinung, dass mein Teamchef mal eine in die Fresse brauchte, um wieder auf den Boden zu kommen.

Deshalb ließ er mein Kopfschütteln nicht gelten.

»Na los, geh hin und ärgere ihn ein bisschen. Der Wichser fragt doch sowieso nur, weil er weiß, dass du kneifst«, bemerkte Zombie laut genug, um auch durchs Telefon verstanden zu werden.

»Wie bitte?«, schnappte Adrian.

Ich hielt hastig das Mikro zu.

Zombie grinste.

Ich verdrehte die Augen.

»Ich komme«, antwortete ich Adrian. »Aber um zehn muss ich wieder zu Hause sein, mein Freund hat Nachtschicht.«

Damit Zombie keine Gelegenheit mehr bekam, sich mit Adrian anzulegen, beendete ich schnell das Gespräch.

»Dein Freund ist zufällig sein eigener Boss und kann seine Schicht auch nachts um drei beginnen«, erklärte mir Zombie sofort. »Wie kommt der Lackaffe plötzlich auf die Idee, die Lorbeeren mit dir zu teilen?«

Ich setzte mich auf und zog mein Shirt herunter.

»Ist nicht seine Idee«, winkte ich ab. »Die Staatsanwältin will mich dabeihaben.«

»Die kleine Dicke?« Zombie neigte nachdenklich den Kopf. »Warum?«

Ich seufzte. »Sie glaubt, ich hätte eine gute Intuition.«

Zombie stützte sich interessiert auf die Unterarme. »Ist etwa doch jemandem aufgefallen, dass ich hinter Gittern sitzen würde, wenn es nach Adamkowitsch gegangen wäre?«

»Du hattest mehr Glück als Verstand.«

»Ich hatte einen Schutzengel«, korrigierte er belustigt.

Als wir uns das erste Mal während einer Mordermittlung begegnet waren, hatte Zombie die Idealbesetzung eines pathologisch aggressiven Irren abgegeben. Auch mir selbst war erst in letzter Sekunde klar geworden, dass er lediglich den Verdacht von seiner jüngsten Schwester abgelenkt hatte. Dass ich Adrian irgendwie davon hatte abhalten können, Zombie zu erschießen, als er nach dem Tod seiner Schwester Amok lief, hatte die Staatsanwältin mal als ›souveränes Deeskalieren einer Gefahrenlage‹ bezeichnet. In Wirklichkeit war ich natürlich alles andere als souverän gewesen.

Wiederbegegnet waren wir uns durch eine weitere Todesfallermittlung, bei der Adrian Zombie gern zum Hauptverdächtigen gemacht hätte.

»Deine Oma glaubt auch, du kannst hellsehen«, versuchte Zombie, seine Schutzengeltheorie zu untermauern.

»Meine Oma würde dir auch einen Kiesel als Heilstein verkaufen, bloß, weil sie dreimal draufgespuckt hat.«

»Mann, Eddie!«, wurde Zombie ärgerlich. »Willst du echt die nächsten zehn Jahre die Tippse für Adamkowitsch spielen?«

»Natürlich nicht!«, fauchte ich.

Zombie hatte gut reden. Er war schon mit Anfang zwanzig sein eigener Boss gewesen und kommandierte seine Wachleute so selbstverständlich herum, wie er Zähne putzte. Nicht mal der Härteste seiner Türsteher käme auf die Idee, sich mit ihm anzulegen.

Während meine Teamkollegen die Anwesenheit der Kaffeemaschine bei den Ermittlungen für wichtiger hielten als meine.

»Wenn du an dem Fall mitarbeiten kannst, dann los«, schärfte mir Zombie ein. »Ich halte dir den Rücken schon frei.«

Zombie

So eine verfickte Scheiße! Ich hatte gekniffen! Das gab es doch gar nicht! Seit wann war ich so eine feige Ratte?

Hatte ich Schiss vor dem Korb, den ich kriegen würde?

Ja, verdammt!

Definitiv.

Eddie würde sich eingeengt fühlen. Sie würde glauben, ich wollte irgendwelche kranken Besitzansprüche anmelden wie ihr Ex. Sie war so abartig eigenständig, sie musste nur ihre Tochter und ihre Zahnbürste einpacken und in ihre eigene Wohnung hinübergehen und schon wäre sie aus meinem Leben verschwunden.

Das konnte ich nicht riskieren.

Lottis Alter, der verdammte Sack, hatte es verbockt! Dem Wichser würde ich die Fresse polieren, sobald sich die Gelegenheit ergab. Der hatte dafür gesorgt, dass Eddie trotz ihres Einser-Abschlusses der Polizeischule für Adamkowitsch Kaffee kochte, statt selbst zu ermitteln. Und dass sie eine vollkommen nutzlose Wohnung bezahlte für den Fall, dass sie und ihr Kind mal wieder überraschend von einem Typ rausgeschmissen wurden. Und dass sie in einem lebensgefährlichen Schrotthaufen durch die Gegend schüsselte, obwohl auf dem Parkplatz meiner Firma zwei Firmenwagen herumstanden. Sogar, wenn wir Pizza bestellten, zahlte sie selbst.

Ich hatte endlich mal wieder Lust auszurasten! Dem Arschloch von Ex-Mann würde ich den Hals umdrehen, wenn er je so dämlich war, mir über den Weg zu laufen.

Hm. Fast war es beruhigend, dass ich doch noch zu ein paar harmlosen Tötungsfantasien in der Lage war.

Vielleicht schaffte ich es mit der Hilfe von Eddies Ex ja mal wieder zu ein paar Trainingseinheiten am Sandsack.

Meine Erektion machte sich bemerkbar.

Da Eddie hoffentlich eine Weile unterwegs sein würde, brauchte ich eine kalte Dusche.

EDDIE

Ich parkte meinen siebzehn Jahre alten Ford Fiesta am Straßenrand der Sackgasse.

Der Regen prasselte auf die Frontscheibe, der Scheibenwischer quietschte, neben mir tropfte es auf den Beifahrersitz. Im Licht der Scheinwerfer erkannte ich den dunkelblauen

Bulli des Erkennungsdienstes. Er parkte direkt vor dem verrosteten Maschendrahttor, dessen rechter Flügel offen stand. Zwei Uniformierte hantierten im strömenden Regen mit rot-weißem Flatterband, um das gesamte Gelände abzusperren.

Eine Beamtin stand unter dem Regenschirm einer jungen Frau im Gruftilook vor dem letzten Wohnhaus in der Straße, die an dem heruntergekommenen Firmengelände endete.

Neben dem Bulli der Spurensicherer erkannte ich Adrians nachtschwarzen, blank polierten Alfa Romeo Giulietta. Auf dem Armaturenbrett des Wagens meines Teamchefs blinkte das portable Blaulicht. Dahinter stand der rote Golf, mit dem mein Lieblingsrechtsmediziner Marvin unterwegs war. Und auch der Audi der Staatsanwältin parkte am Straßenrand. Die Tatortgruppe schien bereits vollständig versammelt.

Mein Mut verließ mich. Es war idiotisch gewesen, hierherzufahren. Selbst wenn ich wirklich etwas zu den Ermittlungen beitragen könnte, würde es Adrian nur ärgern. Und versagte ich, lieferte ich ihm die nächste Gelegenheit, mich aus dem Kriminaldienst zu mobben.

Einen Moment lang blieb ich hinter den hin- und herschrabbelnden Scheibenwischern sitzen. Ich hatte das Gefühl, dringend aufs Klo zu müssen. Eine lange antrainierte Strategie meines Körpers, einer unangenehmen Situation zu entkommen.

Aber jetzt konnte ich nicht mehr kneifen. Ich zog mir die Kapuze meines Winterparkas über den Kopf und stieg aus dem Wagen.

Es war halb neun und bereits stockdunkel.

Die außen am Spurensicherungsbulli angebrachte Lampe erhellte gerade noch den Durchgang des alten Zauns. Neben dem Tor stand ein verfallenes Häuschen, das aussah, als hätte irgendwann mal ein Pförtner darin gesessen.

Ich trat neben die Kollegin, die unter dem Regenschirm der jungen Anwohnerin stand und eifrig notierte.

»Da rechts, das war die Schachteinfahrt, sagt Omma. Und das große Haus war eine alte Maschinenhalle. Sollte eigentlich denkmalgeschützt sein, aber nachdem die abgefackelt ist, kommt sie jetzt wohl doch weg.«

Ich sah in die Richtung, in die die Frau über den Zaun deutete.

Ich war ganz in der Nähe aufgewachsen, in dem Reihenhäuschen der alten Zechensiedlung, in dem meine Eltern heute noch wohnten. Der Schrebergarten meiner Oma war nur ein paar Schritte entfernt. Ich wusste, dass die Stollen der Zeche Lothringen den Boden unter uns durchlöcherten wie einen Schweizer Käse. Als Jugendliche war ich mit meiner Freundin Anne in den stillgelegten Anlagen herumgestreift.

»Entschuldigung«, unterbrach ich das Gespräch der jungen Kollegin mit dem blonden Zopf. »Beelitz, KK 11.«

Sie nickte und huschte unter dem Regenschirm hervor, zum Bulli hinüber. Aus einer der ausziehbaren Schubladen hinter der Schiebetür kramte sie einen weißen Plastikoverall, Einmalhandschuhe und Überzieher für die Schuhe. Und eine große Taschenlampe.

Während ich den Schutzanzug über meine dicke Winterkleidung zog, betrachtete ich das zerfetzte Transparent am Zaun, auf dem das orangefarbene Logo einer Abrissfirma abgebildet war.

Hinter dem Durchgang begann ein schmaler Trampelpfad, der zwischen den vertrockneten, hochgewucherten Unkrautresten platt getreten und mit den winzigen, gelben Plastikpyramiden der Kriminaltechniker kenntlich gemacht worden war.

Der Boden war uneben, von schweren Fahrzeugen zerfahren und glitschig. Heute hatte es beinahe ununterbrochen geregnet, was die Spurensicherung im Außenbereich erschwerte.

Außerdem war der ›Außenbereich‹, soweit ich mich an die örtlichen Gegebenheiten erinnerte, riesig. Der Lichtschein meiner Lampe reichte jedenfalls nicht aus, um das Ausmaß des Areals zu überblicken. Über mir hörte ich die Regentropfen in die letzten Blätter der hohen Bäume rauschen.

Der Trampelpfad wies mir den Weg über das verwilderte Gelände. Ich näherte mich dem Gebäude und ließ den Lichtkegel meiner Lampe an der Fassade hinaufflitzen. Eine gewaltige Ruine aus braunem Ziegel.

Selbst in der Dunkelheit wirkte die Halle einsturzgefährdet. Ich hörte Stimmen. Vorsichtig stieg ich die ausgetretenen Steinstufen zur Eingangstür hinauf, darauf bedacht, auf dem von den Kriminaltechnikern kenntlich gemachten Pfad zu bleiben. Die ursprünglich mit Brettern verbarrikadierte und von Brennnesseln und Efeu zugewucherte Tür war geöffnet worden. Den Innenraum der Halle erleuchteten die akkubetriebenen Hochleistungsstrahler der Kriminaltechnik.

Ich widerstand dem Impuls, mir die Kapuze vom Kopf zu streifen und den Regen abzuschütteln, als ich eintrat.

Wow! Ich ließ das Licht meiner Lampe zur hohen Decke hinaufflitzen. Sie hatte ein riesiges Loch. Die Balken waren verkohlt, Dachziegel waren im hinteren Bereich der Halle zu Boden geprasselt, die Tonscherben in alle Richtungen auseinandergespritzt. Es roch nach verbranntem Holz und Feuchtigkeit. Das Feuer hatte die Wände schwarz gefärbt, der Hallenboden war von Schutt übersäht. Grelles Kunstlicht leuchtete einen orangefarbenen Bagger an, der neben einem Kipplader parkte. Vorn rechts, in einer trockenen Ecke, fotografierte eine Kriminaltechnikerin.

Mein Kollege Gregor stand mit einem jungen Mann in einem schmutzigen Parka im Eingangsbereich. Der Fremde war mager, die Augen glasig, die Wirbelsäule im oberen Bereich gebeugt wie bei einem alten Mann. Sein ungepflegtes, blondes Haar hatte er fettig hinter die Ohren zurückgestrichen, in seinen Ohrläppchen steckten jede Menge Ringe und Tunnel und aus seiner Jackentasche ragte der Hals einer Flasche.

Der Wohnungslose, der die Tote gefunden hatte, schlussfolgerte ich.

Gregor entdeckte mich. Mein Kollege war zwei Jahre jünger als ich. Sportlich, attraktiv, ehrgeizig. Seine Haare hatte er millimeterkurz rasiert. Statt der Kapuze seines Schutzanzuges hatte er eine Strickmütze über die Glatze gezogen. Gregor verhielt sich mir gegenüber nicht unbedingt feindselig wie Adrian, ein Kämpfer für die Gleichberechtigung war er allerdings auch nicht. Die Aufgabenverteilung in unserem Team hatte er nicht hinterfragt, als er dazugestoßen war.

Dass Adrian mich zur Sekretärin degradiert hatte, weil ich im Zustand geistiger Umnachtung mit ihm im Bett gelandet war, nur um festzustellen, dass ich den Sex mit ihm nicht wiederholen wollte, wusste Gregor vermutlich bis heute nicht.

»Haben Sie hier drin übernachtet?«, erkundigte ich mich direkt bei dem Fremden. »Das Gebäude sieht aus, als könnte es jeden Moment zusammenbrechen.«

Der Wohnungslose winkte ab. »Ich penn hier seit Jahren.«

Gregor deutete mit dem Kopf auf den Bagger. »Hätte Herr Zimmermann die Tote nicht entdeckt, wäre sie wohl erst gefunden worden, wenn die Abrissfirma mit der Arbeit begonnen hätte.«

»Ich bin schon seit einer Woche hier«, fiel ihm der junge Mann ins Wort. Seine Hand tastete nach dem Hals der Flasche und umklammerte ihn, als müsste er sich daran festhalten. Das Weiß seiner Augen schimmerte gelblich. Konnte aber auch am Baustrahlerlicht liegen.

»Ich schwör, heute Morgen lag die da noch nicht.«

Er deutete mit der Flasche unbestimmt auf die Baumaschinen. Bier spritzte durch den Raum und Gregor nahm vorsichtshalber Abstand.

»Wann haben Sie das Gelände denn heute Morgen verlassen?«, erkundigte ich mich, obwohl Gregor diese Frage garantiert schon gestellt hatte. Ich wollte aber nicht auf die Antwort warten, bis ich die Berichte meiner Kollegen abtippen durfte.

»So gegen neun, schätze ich«, murmelte der Mann. »Eher später. War jedenfalls schon hell.«

Die Sonne ging im Augenblick gegen sieben auf.

Das alte Zechengelände lag am Ende einer Sackgasse. Die Straße benutzten nur die Anlieger, aber direkt am Gelände führte ein Fußweg vorbei. War hier am helllichten Tag ein Mord geschehen?

Mein Blick wanderte von dem Mann, der offensichtlich betrunken war, zu dem neben Gregor bereitstehenden Uniformierten. Hatte ›mein Team‹ den Wohnungslosen etwa schon als tatverdächtig im Visier?

Mein Blick wanderte weiter zu der Kollegin mit dem Fotoapparat. Sie machte Aufnahmen von einem aus Kartons und einer Isomatte zusammengebastelten Schlafplatz.

Wurde nach Spuren gesucht, die auf einen Zusammenhang zwischen der Anwesenheit des Wohnungslosen und dem Tod der Frau hindeuteten? Wundern würde es mich nicht, denn eine solche vorurteilsbehaftete Vorgehensweise wäre Zombie beinahe zum Verhängnis geworden.

Ich folgte dem auch im Gebäude fortgeführten Trampelpfad der Kriminaltechniker um den Bagger herum. Die Maschine war nicht mehr neu, hier und da entdeckte ich Rost unter der abblätternden Farbe. Die gigantische, brusthohe Schaufel lag auf dem bröselnden Hallenboden. *DEMON-*

GmbH, entzifferte ich die verblasste Aufschrift an der Tür. *Demontage, Abriss und Entrümpelungen.*

Der Boden war mit Schutt, Zigarettenkippen und leeren Getränkedosen übersät, die grellen Strahler auf die Ecke hinter dem Bagger gerichtet.

Neben einem Haufen Altmetall – alte Regenrinnen, Kupferrohre und Leitungen – kniete der dünne Rechtsmediziner. Seine zottigen Haare hatte er zu einem Zopf im Nacken zusammengebunden und seinen langen Bart mit einem Haargummi zusammengezurrt.

Die Kriminaltechnikerin fotografierte unter dem Kommando meines Lieblingsfeindes Daniel ›Bussi‹ Bussemeier. Ein anderer Kollege protokollierte. Ein dritter fertigte auf einem Laptop eine Tatortskizze an. Offenbar war das Spurensicherungsteam bereits aufgestockt worden – in Anbetracht der Geländegröße und des Wetters eine sinnvolle Maßnahme.

Direkt vor mir diskutierten die Staatsanwältin, Kommissariatsleiter Böck und Adrian mit gedämpften Stimmen den Fall. Sie blockierten den Trampelpfad, ich kam nicht an ihnen vorbei, um zu der Toten zu gelangen.

Dr. Röhmer bemerkte mich. Die resolute, kleine Frau mit den kurz geschnittenen, grauen Haaren und der runden Brille auf der Nase wandte sich zu mir um.

Adrian versprühte selbst im Oktober in einer Ruine in einem weißen Plastikoverall Beach-Boy-Charme. Er hatte die schmale Statur eines Ausdauersportlers, blonde Locken und ein einnehmendes Lausbubenlächeln. Brauen, Wimpern und Bartstoppeln waren dunkler als sein Haar und verliehen seinem attraktiven Gesicht markante Konturen. Der Dreitagebart sollte verwegen aussehen, wirkte penibel auf drei Millimeter gestutzt aber eher glatt rasiert. Ein Hingucker waren Adrians Augen: Sie waren hellblau wie ein Winterhimmel bei Sonnenschein.

Die Frauen lagen ihm reihenweise zu Füßen und auch bereitwillig in seinem Bett, wenn er das wollte. Der seltene Fall, dass eine mal nicht spontan bereit war, sich von ihm mit Handschellen an die Matratze fesseln zu lassen, weckte normalerweise höchstens seinen Ehrgeiz.

Dr. Röhmer reichte mir die Hand. »Schön, dass Sie uns spontan unterstützen, Frau Beelitz.«

Ich nickte knapp und nutzte die Gelegenheit, mich auf dem schmalen Pfad an ihr vorbeizuquetschen.

Röhmer runzelte die Stirn.

Ich war nicht in der Lage, neben einer Leiche bei meinen Vorgesetzten zu schleimen. Ich ließ die Staatsanwältin stehen und trat hinter Rechtsmediziner Marvin.

»Eddie«, murmelte er. »Hi.«

Er wich zurück, damit ich an ihm vorbeisehen konnte und blieb neben mir hocken. Glücklicherweise sparte sich auch Marvin gern überflüssige Worte.

Die tote Frau lag auf dem Rücken. Zwischen der verkohlten Ziegelwand und dem angehäuften Buntmetall. Weil ich vermied, sofort ihr Gesicht zu betrachten, fiel mir die blaue Abdeckplane an ihren Füßen auf, die aussah, als wäre sie gerade eben zur Seite geschlagen worden.

»Lag sie dadrunter?«

»Sieht aus, als hätte jemand verhindern wollen, dass sie so schnell gefunden wird«, ließ Marvin sich zu einer Mutmaßung hinreißen, weil ihn außer mir niemand hören konnte.

Langsam ließ ich meinen Blick an den Beinen der Frau hinaufwandern. Erfahrungsgemäß verkraftete ich den Anblick von Leichen nicht sonderlich gut. Kippte ich hier um, hing morgen eine erkennungsdienstliche Fotografie davon am schwarzen Brett der Präsidiumscafeteria.

Die Tote trug weiße Gesundheitsschuhe, die bis über die Knöchel reichten. Offensichtlich war sie durch Schlamm gelaufen. Zwischen der Kante des Schuhs und dem Saum des möhrenförmig geschnittenen Hosenbeines ihrer knallroten Jeans lugte etwas Braunes hervor. Sah wie ein Stützstrumpf aus. Auch ihre Kleidung war schmutzig. Die Frau war nicht gerade schlank, die Jeans saß knackeng und der Knopf am stramm gezurrten Saum klemmte ihren Bauchspeck ein. Das konnte ich sehen, weil ihr blusenartiges Shirt mit großflächigem, rot-schwarzem Blütenaufdruck hochgerutscht war.

Ich gab mir einen Ruck und sah ihr endlich ins Gesicht.

Ein Schauer krallte sich zwischen meine Schultern. Ihr Mörder hatte sie übel zugerichtet. Die Nase war zerschmettert, das austretende Blut war über die verkrampften Kiefer geströmt. Ihr Mund stand offen, als würde sie schreien, die Augen waren entsetzt geweitet.

Sie sah aus, als hätte sie gewusst, dass sie sterben würde.

Der ganze Kopf war unnatürlich nach hinten überstreckt, ihr Hals dunkel verfärbt. Unter ihrem Kehlkopf, oberhalb der kleinen Kuhle, die sich zwischen den inneren Kanten der Schlüsselbeine abzeichnete, bemerkte ich einen Bluterguss. Sie war gewürgt worden. An Kiefern und Wangen zeichneten sich ebenfalls Blutergüsse ab.

Zwischen ihren Lippen ragte etwas hervor.

Ein Zipfel Stoff. Rot-weiß gemustert.

Die Tote war über fünfzig, hatte eine viereckige Kopfform mit dominantem Kinn und Unterbiss. Ihr glattes, kinnlanges Haar war dunkelgrau. Sie war eine ganz normale, ältere Frau. Nicht sonderlich attraktiv. Jemand wie du und ich. Sie hätte mir in der Fußgängerzone begegnen können.

»Sieht aus, als hätte es massive Gewalteinwirkung gegen Gesicht und Hals gegeben«, erklärte mir Marvin.

Ich konnte mir vorstellen, wie sich die Tote bewegt hatte. Mit den plumpen Gesundheitsschuhen sicherlich nicht besonders elegant. Mit hochgezogenen Schultern und eingezogenem Kopf, die runde Schulter-Nacken-Partie sprach Bände. Und ihr ausgeprägtes Kinn ließ mich vermuten, dass sie es energisch vorzuschieben pflegte. Durch den Unterbiss erinnerte ihr Gesichtsausdruck an eine Bulldogge.

Mein Gehirn schaltete weiter. Sie war tot. In den kommenden Tagen würde sich ihr Körper erst aufblähen und dann zusammenfallen und verwesen. Meine Fantasie skelettierte ihr Gesicht mit dem kräftigen Kiefer im Zeitraffer.

Ich presste mir die Fäuste gegen die Schläfen, um die Verwesungsfantasien zu stoppen. Es gelang mir einfach nicht, am Fundort einer Leiche cool zu bleiben.

»Was ist das in ihrem Mund?« Ich zwang meine Aufmerksamkeit zurück in die Gegenwart, doch meine Stimme schwächelte.

»Unter Umständen die Todesursache«, antwortete Marvin, als hätte er das Versagen meiner Stimme nicht bemerkt. »Könnte sich um ein Halstuch handeln. Wenn du mich fragst, ihr eigenes.«

Tatsächlich passte der Knebel farblich zur knallroten Hose der Toten.

»Es sieht aus, als hätte der Stoff den Rachenraum verstopft. Ihre Nase wurde womöglich gebrochen, um die Nasenatmung zu unterbinden«, fuhr Marvin fort. »Entfernen möchte ich den Knebel erst in der Rechtsmedizin. Möglicherweise hat der Täter Spuren daran hinterlassen.«

Er verpackte die Hände der Frau in Plastik. Falls sie sich gegen ihren Mörder gewehrt hatte, würden mit etwas Glück Hautpartikel unter ihren Fingernägeln zu finden sein.

»Kannst du schon was zur Todeszeit sagen?«, wollte ich wissen. »Unter Vorbehalt natürlich.«

»Heute. Sie hat ziemlich kühl gelegen, deshalb ist die Körpertemperatur vielleicht etwas rascher gefallen. Der *Rigor Mortis*, die Totenstarre, ist voll ausgeprägt, aber die

Leichenflecke lassen sich noch umlagern. Sie ist vor etwa acht bis zwölf Stunden gestorben, würde ich sagen.«

»Vormittags?«

Marvin zuckte die Schultern.

Das passte ja zur Aussage des Wohnungslosen …

Reflexartig tastete ich nach meinem Protokollblock, den ich nicht dabeihatte. Ich sah mich um. Adrian sprach in sein Diktiergerät, den Bericht würde ich morgen abtippen. Gregor nahm die Zeugenaussage auf, die Spurensicherung fotografierte und fertigte Tatortskizzen an. Im Grunde war ich hier überflüssig.

Unentschlossen blieb ich neben Marvin stehen und betrachtete die knallrote Jeans, das rote Blütenmuster auf der Bluse und die Gesundheitsschuhe der Toten. Das war doch keine Kleidung, in der man eine einsturzgefährdete Zechenhalle erkundete.

»Ist sie hier gestorben?«, erkundigte ich mich bei Marvin.

Er zuckte die Schultern. »Unter der Folie wohl kaum. Aber wenn du Genaueres wissen willst, frag den Marshmallowmann.«

Mein Blick wanderte zu dem bulligen Typen im weißen Overall, der mit seiner Kollegin zusammen immer noch das Lager des Obdachlosen fotografierte.

Ich seufzte, als mir klar wurde, dass ich entweder auf den offiziellen Bericht der KTU warten oder mit Bussi sprechen musste.

Auf den Bericht zu warten, wäre weniger unangenehm.

Ich spürte den Seitenblick, mit dem die Staatsanwältin mich im Auge behielt, als ich zu Bussi hinüberging. Adrian versuchte gar nicht erst, so zu tun, als würde er mich nicht beobachten. Natürlich hoffte er, ich würde vor der versammelten Mannschaft kollabieren.

Ich hasste das Theater.

»Hi, Daniel«, sagte ich zum Rücken des Chefs des Erkennungsdienstes. »Kannst du schon sagen, ob sie hier gestorben ist? Habt ihr irgendwo Blut oder Kampfspuren gefunden?«

Der bullige Typ fotografierte weiter, als hätte er mich nicht gehört.

Dr. Röhmer verschränkte die Arme vor dem Jackett ihres hellgrauen Hosenanzugs und kam näher.

Eine Sekunde lang wünschte ich mir, ich wäre drei Meter groß wie Zombie und könnte dem Blödmann eine zweihundert Kilo schwere Langhantel an den Kopf schmeißen, um ihm auf eine selbst für grunzende Neandertaler verständliche Art klarzumachen, wer hier das Sagen hatte.

»Herr Bussemeier? Beantworten Sie die Frage von Frau Beelitz noch?«

Mir wurde heiß. Eine Sekunde lang hoffte ich, ein maroder Zechenschacht würde sich unter mir auftun und mich einfach verschlucken. Die Staatsanwältin musste mir helfen, weil mich meine Kollegen nicht ernst nahmen.

Obwohl ich vor der Rückseite von Bussis weißem Overall stand, konnte ich ihm seine Wut ansehen. Er atmete so tief ein, dass sich sein Plastikanzug wie ein Luftballon aufzublähen schien, bevor er sich umdrehte.

»Ich habe hier zu arbeiten, Frau Dr. Röhmer«, erklärte der Erkennungsdienstler gereizt. »Wenn Edith ihren Kindern nicht so lange das Köpfchen getätschelt hätte, müsste ich ihr nicht alles noch mal erklären.«

Ich wurde rot. Ich wollte wieder den Kaffee kochen.

»Keine Kampfspuren hier drinnen«, knurrte Bussi mit drohend gebleckten Zähnen. »Auch keine Schleifspuren, nur ein paar Blutflecke. Wer sie hergebracht hat, muss kräftig genug gewesen sein, um sie um den Bagger herumzutragen. Das Außengelände haben wir natürlich noch nicht überprüft, was eine Menge Arbeit und dringend nötig ist, weil der Regen gerade alle Spuren wegspült. Es würde mir also sehr helfen, wenn ich nicht alles hundertmal erzählen müsste, sondern einfach weiterarbeiten könnte.«

Er drehte sich wieder um und sein angespannter Nacken warnte mich davor, ihn noch mal anzuquatschen.

Die Staatsanwältin trat neben mich.

»Was meinen Sie, Frau Beelitz?«, erkundigte sie sich.

Ich kaute auf meiner Unterlippe.

Adrians Winterhimmelaugen fixierten mich herausfordernd.

»Dass wir nicht genug in der Hand haben, um Herrn Zimmermann festzuhalten«, murmelte ich.

Adrian verdrehte genervt die Augen.

Die Staatsanwältin runzelte die Stirn.

Adrian sah Annemarie Röhmer abwartend an.

»Achtundvierzig Stunden können wir Herrn Zimmermann in Untersuchungshaft nehmen. Bis Herr Bussemeier seine Arbeit abgeschlossen hat, machen wir davon Gebrauch, denn die Gefahr, dass wir ihn nicht wiederfinden, wenn wir ihm weitere Fragen stellen wollen, ist, denke ich, offensichtlich«, entschied die Staatsanwältin.

Zombie

Die Todesangst war nicht zu überhören. Das schrille Fiepen schallte durch die ganze Wohnung. Obwohl ich genau wusste, was es bedeutete, stellte das grausige Geräusch meine Nackenhaare auf.

Jo und Lotti fingen prompt an zu kreischen.

Irgendwann würde ich die verdammte Katzenklappe dicht machen, dann konnte die Hausverwaltung einen Kammerjäger in den Keller schicken.

»Papa! Sushi will eine Maus umbringen!«

»Sushi, nein! Lass das!«

»Papaaa!« Jos Stimme überschlug sich.

Super.

Ich stand auf.

Wahrscheinlich quollen dem Opfer der Mörderin schon die Gedärme aus dem aufgeschlitzten Bauch und ich musste es selbst mit einem Tritt auf den Kopf von seinen Qualen erlösen. Herzlichen Dank auch.

Die grau-weiße Killerin mit dem buschigen Schwanz nutzte das Überraschungsmoment, als ich die Küchentür öffnete, und versuchte, an mir vorbeizuflitzen. Weil meine Reflexe meinem miesen Trainingszustand zum Trotz noch funktionierten, erwischte ich die Katze mit einem schnellen Griff am Nackenfell. Sie knurrte verärgert, als ich sie hochhob, und dachte nicht daran, ihre Beute loszulassen.

Wow!

Die Maus in ihrem Maul war entweder übergewichtig oder eine Ratte.

Hatten wir Ratten im Keller? Oder war Günni aus dem ersten Stock das Lebendfutter für seine Königspython entwischt? Ich tippte auf Möglichkeit Nummer zwei, denn das Vieh war in dekorativer, schwarz-weißer Kuhfelloptik gescheckt.

Die Ratte lebte noch, sie starrte mich mit panisch aufgerissenen, schwarzen Knopfaugen an.

Na toll, ich schaffte es nicht einmal mehr zuzusehen, wie jemand getötet wurde. Selbst wenn es die Katze war, die ihr Opfer killte. Und es sich um einen Krankheiten übertragenden Schädling handelte.

»Lass die arme, kleine Maus sofort los, Sushi!« Jo und Lotti bauten sich mit in die Seiten gestemmten Ärmchen vor mir auf.

Die beiden Sechsjährigen machten auf doppeltes Lottchen, obwohl sie kaum unterschiedlicher sein konnten.

Jo war viel größer als Lotti, mit dunkler Haut und großen schwarzbraunen Augen, zwischen denen sich eine steile kleine Falte bildete, wenn sie wütend wurde. Und wütend werden konnte sie hervorragend. War erblich bedingt. Mit ihren auf dem Kopf zu zwei Puscheln zusammengezurrten Afrolocken erinnerte sie an eine angriffslustige Minnie Maus.

Lotti hingegen hatte die helle Haut, das Sonnenscheinlächeln und das von Sommersprossen übersäte Gesicht ihrer Mutter. Und die unnatürlich grünen Augen, mit denen die gesamte Sippe direkt in die Köpfe anderer Leute gucken konnte. Lottis rote Locken stammten von ihrem Arsch von Vater.

Ich schüttelte den Berufskiller am Nackenpelz und endlich ließ die Katze ihre Beute fallen.

Die Ratte landete verdutzt vor meinen Füßen auf den Fliesen. Sie schien unverletzt, rührte sich aber eine Schrecksekunde lang nicht. Dafür sprangen die Kids quiekend zur Seite.

Resignierend kniff ich die Augen zu. Ich hätte das Vieh nicht mal kaltmachen können, wenn die Bratzen nicht zugesehen hätten.

Die Ratte begriff endlich, dass sie frei war, flitzte orientierungslos durch die Küche, entdeckte die Spalte unter dem Herd und quetschte sich hindurch, um unter der Küchenzeile zu verschwinden.

Na großartig. Jetzt konnte ich entweder noch heute Abend die gesamte untere Verkleidung der Küche abschrauben, um das Mistvieh zu erwischen, oder es nagte sämtliche Kabel an.

Genervt ließ ich die Katze fallen. Sie sprang zum Herd,

duckte sich und starrte lauernd auf die Stelle, an der ihre Beute verschwunden war.

Jo hatte sich wieder herangetraut und zupfte an meinem Pulli. »Können wir sie füttern, Papa?«

»Sollen wir sie Pinky nennen?«, schlug Lotti vor. »Wie die im Fernsehen?«

Dunkel erinnerte ich mich an *Pinky und Brain*, eine Comicserie auf dem Kinderkanal. In der Fernsehsendung war Pinky der dusselige Rattenkumpel von Brain, einem größenwahnsinnigen Nager mit Welteroberungsfantasien.

Ich rieb mir die Stirn.

»Nennt sie lieber Brain«, mischte sich Jaz ein. Meine große Tochter hatte es nicht geschafft, mit ihrem Fantasyroman auf dem Sofa sitzen zu bleiben und so zu tun, als interessierte sie das Spektakel nicht. Jetzt lehnte sie grinsend am Rahmen der Küchentür. »Eindeutig besitzt das Vieh von allen Anwesenden das größte Gehirn.«

EDDIE

»Die Meldung hier könnte auf deine Beschreibung passen«, erklärte mir Willi Siebrecht, der Kollege, der im Präsidium Nachtschicht schob, per Telefon.

Während Marvin gemeinsam mit einem der Erkennungsdienstler die Tote einpackte und Adrian und Gregor über das weitere Vorgehen berieten, hatten sie mich beauftragt zu recherchieren, ob es eine Vermisstenmeldung gab, die auf die Frau zutraf.

Die KTU hatte weder Papiere noch ein Handy oder eine Handtasche gefunden, was die Identifizierung erschwerte.

»Ist neu reingekommen, vor zwei Stunden. Eine gewisse

Sigrid Funke ist heute nach der Arbeit nicht nach Hause gekommen. Sie ist sechsundfünfzig Jahre alt, ein Meter achtundfünfzig groß, übergewichtig, hat kinnlange, glatte, graue Haare ... arbeitet als Schreibkraft ... bevorzugt farbenfrohe Kleidung ... Ah, das hier könnte noch interessant sein: Sie hinkt, weil sie vor etwa eineinhalb Jahren eine künstliche Hüfte bekommen hat.«

»Warte mal eben«, sagte ich zu Willi und lief mit dem Smartphone am Ohr zu Marvin hinüber.

»Ich lauf nicht weg«, brummte Willi geduldig. Er mochte mich – allerdings nicht, weil er mich für eine kompetente Kollegin hielt.

»Läuft denn zu Hause alles?«, erkundigte er sich.

Willi war der Nachbar von Zombies Mutter Ria.

»Läuft«, antwortete ich knapp.

Im Bochumer Norden war Zombie bekannt wie ein bunter Hund. Mein Freund hatte den zweifelhaften Ruf, zwar jede Menge Mist zu bauen, aber im Grunde ein Guter zu sein, der sozusagen ehrenamtlich selbst hoffnungslose Fälle von Langzeitarbeitslosigkeit in seiner Securityfirma betreute.

Dass Zombie tatsächlich schon einige hartnäckige Sozialschmarotzer wieder an die Arbeit gekriegt hatte, lag hauptsächlich daran, dass er sie ausgesprochen gut bezahlte, nachdem er ihnen in den Hintern getreten hatte.

Selbst Millionär zu werden, stand nämlich nicht auf Zombies To-do-Liste. *Dann krieg ich eben keinen goldenen Sarg, wenn ich morgen tot umfalle,* lautete sein ironischer Kommentar zu dem Thema. Wie ernst er das tatsächlich meinte, war kaum jemandem klar.

Dass mein Kollege Willi Zombie mochte, färbte in diesem Moment auf mich ab.

»Kannst du mir sagen, ob sie eine künstliche Hüfte hat?«, erkundigte ich mich, als ich bei Marvin angekommen war.

Marvin und ein weiß verhüllter Spurensicherer hatten die starre Leiche bereits in den Plastiksack gelegt, in dem sie abtransportiert werden sollte.

Marvin schob die Verpackung zur Seite und öffnete den stramm sitzenden Knopf der roten Jeans, der mit einem ploppenden Geräusch aufschnappte. Er bedeutete dem Spurensicherer, die Tote an den Füßen anzuheben, und zog die Jeans herunter. Die hautfarbene Unterhose rutschte ebenfalls abwärts und gab die Sicht auf die quer verlaufende, alte Narbe im Unterbauchbereich frei.

Mir wurde kalt.

Sie hatte einen Kaiserschnitt gehabt. Es gab offenbar ein Kind, dem wir die Nachricht vom gewaltsamen Tod der Mutter überbringen mussten.

»Bingo.« Marvin riss mich aus meinen Gedanken. »Hüft-OP rechts, ist noch nicht allzu lange her. Sieht sehr nach einer Endoprothese aus, soweit man das von außen sagen kann.«

Die blassrote Narbe zog sich längs von der Hüfte bis zur Mitte des Oberschenkels über die bleiche Haut.

»Scheint zu passen«, sagte ich zu Willi.

»Vermisst gemeldet hat sie …«, ich hörte Willi in den Unterlagen blättern, »… offenbar die Mitarbeiterin eines ambulanten Pflegedienstes. Hast du was zu schreiben? Dann gebe ich dir die Adresse und den Namen der Frau durch.«

Zombie

Ich konnte nicht glauben, dass ich dem Ungeziefer in meiner Küche Katzenleckerlis unter den Herd schob.

Um drei Minuten vor halb elf klingelten Adrian und ich an einem gepflegten Mehrparteienwohnblock in der Innenstadt.

Während der Fahrt hatten wir uns demonstrativ angeschwiegen. Adrian ließ mich spüren, wie sauer er darüber war, dass ich mich in die Ermittlungen einmischte. Und ich versuchte, so zu tun, als wäre es mir völlig egal, dass er wütend auf mich war.

Die Rollenverteilung hatte Adrian klargestellt, in dem er mir wortlos einen Protokollblock zugeschoben hatte.

Auf dem verblichenen Schildchen neben dem Klingelknopf stand schlicht *Funke*, was leider keine Rückschlüsse auf irgendwelche Familienverhältnisse zuließ.

Ich dachte an die Kaiserschnittnarbe.

Der Öffner summte, ohne dass sich jemand über die Sprechanlage erkundigte, wer draußen stand. Adrian drückte die Tür auf und ging voraus.

Im dritten Stock erwartete uns eine stämmige, ältere Frau mit Brille, kupferrot getöntem Kurzhaarschnitt und Tätowierungen auf den kräftigen Unterarmen. Sie trug ein weißes Poloshirt zu einer Jeans mit Nieten.

Weil auf der Brusttasche, aus der ein Handy und ein Kugelschreiber ragten, das Logo des Pflegedienstes *Meier & Roth* aufgedruckt war, vermutete ich, dass sie die Pflegedienstmitarbeiterin war, die die Vermisstenmeldung aufgegeben hatte.

Das bedeutete wohl, dass zwischen ihr und der Toten kein Verwandtschaftsverhältnis bestand. Oder war sie die Schwester? Oder die lesbische Lebenspartnerin?

»Ja, bitte?«, sagte die Pflegerin, die offenbar jemand anderen erwartet hatte.

»Adamkowitsch, Kriminalpolizei«, stellte Adrian sich vor.

»Beelitz«, fügte ich schnell hinzu, weil Adrian mich nicht für erwähnenswert hielt.

Idiot.

»Ist das die Wohnung von Sigrid Funke?«, erkundigte sich Adrian.

Die stämmige Pflegerin nickte erschrocken. »Haben Sie sie gefunden? Ist etwas passiert?«

»Haben Sie Frau Funke vermisst gemeldet? Sind Sie mit ihr verwandt?«

»Weder noch. Mein Name ist König, vermisst gemeldet hat sie meine Kollegin Ines Novotny. Die hat aber Kinder und musste nach der Spätschicht nach Hause, deshalb bin ich eingesprungen, bis Frau Funke wieder auftaucht. O Gott, hatte sie einen Unfall?«

»Können wir drinnen weitersprechen?« Adrian deutete auf die Wohnungstür.

ZOMBIE

Es war nach halb elf. Anscheinend ließ Adamkowitsch Eddie diesmal tatsächlich mitarbeiten.

Der Gedanke, dass sie mit dem glattgebügelten Aufreißer unterwegs war, war natürlich kein Grund zur Freude. Dem lief der Sabber am Kinn runter, wenn er ihr auf den Arsch glotzen konnte.

Auf den Arsch meiner Frau!

... Freundin?

... Partnerin?

Scheißegal, jedenfalls würde ich mir den Bullen gern mal ohne Zeugen kaufen.

Eddie schleppte ihm wahrscheinlich schon wieder die Akten hinterher oder spielte die Stenotypistin, während der smarte Kommissar die Zeugen befragte.

Allein die Vorstellung ließ meine Wut brodeln. Ärgerlich rupfte ich ein paar von den getrockneten Unkrautbüschelchen von der Wäscheleine, die über der Anrichte meiner Küche baumelte, seit Eddie eingezogen war.

Ich schnupperte an dem Zeug. Mit ein bisschen Übung war es ganz leicht, das Gemüse zu identifizieren. Und weil Lotti mich trainierte, war ich inzwischen Unkrautspezialist.

Das indische Basilikum hatte Eddies Oma als Baldrianersatz empfohlen, denn auf den Geruch der Katzendroge reagierte ich allergisch. Das Basilikum sollte angeblich ebenfalls chillig machen. Ich war allerdings vorsichtig mit dem, was Oma Edith mir andrehte, denn gut versteckt in dem meterhohen Gestrüpp um ihre Schrebergartenlaube herum wuchsen auch ein paar Heilpflänzchen, die ich ganz ohne Lottis Botaniknachhilfe identifizieren konnte. Ihr grüner Daumen könnte Eddies Oma schnell mal mit dem Betäubungsmittelgesetz in Konflikt bringen.

Ich stopfte das Gemüse in eine Tasse und schaltete den Wasserkocher an.

Meine Gedanken schwenkten zurück zu Eddies Arschlochkollegen und meine Arme kribbelten. Zwei Sekunden würden mir reichen, um Adamkowitsch klarzumachen, dass der süße Arsch, auf den er so gern glotzte, mir gehörte.

Diese Machogedanken ließ ich Eddie natürlich besser nicht hören.

Für mich war logisch, dass Adamkowitsch Eddie zeigen wollte, wer das Sagen hatte. Weil ich genauso tickte. Für Eddie waren das primitive Denkmuster einer unterentwickelten Spezies. Die Verständigung in ihrer eigenen Sippe funktionierte größtenteils telepathisch. Wie bei Aliens in einem Science-Fiction-Film, die vor Jahrzehnten mit ihrem

Ufo auf der Erde abgestürzt waren und seitdem unentdeckt unter uns lebten.

Das Wasser blubberte. Ich goss es auf das Unkraut. Tief atmete ich den duftenden Dampf ein.

Ich war nicht in der Lage, solche durchschaubaren Rangordnungsspielchen auszulassen. Auch wenn es bewies, dass ich mich auf der geistigen Entwicklungsstufe eines pubertierenden Orang-Utans befand, juckte es mich in den Fingern, den Gorilla für Eddie zu spielen und Adamkowitsch daran zu erinnern, dass er nicht an mir vorbeikam, wenn ich im Weg stand.

Vielleicht konnte ich irgendwann wenigstens mein Auto neben seinem parken.

EDDIE

Das Stöhnen zog mir den Magen zusammen. Der kalte Schauer, den das Geräusch verursachte, kroch mir mit spitzen Krallen über die Kopfhaut.

»Sie hat Schmerzen, oder?«, flüsterte ich.

Der Laut ließ keinen Zweifel daran.

»Wahrscheinlich.« Gitta König, die tätowierte Krankenpflegerin, trat neben mich an das wuchtige Bett, das unter dem Fenster zur Straße stand.

Adrian hatte sich nach einem kurzen Blick abgewandt. Jetzt betrachtete er angestrengt die Urlaubsfotos an der Wand, auf denen die Tote aus der Zechenhalle zu erkennen war. Offenbar war das hier zur Abwechslung mal eine Situation, die er schlechter verkraftete als ich.

Die Krankenschwester schlug die dünne synthetische Decke zur Seite. Der abgemagerte Körper der alten Frau kam zum Vorschein. Sie trug ein hinten offenes Nachthemd, wie es in Krankenhäusern üblich war.

Ihre knochigen, nackten Beine hatte sie verkrampft angezogen, die Füße gestreckt wie beim Ballett. Die dünnen Arme hielt sie auf der Brust verschränkt, die Finger zusammengepresst. Dadurch war ihr Nachthemd verrutscht, ihr faltiger Bauch lag frei und ich konnte die durchsichtigen Schläuche sehen, die in ihrem Körper verschwanden. Einer führte auf Höhe des Nabels durch die Bauchdecke. Der zweite gehörte zum am Bett baumelnden Urinbeutel und verschwand zwischen ihren Beinen.

Ihr verkrampfter Unterleib lag auf einer wattierten Unterlage, die aussah, als würde man normalerweise Babys darauf wickeln.

Das schmale Gesicht hatte beinahe die gleiche Farbe wie die schlohweißen, fusseligen Haarreste auf ihrem Kopf. Ihre Lippen waren geöffnet, Speichel sammelte sich im Mundwinkel. Ihr Blick ging an mir vorbei ins Leere. Wieder gab sie einen unartikulierten Laut von sich.

»Die Spastik ist wie ein Dauerkrampf«, erklärte die Pflegerin und strich mit einer sanften, massierenden Bewegung die Finger der Frau auseinander. »Mittlerweile sind die Muskeln total verhärtet und die Gelenke kaum noch beweglich.«

Martha Albrecht, die sechsundsiebzigjährige Mutter der ermordeten Sigrid Funke, war nach einem Schlaganfall vor zwei Jahren zum Pflegefall geworden.

Sie schien weder in der Lage zu sein, sich zu bewegen, noch zu essen oder zu sprechen.

›Wachkoma‹ nannte Pflegerin König den Zustand.

Nach der neurologischen Rehabilitation der Mutter und ihrer eigenen Hüftoperation hatte Sigrid Funke Martha Albrecht zu sich in die Wohnung genommen. Funke selbst war seit zehn Jahren geschieden, ihre volljährige Tochter studierte in Dortmund. Gitta König hatte die junge Frau telefonisch erreicht. Sie war mit ihrem Freund unterwegs gewesen, wollte aber den nächsten Zug nehmen und herkommen.

»Wie weit Frau Albrecht uns wahrnimmt, kann ich Ihnen nicht sagen«, erklärte König. »Weil wir das nicht mit Sicherheit wissen, gehen wir im Umgang mit der Patientin davon aus, dass sie mitbekommt, was wir mit ihr machen.«

Der Pflegedienst kam zweimal am Tag für eineinhalb Stunden ins Haus. Höchste Pflegestufe. Waschen, Medikamentengabe, künstliche Ernährung, alles fand hier in der Wohnung statt.

»Eine Unterbringung im Heim wäre wesentlich teurer«, bemerkte König.

Weil Sigrid Funke als Alleinerziehende lange in Teilzeit gearbeitet hatte, hatte sie noch ein paar Jahre etwas für ihre eigene Altersvorsorge tun wollen. Als stellvertretende Abteilungsleiterin bei einer Wohnungsbaugesellschaft hatte sie ganz gut verdient und ihre bettlägerige Mutter tagsüber von dem ambulanten Pflegedienst und einer privaten Betreuungskraft versorgen lassen. Eine Nachbarin besserte ihre Rente auf, indem sie sich tagsüber um die Wachkoma-Patientin kümmerte.

Als die Mitarbeiterin des Pflegedienstes heute Abend eingetroffen war, war die Nachbarin sauer gewesen, weil Frau Funke sich ohne Rückmeldung verspätete.

»Das ist in den letzten Wochen öfter vorgekommen«, berichtete Gitta König. »Frau Funke war mit ihrem Job und der gleichzeitigen Pflege der Mutter überfordert. Sie war schlecht gelaunt, hat sich nicht an Terminabsprachen gehalten, ist nach der Arbeit einfach weggeblieben, statt die Betreuerin abzulösen. Sie hat mehrmals geäußert, dass sie es nicht länger aushalte, an die Wohnung gefesselt zu sein.«

Ich notierte das, denn das klang nach einer stark belastenden Situation. Allerdings hatte Sigrid Funke definitiv keinen Selbstmord begangen.

»Frau Funke hat dringend nach einer anderen Lösung für ihre Mutter gesucht und mit unterschiedlichen Pflegeeinrichtungen Kontakt aufgenommen«, berichtete König weiter.

»Das hier sind anscheinend Unterlagen über die Suche nach einem Pflegeplatz«, mischte sich Adrian ein. Er hatte auf dem Bürostuhl am Schreibtisch Platz genommen. Ein aufgeschlagener Aktenordner lag vor ihm.

Ich trat hinter Adrian und sah ihm über die Schulter. In der dicken Mappe waren neben verschiedenen Unterlagen und Formularen Hochglanzflyer in warmen Farben abgeheftet.

Ich blätterte in den Prospekten der *Seniorenresidenz am Park*, des *Luisenhofs*, der *Intensivpflege Eppendorf* und einer Werbebroschüre von einer *Selbstbestimmten Wachkoma-Wohngemeinschaft*.

Namen, Adressen und noch einiges mehr waren in der Krankenakte notiert. Auch die Handynummer der Toten hatte uns die Pflegerin herausgesucht, die Ortung lief.

Außerdem hatten wir zwei leere Handtaschen gefunden. Papiere, Wohnungsschlüssel, Handy und Geldbörse fehlten immer noch. Genau wie das Auto der Toten, ein silbergrauer Polo älteren Baujahrs. Die Papiere hatte Adrian im Schreibtisch gefunden.

Adrian wies die Kollegen an, in der Umgebung des alten Zechenareals nach dem Wagen zu suchen.

Nachdenklich überflog ich meine Notizen. Den Ablauf des heutigen Tages hatte ich zusammen.

Offenbar war Funke morgens nach dem Eintreffen der Pflegedienstmitarbeiterin aus dem Haus gegangen und zur Arbeit gefahren. Papiere, Handy und Autoschlüssel hatte sie mitgenommen. Während die Krankenpflegerin gegen neun

Uhr dreißig von der von Sigrid Funke engagierten Rentnerin abgelöst worden war, war Funke selbst umgebracht und ihre Leiche auf dem Zechengelände abgelegt worden.

Laut der Pflegerin hätte die Tote normalerweise gegen fünfzehn Uhr Feierabend gehabt. Dann hätte die private Betreuerin nach Hause gehen können.

Weil Funke nicht aufgetaucht war, hatte die Frau in der Wohnung warten müssen, bis um siebzehn Uhr die Pflegedienstmitarbeiterin Novotny aufgetaucht war.

Novotny hatte die bettlägerige Mutter eineinhalb Stunden lang versorgt. Als Funke immer noch nicht zurückkam, hatte sie schließlich den Pflegedienst, bei dem sie angestellt war, benachrichtigt. Die Mitarbeiter hatten erfolglos versucht, Frau Funke zu erreichen, und schließlich die Vermisstenmeldung aufgegeben. Gegen neunzehn Uhr dreißig war Ines Novotny wiederum von ihrer Kollegin Gitta König abgelöst worden.

»Gab es in letzter Zeit irgendwelche Probleme mit Frau Funke?«, erkundigte ich mich bei der Krankenpflegerin.

»Probleme?« Gitta König verschränkte die tätowierten Unterarme.

»Meinungsverschiedenheiten? Streit?«, präzisierte ich.

Die stämmige Pflegerin pustete die Wangen auf und blätterte in der Krankenakte. »Sie hat sich, glaube ich, ein paarmal über meine Kollegin beschwert, weil sie ihrer Meinung nach schlampig gearbeitet und sich zu wenig Zeit genommen hat. Aber natürlich hat Frau Novotny, wie wir alle, ein mit GPS ausgestattetes Zeiterfassungssystem, in das wir genau eingeben, wann wir uns auf unserer Tour wo befinden. Großen zeitlichen Spielraum hat da niemand. Frau Novotny erwähnte, dass Frau Funke gern meckerte. Sie war wohl keine ganz einfache Angehörige.«

Adrian hatte inzwischen einen kleinen Laptop in eine

Plastiktüte verpackt und auf den Esstisch gestellt. Die Krankenakte der Mutter und den Ordner mit den Werbeflyern der Pflegeeinrichtungen vom Schreibtisch legte er dazu.

»Kennen Sie noch weitere Namen von Angehörigen, Freunden oder Bekannten von Frau Funke?«

König zuckte die Schultern. »Nur die, die in der Akte stehen.«

Neben den Kontaktdaten der Tochter standen darin die Adresse und Telefonnummer der Wohnungsbaugesellschaft, für die Funke gearbeitet hatte.

Das alles hatte ich bereits notiert.

Mein Blick schweifte durch das Wohnesszimmer. Auf den hellen Kiefernholzmöbeln hatten sich haufenweise Staubfänger angesammelt. Da standen Teelichthalter neben Plastikkamelen aus dem letzten All-inclusive-Urlaub. Auf dem mit Decken geschützten Sofa saßen Sammelpuppen aus Porzellan neben Häkelkissen.

Man konnte sehen, dass das wuchtige Pflegebett unter dem Fenster provisorisch in den Raum gequetscht worden war.

Adrian hatte eines der gerahmten Urlaubsbilder von der Wand genommen. Die Aufnahme zeigte Sigrid Funke in einem ärmellosen T-Shirt und Shorts in der Wüste. Sie trug eine Sonnenbrille, eine auffällige Kette aus dicken, bunten Steinen und einen Strohhut. Ein südländisch aussehender, junger Mann mit dunklen Locken hatte ihr einen Arm um die Schultern gelegt.

Adrian legte das Bild zu dem Laptop auf dem Tisch.

Im gleichen Moment klackte ein Schlüssel in der Wohnungstür.

Lea Funke war auf den Stuhl am Schreibtisch gesunken und rührte sich nicht mehr, seit Adrian die junge Frau über die Todesumstände ihrer Mutter in Kenntnis gesetzt hatte.

Sigrid Funkes Tochter war dreiundzwanzig. Kleiner als ich, stämmig, mit langem, aschblondem Haar, das rechts und links von ihrem Gesicht herunterhing wie eine schmutzige Gardine. Auch die ausgeprägte Unterkieferpartie hatte sie von ihrer Mutter geerbt, die Ähnlichkeit war unübersehbar.

Die junge Frau schien nach der Nachricht vom gewaltsamen Tod ihrer Mutter unter Schock zu stehen. Sie starrte durch den Schreibtisch hindurch ins Leere.

Pflegerin Gitta König packte unterdessen ihre Sachen zusammen und schlüpfte in ihre Jacke.

Ich ging in die kleine Küche hinüber, fand im Hängeschrank ein Glas und füllte es mit Wasser.

Lea Funke reagierte nicht, als ich ihr das Glas hinschob. Es kam mir vor, als würde sie mich gar nicht wahrnehmen, ein Zustand der auf unheimliche Weise an ihre Großmutter im Pflegebett am Fenster erinnerte.

Die Pflegedienstmitarbeiterin war dabei, ihren Dienst zu beenden, doch ich war mir nicht sicher, ob Lea Funke in der Lage war, die Betreuung ihrer schwerkranken Großmutter sofort zu übernehmen.

Ich ging neben dem Bürostuhl in die Knie, um zwischen ihren Haaren hindurch in ihr Gesicht sehen zu können.

»Brauchen Sie Hilfe, Frau Funke? Soll ich einen Arzt rufen?«

Die tief liegenden Augen der jungen Frau wanderten über den Schreibtisch, als würde sie nach einem Halt suchen, irgendeinem Beweis dafür, dass das alles gar nicht passiert war. Sie reagierte nicht auf meine Frage.

»Können Sie mich hören, Frau Funke?«

Behutsam berührte ich ihre Hand. Sie war eiskalt. Lea Funke zuckte zusammen und blickte endlich auf.

»Brauchen Sie ärztliche Hilfe?«, erkundigte ich mich wieder.

Sie schüttelte den Kopf, als hätte ich sie aus einem Traum geweckt. »Nein, danke. Es geht schon.«

»Glauben Sie, Sie sind in der Lage, die Betreuung Ihrer Großmutter so plötzlich zu übernehmen?«

Der Blick der jungen Frau wanderte zum Pflegebett.

»Gibt es noch andere Verwandte, die informiert werden müssen? Die Ihnen helfen können, die Angelegenheiten Ihrer Mutter zu regeln? Haben Sie Geschwister?«

Schweigen.

Adrian zog skeptisch die Brauen hoch.

»Frau Funke?«, hakte ich nach.

Erneutes Kopfschütteln.

Adrian griff nach dem Bilderrahmen, den er neben dem Laptop auf den Tisch gelegt hatte, und trat vor die junge Frau. »Hatte Ihre Mutter einen Partner? Einen Lebensgefährten?«

Kopfschütteln.

Er hielt ihr das Bild hin. »Wer ist das?«

Lea Funkes Blick zuckte zu ihm hoch. »Niemand.«

Adrian atmete ein. »Frau Funke, Ihre Mutter wurde umgebracht. Wir würden die Todesumstände gern klären.« Sein Ton wurde schärfer. »Wer ist das?«

Die junge Frau schob trotzig den Unterkiefer vor.

»Wir verlieren unnötig Zeit, Frau Funke!«, verlor Adrian die Geduld.

»Meine Mutter ist gestorben!«, schrie Lea Funke unerwartet. »Sie können nicht von mir verlangen, dass ich schlecht über sie rede!«

Ich horchte auf.

Lea Funke funkelte Adrian wütend an. Kurz vorm Zusammenbruch stand sie allerdings nicht mehr.

»Sie mochten den Freund Ihrer Mutter nicht?«, schlussfolgerte ich.

»Freund? So ein Quatsch.« Lea Funkes Ärger richtete sich prompt auf mich. »Gucken Sie sich das Bild an. Was glauben

Sie, warum die Typen im Urlaub ausgerechnet mit meiner Mutter …?«

Sie erschrak über ihre Worte, brach ab und schluckte.

Oh.

Ich begriff, was sie nicht sagen wollte. »Sextourismus?«

Erstaunt betrachtete Adrian das Foto noch einmal genauer.

Lea Funke ließ stöhnend das Gesicht in die Hände sinken. »Meine Mutter war …«

Adrian runzelte die Stirn und schien schon etwas sagen zu wollen, als die junge Frau nicht weitersprach. Ich legte einen Finger an die Lippen.

Lea Funke rang um die richtigen Worte. »… manchmal schwierig«, sagte sie schließlich.

So ähnlich hatte sich die Pflegerin auch ausgedrückt.

Frau Novotny erwähnte mal, dass Frau Funke gern meckerte. Sie war wohl keine einfache Angehörige.

»Gab es Streit mit irgendwem?«, hakte Adrian nach. »Mit einer Urlaubsbekanntschaft? Einem Ex-Partner? Oder mit dem Pflegedienst?«

Lea Funke schüttelte resignierend den Kopf, ohne aufzusehen. »Fragen Sie lieber, mit wem es keinen Streit gab.«

»Hatten *Sie* Streit mit Ihrer Mutter?«, bohrte Adrian sofort nach.

»Zwischen uns lief es besser, seit ich ausgezogen bin und wir uns nicht mehr oft gesehen haben«, knirschte sie. »Meine Mutter hat … hatte einfach gern das Sagen.«

Zombie

»Erstickt ist sie offenbar an ihrem eigenen Halstuch, das der Täter ihr in den Mund gepresst hat.«

Das Bild, das Eddies Worte heraufbeschwor, durchzuckte mich wie ein Elektroschock.

Das erstickte Würgen. Die Todesangst.

»Nach einem Sexualdelikt sieht es nicht aus«, beendete Eddie unterdessen ihre Zusammenfassung der Geschehnisse. »Die Frau war sechsundfünfzig und hatte eine künstliche Hüfte. Ihre Handtasche fehlt. Könnte also auch ein Raub gewesen sein.«

Wohl kaum.

Der böse Flaschengeist, der in der dunkelsten Ecke meines Gedächtnisses in seiner Pulle vor sich hinschimmelte, rumorte plötzlich wieder in seinem Gefängnis.

Automatisch war ich in die Küche zurückgekehrt, in Stiefeln und Parka. Es war nach Mitternacht. Wurde Zeit, dass ich meine Tour begann. Doch einfach zu gehen und so zu tun, als hätte ich Eddies Worte nicht gehört, gelang mir nicht.

Eddie hatte einige Unterlagen auf dem Tisch ausgebreitet. Den Papierkram hatte Adamkowitsch ihr aufs Auge gedrückt, damit sie ihm morgen erzählen konnte, was drinstand.

»Jemand hat ihr die Nase zertrümmert und ihr dann ein Halstuch in den Mund gestopft, um zuzusehen, wie sie daran erstickt?«, wiederholte ich langsam.

Der Dämon rumpelte gefährlich in dem fest verkorkten Gefäß hin und her. Ich ballte die Fäuste.

Eddie nickte.

»Dann war das garantiert kein Raub. Du kannst davon ausgehen, dass der Mörder es geil fand, sie sterben zu sehen«, erklärte ich beherrscht.

»Sie hat orthopädische Strümpfe getragen«, wandte Eddie skeptisch ein.

Mann, Engel, du kannst dir nicht vorstellen, wie abartig manche Typen sind!

»Es reicht, dass sie Titten hatte.«

Manchmal reichte noch viel weniger.

Meine auf den Rücken gedrehten Arme fühlen sich an, als hätten die Arschlöcher mir die Schultern ausgerenkt. Mir wird übel vor Schmerzen. Mit einem provozierenden Grinsen steckt sich der Scheißkerl seinen Mittelfinger in den Mund. Seine idiotischen Kumpel lachen sich tot.

Fuck! Die Pulle polterte aus dem Regal, rollte über den Boden. Zerplatzte die Flasche, konnte ich die bösen Geister nicht mehr kontrollieren. Meine Aggression schäumte reflexartig hoch.

Eddie beobachtete mich verwirrt. Sie hatte offensichtlich keine Ahnung, wovon ich sprach.

Verdammt, sei doch nicht so naiv!

Mit einer Hand packte ich ihren Nacken und drückte mit dem Daumen ihr Kinn nach oben. Sie verkrampfte sich, als ich ihr meine Zunge in den Hals steckte, so weit es ging.

Es gibt Situationen, da kannst du dich nicht wehren!

Eddie versuchte, sich aus meinem Griff zu winden. Keine Chance, wenn ich das nicht wollte. Plötzlich spürte ich, wie ihr Körper nachgab und sie es zuließ.

Weil sie mir vertraute. Sie ahnte nicht, dass ich ihr wehtun würde, wenn ich die Kontrolle verlor.

Der Gedanke traf mich wie eine Faust in den Magen. Erschrocken prallte ich zurück.

Eine Sekunde lang starrten wir uns an.

»Manchmal ist das Opfer nicht mal gemeint«, sagte ich, drehte mich um und ging, ohne mich noch mal umzusehen.

Es gelang mir nicht, mich auf Sigrid Funkes Unterlagen zu konzentrieren. Ich fragte mich, was Zombie gerade eben so aus dem Gleichgewicht gebracht hatte.

Mein Bericht über den Leichenfund?

Natürlich war mein Freund nicht so hart, wie er tat, natürlich war Sigrid Funke auf brutale Art getötet worden – aber er kannte die Frau doch gar nicht …

Trotzdem war da gerade etwas aufgeflackert, was ich so ähnlich erst ein einziges Mal gesehen hatte. Damals war seine kleine Schwester gestorben.

Seltsam …

Ich richtete den Blick auf die Mappe, die wir auf Sigrid Funkes Schreibtisch gefunden hatten. Sie lag aufgeklappt neben meiner dampfenden Teetasse, auf meinem aufsehenerregenden Esstisch, dessen Platte meine Mutter vor Jahrzehnten aus einer einzigen, gigantischen Baumscheibe angefertigt hatte. Seit ein paar Monaten stand mein Tisch in Zombies Küche.

In der Mappe befanden sich die Flyer und Werbematerialien verschiedener Pflegeheime. Dass Funkes Suche nach einer Unterbringungsmöglichkeit für ihre Mutter mit ihrem Tod zusammenhing, schien nicht unbedingt wahrscheinlich.

Immerhin hatte Funke in den letzten Wochen mehrere Einrichtungen besichtigt, denn im Ordner fand ich Anmeldeformulare, Betreuungsverträge, Namen von Ansprechpartnern, Notizen zu Terminen und Preislisten.

Funkes Verhältnis zu ihrer Tochter war nicht das beste gewesen, doch Lea Funke gab an, sich nach den Vorlesungen an der Uni mit zwei Freundinnen auf eine Prüfung vorbereitet zu haben. Klang nach einem Alibi, dass unserer Überprüfung standhalten würde.

Deshalb sah ich mir den Pflegeordner genauer an. Auf verschiedenen Zetteln waren Geldbeträge neben Quadratmeterangaben notiert. Bei dreitausendfünfhundert Euro ging es los, offenbar konnte man für einen Betreuungsplatz für eine Schwerstpflegebedürftige aber noch mehr ausgeben.

Hätte Sigrid Funke wirklich so viel Geld für die Unterbringung ihrer bettlägerigen Mutter aufbringen müssen? Was war mit der Pflegeversicherung? Mit ihrem Verwaltungsjob konnte sie im Leben nicht so viel verdient haben, dass es für einen Pflegeplatz und ihren eigenen Lebensunterhalt gereicht hätte.

Die Bilder in den Prospekten zeigten lächelnde junge Frauen in weißer oder grüner Kleidung und ansonsten hauptsächlich Bäume.

Die *Intensivpflege Eppendorf* war günstiger als die Konkurrenz. Auf dem Deckblatt der Werbung hatte Funke einen Termin notiert, der allerdings erst in der nächsten Woche hätte stattfinden sollen.

Der fünfte oder sechste Flyer weckte meine Aufmerksamkeit, weil er sich las wie die Speisekarte in dem neuen koreanischen Imbiss, dessen Besitzer vermutlich eine Internetsuchmaschine mit der Übersetzung beauftragt hatten.

Die Fotos zeigten eine Couchgarnitur und eine Küchenzeile, außerdem einen Raum, in dem zwei frisch bezogene Pflegebetten standen. Eine nicht besonders professionell gemachte Broschüre. Der Flyer warb genau genommen auch nicht für ein Senioren- oder Pflegeheim, sondern für eine – ich las die Überschrift – eine *Selbstbestimmte Wachkoma-Wohngemeinschaft,* was auch immer darunter zu verstehen war.

An die Werbung waren mehrere Blätter geheftet. Ein Mietvertrag, ein paar Fragebögen zum Gesundheitszustand der Betroffenen und zur Krankengeschichte, obenauf ein kariertes Blatt Papier. Handschriftlich hatte Funke: *Kosten durch Pflegeversicherung abgedeckt? Kontakt: I. Stepanovic, Bezug ab Dezember möglich?,* daraufgekritzelt. Eine Telefonnummer stand auf dem Zettel, das Datum von vorgestern und eine Uhrzeit: *15:00 Uhr.*

Nachdenklich nippte ich an meinem Tee.

Funke war vor zwei Tagen dort gewesen.

Ich notierte mir die Adresse der WG. Ich würde mit den Leuten sprechen müssen.

Dann klappte ich die Akte zu. Es war ein Uhr nachts.

Zeit fürs Bett.

Zombie

Morgens um halb fünf parkte ich meinen Hummer vor dem *Jenseits*.

Das Adrenalin verursachte ein Rauschen in meinen Ohren, die Anspannung verkrampfte meinen Nacken.

Seit Wochen hatte mich ein dumpfes Ziehen im Magen ahnen lassen, dass die Beziehung mit Eddie meine Aggressionen nicht wie durch ein Wunder beseitigen konnte. So einfach lief das in meinem Leben nicht. Die ganze Zeit hatte ich auf den Moment gewartet, in dem sich meine inneren Dämonen zurückmeldeten. Trotzdem hatten sie mich heute kalt erwischt und mir voll eine in die Fresse gehauen.

Meine Wut war wieder da. Aber ich würde nicht zulassen, dass sie noch mal mein Leben zerstörte.

Oder …

Ich ballte die Fäuste. Ich würde nicht zulassen, dass ich zu einer Gefahr für Eddie wurde.

Aber es gab sie immer noch, die kranke Verbindung zwischen Aggression und Sex in meinem Kopf, das hatte der kleine Blackout vorhin in der Küche bewiesen. Es war ein verfluchter Reflex.

Ich beeilte mich, die Tür der Boxhalle aufzuschließen.

Der Schlüssel zitterte in meiner Hand. Und meine Gedanken wanderten zur Ruhrtalbrücke …

Schluss damit! Ich würde es abstellen!

Jetzt.

Ich wusste, wie.

Die alten Neonröhren flammten auf. Der gammelige Boxring, die dicken Hanteln mit den unzähligen, rostigen Gewichtsscheiben, die altersschwachen Krafttrainingsgeräte und die von der Decke baumelnden Sandsäcke tauchten aus der Finsternis auf.

Ich warf meine Jacke auf die Beinpresse und zog mir das T-Shirt über den Kopf.

EDDIE

Samer Said arbeitete als Animateur im *Continental Resort* in Hurghada, Ägypten.

Sigrid Funke hatte ihm in unregelmäßigen Abständen Geld geschickt, zuletzt waren es vor drei Wochen hundert Euro gewesen. Der nächste Ägyptenurlaub über Silvester war bereits gebucht, das hatte meine Kollegin Daggi beim Durchsehen der Kontoauszüge herausgefunden, die Funkes Tochter der Polizei übergeben hatte. Außerdem war Funkes silbergrauer VW Polo inzwischen aufgetaucht, er hatte keine fünf Gehminuten von dem alten Zechengelände entfernt am Straßenrand gestanden. In der Ablage hatte ein Smartphone mit einer mit Rosen bedruckten Schutzhülle gelegen. Das als

Bildschirmschoner benutzte Foto zeigte Samer Said, Sigrid Funkes Urlaubsbekanntschaft.

Ein weiteres Bild von Funkes Ferienflirt hatte ich nach kurzer Suche auf der Internetseite des bereits gebuchten Hotels gefunden. Ein Anruf hatte ergeben, dass der Mann dort als Animateur beschäftigt war und gestern bis spätabends Dienst geschoben hatte. Er hatte bei einer Tanzveranstaltung den DJ für die Hotelgäste gespielt. Der Hotelleiter hatte zugesichert, dass Said sich telefonisch melden würde, sobald er zur Arbeit kam.

Als Mordverdächtiger kam Said offenbar nicht infrage.

Und auch das Alibi von Funkes Tochter Lea hatte sich durch zwei Telefonate mit den Teilnehmerinnen ihrer Lerngruppe wie erwartet bestätigt.

Weil diese Fragen so schnell geklärt waren, hatte mich Adrian zähneknirschend mitgenommen, als er sich gegen halb neun auf den Weg zu Sigrid Funkes Arbeitsplatz gemacht hatte.

Die *Soziale Wohnungsbaugesellschaft*, kurz SWBG, bei der die Tote angestellt gewesen war, war mit über hundert Mitarbeitern ein ziemlich großes Unternehmen. Das moderne Bürogebäude besaß eine Eingangshalle mit Sparkassenflair. In ihrer Mitte führte ein gläserner Aufzug in die oberen Etagen.

Hinter den Stehpulten im Kundenbereich standen junge Frauen. Alle trugen Röcke und Blusen, die den himmelblauen Farbton des Firmenlogos aufgriffen.

Funke hatte im zweiten Stockwerk gearbeitet, in der Abteilung *Gebäudesanierung*. Sie hatte im Vorzimmer des Abteilungsleiters gesessen.

Adrian und ich benutzten den Glasaufzug.

»Leider ist Frau Funke heute spät dran, aber sie wird sicher jeden Moment auftauchen.« Herbert Schmittke, der

Chef der Sanierungsabteilung, war Sigrid Funkes direkter Vorgesetzter. Ein magerer Mann mit schlechter Haltung und Nickelbrille. Er zuckte entschuldigend die schmalen Schultern und rückte seine himmelblaue Krawatte gerade. »Es ist sonst nicht ihre Art, zu spät zu kommen. Kann ich Ihnen einen Kaffee anbieten, solange Sie warten?«

Sigrid Funke war während der Arbeitszeit umgebracht worden. War ihr Verschwinden gestern denn niemandem aufgefallen?

»Wir würden gern mit Ihnen sprechen, Herr Schmittke.« Adrian deutete auf die offen stehende Glastür, aus der der Mann ins Vorzimmer getreten war. Normalerweise wäre es anscheinend die Aufgabe der Toten gewesen, uns zu begrüßen.

Funkes Schreibtisch erinnerte an einen Empfangstresen. Wenn man durch die Eingangstür das Büro betrat, versperrte der erhöhte Tresen den Blick auf die Arbeitsfläche dahinter.

Aufsehenerregendes zu entdecken gab es hinter dem Sichtschutz allerdings nicht, stellte ich fest, als ich darum herum spähte. Telefon, Telefonlisten, PC, Drucker, eine mit Notizen und Nummern vollgekritzelte Schreibtischunterlage, Stifthalter und überquellende Ablagen mit Zetteln darin.

Schmittke warf einen kurzen Blick auf seine Armbanduhr. »Um neun Uhr dreißig muss ich bei einer Baustellenbegehung sein. Aber bis dahin haben wir noch ein paar Minuten. Bitte sehr.«

Adrian folgte ihm durch die gläserne Verbindungstür in das Chefbüro.

Ich hob ein paar der Formulare in der obersten Ablage an. Rechnungen. Angebote von Firmen, die offenbar Reparaturen in den Wohnungen und Gebäuden der Wohnungsbaugesellschaft durchführen wollten.

Ein bunt bedruckter Flyer rutschte zwischen den Papieren hervor. Der Zettel kam mir bekannt vor.

Ich erkannte die Werbung der *Selbstbestimmten Wachkoma-Wohngemeinschaft* mit den schlechten Deutschkenntnissen.

»Darf ich diesen Prospekt mitnehmen, Herr Schmittke?«, erkundigte ich mich bei dem Abteilungsleiter, als ich sein Büro betrat.

Schmittke betrachtete mit gerunzelter Stirn den Flyer. »Ich kenne die Pflegeeinrichtung. Sie befindet sich in einem unserer Mietshäuser«, sagte er dann. »Wenn ich mich richtig erinnere, hat Frau Funke mal erwähnt, dass sie auf der Suche nach einer Unterbringung für ihre gebrechliche Mutter sei. Wahrscheinlich hat sie die Werbung deshalb aufgehoben.«

Ich legte den Flyer in meinen Protokollblock.

Herbert Schmittkes Büro war geräumig und gut ausgestattet, mit grauem Teppich, grauen Aktenschränken, einem Glasschreibtisch, einer Sitzecke mit schwarzen Lederpolstern und einer im Himmelblau des Firmenlogos gestrichenen Wand als Blickfang.

Der hagere Mann deutete auf die Sitzecke. Er stellte Kaffeetassen und eine Thermoskanne auf den Tisch, bevor er selbst Platz nahm. Adrian erinnerte mich mithilfe einer Handbewegung, die das Schreiben mit einem Stift imitierte, daran, das Protokoll zu führen, während er die Fragen stellte. Die bekannte Aufgabenverteilung.

Ich zückte wortlos den Block.

Schmittke, Herbert – Leitung Abteilung für Sanierungen – Soziale Wohnungsbaugesellschaft Bochum – direkter Vorgesetzter von Sigrid Funke, stellv. Abteilungsleiterin, vermerkte ich, was ich bereits wusste.

»Sie sind von der Kriminalpolizei?«, begann Schmittke mit meetingerprobter Souveränität das Gespräch. »Wie kann ich Ihnen helfen?«

»Wann genau haben Sie Frau Funke zum letzten Mal gesehen?«, erkundigte sich Adrian.

Schmittke pustete die Wangen auf. Er besaß kaum Körperfett, das die Längsfalten auf seinen Wangen hätte auffüllen können, hatte eine spiegelnde Glatze und trug eine runde, randlose Nickelbrille. Ich schätzte ihn auf etwa vierzig, er konnte aber auch leicht zehn Jahre älter sein.

»Frau Funke hatte gestern Vormittag um zehn einen Termin mit einer Klempnerfirma. Eine Reklamation, keine ganz angenehme Sache. Gegen Mittag wollte sie dann nach Hause, Überstunden abbauen. Ich muss allerdings gestehen, dass ich nicht nach dem Grund gefragt habe. Aber ich denke, sie hat das Büro so gegen halb zehn verlassen. Wie lange ihr Termin dann gedauert hat, kann ich Ihnen nicht sagen. Wieso fragen Sie?«

Schmittkes braune Augen flitzten von Adrian zu mir und er zog die richtigen Schlüsse aus unseren ernsten Mienen. »Ist Frau Funke etwas zugestoßen?«

Adrian nickte. »Leider wurde Ihre Mitarbeiterin gestern Abend tot aufgefunden.«

Schmittkes Mund ging auf, ohne dass ein Geräusch herauskam. Dann schloss er die Lippen wieder und schluckte.

»O Gott«, murmelte er schließlich. »Ein Unfall?«

»Was passiert ist, werden unsere Ermittlungen zeigen. Können Sie uns die Adresse der Klempnerfirma geben, bei der Frau Funke den Termin hatte?«

ZOMBIE

»Na? Hast du jetzt immer noch eine große Fresse, Bimbo? Hast du was gesagt? Ich hör dich nicht! Sag bloß, es hat dir endlich die Sprache verschlagen?«

Selbst wenn ich hätte antworten wollen, kann ich es nicht.

Juri drückt mir mit dem Unterarm die Luft ab, sodass ich Sterne sehe. Ich versuche, ihm rückwärts den Kopf ins Gesicht zu schlagen. Als ich wieder zu mir komme, bin ich in die Knie gegangen. Ich spüre den kalten Betonboden des Fahrradkellers an den Schienbeinen.

»Siehst du, was passiert, wenn du dich mit uns anlegst?«, zischt mir Juri ins Ohr. »Ab heute leckst du meine Stiefel, wenn ich das von dir verlange, kapiert?«

Ich sehe Christians Grinsen. Als er seinen Mittelfinger demonstrativ in seinen Mund steckt, flippe ich aus.

Schweißgebadet fuhr ich hoch.

Eine Sekunde lang wusste ich nicht, wo ich war.

Dann hörte ich das beruhigende Schnurren der Katze, die sich auf Eddies Kopfkissen breitgemacht hatte. Draußen war es hell, in der Wohnung herrschte Stille. Die Kinder waren in der Schule, Eddie arbeitete. Alles war gut.

Ich ließ mich zurück in die Kissen kippen und wartete darauf, dass mein Herzrasen nachließ.

EDDIE

»Na klar, war die Schlampe von der Wohnungsbaugesellschaft hier. Zwei Minuten, dann hab ich die Kuh wieder rausgeschmissen!«

Der Klempner stellte die Kloschüssel, die er gerade in den Kastenwagen hatte laden wollen, neben seinen schweren Arbeitsschuhen ab und rückte angriffslustig den Bauch unter seinem Blaumann zurecht.

Die Firma *Haustechnik Pflog,* mit deren Inhaber Karl Pflog Sigrid Funke vor ihrem Tod einen Termin gehabt hatte, hatten wir im Keller einer Doppelhaushälfte in der

Fischerstraße in Gerthe ausfindig gemacht. Die alte Zechenhalle, in der Sigrid Funkes Leiche gefunden worden war, befand sich nur wenige Hundert Meter entfernt am Ende der Straße. Funkes Auto hatte vor Pflogs Firma gestanden.

Die gepflasterte Einfahrt und der schmale Vorgarten waren zugestellt mit an der Hauswand lehnenden Rohren, alter Badezimmerkeramik und einer ausrangierten Badewanne. In der Garage, vor der der Firmenwagen parkte, schien es ähnlich auszusehen. Ein Haufen Altmetall stapelte sich vor deren Tor, das schon eine ganze Weile nicht mehr geöffnet worden war. Den Kastenwagen noch davor in die Einfahrt zu quetschen, war Zentimeterarbeit gewesen.

»Die blöde Zicke hatte doch immer was zu scheißen!«, donnerte Pflog. Der Firmeninhaber schwitzte. Seine übrig gebliebenen Haare hatte er zu einem dünnen, grauen Pferdeschwanz zusammengebunden und sein von unregelmäßigen Bartstoppeln überwuchertes Doppelkinn hätte mal wieder eine Rasur gebraucht.

Er wirkte verwahrlost und der Schrott in seinem Vorgarten ließ mich vermuten, dass es um seine Firma ähnlich bestellt war.

»Seit Monaten macht die Kuh nur Stress!« Pflogs Gesicht färbte sich zusehends dunkler. »Die reklamiert aus Prinzip alles! Dabei kann von den arroganten Sesselfurzern keiner auch nur einen Duschschlauch austauschen.«

Der schwergewichtige Typ marschierte auf Adrian zu, als wollte er ihm stellvertretend für Sigrid Funke den Hals umdrehen.

Ich hielt Abstand und protokollierte.

»Die wissen genau, dass sie am längeren Hebel sitzen!«, spuckte Pflog Adrian empört entgegen.

Adrian wischte sich durchs Gesicht.

»Erst drücken sie mit ihren Ausschreibungen die Preise

und dann reklamieren sie so lange, bis unsereins noch was drauflegt. Und wenn du denen zu Weihnachten keine Kiste Rotwein schickst, brauchst du dein Angebot für den nächsten Auftrag gar nicht erst abzugeben.«

»Ich denke, ich verstehe, was Sie sagen wollen.« Adrian hob beschwichtigend die Hände. Weil Pflog die Wahrnehmung für angebrachte Distanz offensichtlich fehlte, hielt mein Kollege ihn mit ausgestreckten Armen auf Abstand. »Worum genau ging es gestern bei Ihrem Gespräch mit Frau Funke?«

»Na, schon wieder um die Bruchbude in der Bethanienstraße. Ich kann nichts dafür, dass da die Suppe durch die Decke läuft!«

Ich horchte auf, als Pflog die Adresse nannte.

Auch die Bethanienstraße war gar nicht weit entfernt. An dem Haus, um das es ging, war ich wahrscheinlich schon oft vorbeigekommen.

»Die Funke will natürlich nicht hören, dass die ganzen Leitungen in der Hütte marode sind. Würde ja auch ein Vermögen kosten, alles zu sanieren. Von der hundert Jahre alten Heizung mal ganz zu schweigen. Aber nur die Badezimmer aufzuhübschen, nutzt nichts.«

»Es gab also gestern Streit bei Ihrem Treffen mit Frau Funke«, brachte Adrian den Bericht des Klempners auf den Punkt.

»Da kannste Gift drauf nehmen«, nickte Pflog.

Adrian warf mir einen vielsagenden Blick zu.

Ich notierte, dass der aufbrausende Klempnermeister anscheinend der Letzte gewesen war, der Sigrid Funke lebend gesehen hatte, dass es offenbar Streit gegeben hatte und sich seine Firma in unmittelbarer Nähe des Leichenfundortes befand.

Ich sah Probleme auf den Mann zukommen. Konnte Pflog sich nicht denken, worauf die Fragen der Polizei abzielten? Oder war Pflogs Offenheit kaltblütig kalkuliert, um einen glaubhaft ahnungslosen Eindruck zu erwecken, während er in Wirklichkeit längst wusste, dass Sigrid Funke tot war, weil sie den Streit mit ihm nicht überlebt hatte?

Adrian musterte den offen stehenden Kastenwagen, in dem der Klempner das Klo hatte verstauen wollen. Im Wageninneren sah es so ähnlich aus wie im Vorgarten.

Adrians Überlegungen hätten nicht offensichtlicher sein können, wenn sie wie in einem Comic in Gedankenblasen über seinem Kopf aufgetaucht wären.

War der Handwerker aus Wut über die ständigen Reklamationen der SWBG ausgeflippt? Hatte er der Mitarbeiterin, die ihm die schlechten Nachrichten ja vermutlich nur im Auftrag ihres Chefs überbracht hatte, im wahrsten Sinne des Wortes das Maul gestopft? Und ihre Leiche danach in den Kastenwagen gesteckt und in der nahe gelegenen Zechenhalle abgelegt?

Adrian zog sein Handy aus der Tasche und deutete mit dem Kopf auf das Klempnermobil. »Die Kollegen von der Kriminaltechnik werden sich Ihr Fahrzeug ansehen, Herr Pflog.«

Zombie

Meine Arme, meine Brustmuskeln und mein Bauch schmerzten, weil ich heute Nacht über jede Grenze hinaus trainiert hatte.

Als ich in die Küche schlurfte, fiel mir auf, dass der Katzennapf vor dem Herd leer war.

Auf Katzenleckerlis war unser unerwünschter Mitbewohner nicht abgefahren, die hatte er nicht angerührt. Deshalb hatte ich den Napf heute Morgen mit Speckwürfeln gefüllt.

Und den Mäusemörder hatte ich ausgesperrt, damit der den Napf nicht leer räumte.

Es sah aus, als hätte ich einen Köder gefunden, mit dem ich die Ratte aus ihrem sicheren Versteck unter dem Herd herauslocken konnte.

Na warte, du Mistvieh.

Eddie

Birken wuchsen vor der weinroten Fassade des dreistöckigen Gebäudes, das wie ein ganz normales, nicht mehr neues Wohnhaus aussah. Der längste Gebäudeteil mit dem Haupteingang lag etwas zurück, die beiden im rechten Winkel dazu stehenden Seitenflügel reichten bis an die verkehrsberuhigte Einbahnstraße heran, auf der Adrian seinen nachtschwarzen Alfa Romeo geparkt hatte. Ein Weg aus Betonplatten führte über die Grünfläche zwischen den drei Gebäudeteilen. Rechts stand ein Schuttcontainer hinter einem Bauzaun.

Eigentlich hatte ich ein Seniorenheim erwartet, aber es gab nur ein weißes Plastikschild mit drei Monopoly-Häuschen im Blusen-und-Krawatten-Blau der SWBG. Das Gebäude gehörte zur Wohnungsbaugesellschaft.

Auch die Haustür mit den untereinander aufgereihten Klingelschildern und Briefschlitzen deutete auf ein normales Wohngebäude hin.

Es gab keinen elektrisch aufschwingenden Glaseingang, dafür einen Absatz vor der Tür, der beim besten Willen nicht als barrierefrei zu bezeichnen war.

Seltsam. Nachdem ich Sigrid Funkes bettlägerige Mutter gesehen hatte, war ich davon ausgegangen, dass die *Selbstbestimmte Wachkoma-Wohngemeinschaft* nicht vollkommen selbstbestimmt funktionieren konnte. Denn selbstbestimmt leben konnte Funkes Mutter definitiv nicht mehr, sie war nicht in der Lage, irgendeinen Einfluss auf ihre Wohnsituation zu nehmen, sie konnte wohl nicht einmal ihre Wünsche äußern.

Doch nichts an dem Gebäude ließ erkennen, dass hier schwerstpflegebedürftige Menschen untergebracht waren. War das das falsche Haus?

Ich sah mich ratlos um. Rechts neben mir stand der hohe Bauzaun. Eine Plastikrutsche leitete Schutt aus den oberen Geschossen in einen Container mit orangefarbenem Logo. Anscheinend wurde renoviert.

»Die Adresse stimmt nicht«, schlussfolgerte Adrian ungeduldig.

Er hatte mir bereits auf der Fahrt hierher klargemacht, dass er es mitten in der wichtigen, ersten Ermittlungsphase des Mordfalles für reine Zeitverschwendung hielt, sich die Wachkoma-Wohngemeinschaft anzusehen.

Weil ich trotzdem drauf bestanden hatte herzukommen, war er genervt. Zwar neigte er nicht zu dominanten Drohgebärden wie Bussi, doch er erreichte einen ähnlichen Effekt durch demonstrative Schweigsamkeit und das Weglassen seines Sonnyboy-Lächelns. Weil wir irgendwann mal Best Buddies gewesen waren, wusste ich, was fehlte.

»Dass Sigrid Funke dieses Pflegeheim besichtigt hat, ist Tage her«, drängelte er. »Wir haben echt heißere Spuren.«

Und weil die Sektion der Toten für heute Nachmittag angesetzt worden war, befürchtete er außerdem, kein Mittagessen zu bekommen.

»Wir sollten uns auf den Klempner und den Obdachlosen konzentrieren.« Er wandte sich ab.

Wahrscheinlich hielt er auch einfach nichts von der Idee, sich in der Pflegeeinrichtung umzusehen, weil der Vorschlag von mir kam. So ähnlich, wie ich automatisch den Wohnungslosen als Tatverdächtigen ausschloss. Wir waren wirklich ein Spitzenteam.

»Bussi nimmt Pflogs Firmenwagen auseinander. Wenn die Leiche zwischen dem Gerümpel gelegen hat, finden wir Beweise dafür.« Mein Teamchef fuhr sich gereizt durch die blonden Locken, als ich vor der Haustür stehen blieb. »Mir ist echt nicht klar, wie die Suche nach einem Pflegeplatz für die Mutter mit dem Mord zusammenhängen soll.«

Adrian hatte natürlich recht. Funke war durch ihre Arbeit für die SWBG auf die Pflegeeinrichtung aufmerksam geworden und hatte sie auf der Suche nach einem Platz für ihre Mutter besichtigt. Das war absolut unverdächtig.

Adrian warf einen Blick auf die Uhr. »Bei dieser WG kannst du später telefonisch nachhaken«, entschied er. »Ich brauche was im Magen, bevor wir zur Rechtsmedizin fahren.«

»Es reicht ja, wenn einer von uns bei der Sektion anwesend ist«, entgegnete ich.

Adrian fixierte mich mit seinen winterhimmelblauen Augen, die an einen Husky erinnerten. Momentan an einen bissigen Husky. Sein Blick drohte mir die Strafversetzung in den Keller an, weil ich nicht artig bei Fuß zur Leichenöffnung trottete.

»Willst du hier etwa weiter vor der Tür rumstehen?«, knurrte er.

»Ich spreche mit ein paar Nachbarn«, nickte ich. »Irgendjemand wird mir sagen können, ob sich eine Pflegeeinrichtung im Haus befindet.«

Adrians Gesicht verfinsterte sich weiter.

»Diese überflüssige und zeitraubende Recherche nehme ich dir gern ab, damit du dich den wirklich wichtigen Dingen widmen kannst«, erklärte ich ironisch.

Die Kiefermuskeln traten aus Adrians Wangen hervor.

Es ging nicht darum, dass die Recherche in der Wachkoma-WG unnötig war, es passte ihm schlicht nicht, dass ich eigene Ermittlungsansätze verfolgen wollte.

Er stieg in seinen blank polierten Alfa Romeo und rumste die Tür zu.

»Bis morgen dann«, rief ich ihm nach, als er davonrauschte.

ZOMBIE

Das warme Wasser prasselte mir in den Nacken, lief in der Rinne zwischen meinen Rückenmuskeln hinunter und spülte den Schaum aus meinen Haaren.

Meine Muskeln prickelten. Ich war eine Stunde gejoggt. Plus drei mal fünfzig Liegestütze, Klimmzüge und Bauchmuskel-Bananas auf der Parkbank. Jetzt sollte ich erst mal Ruhe vor bösen Geistern haben.

Außerdem beruhigte mich der Duft von Eddies Shampoo. Seit sie da war, stand das Einmachglas mit dem milchig weißen, cremigen Zeug in der Dusche. Darin schwammen Rosenblätter und irgendwelche lila Krümel. Eddies Oma mixte es zusammen.

Das Zeug war einfach geil. Wenn Eddie bemerkte, dass ich es benutzte, hielt sie mich womöglich für schwul.

EDDIE

Die Adresse stimmte.

Druckfehler?

Ich überflog noch einmal den Text des Werbeflyers.

Selbstbestimmte Wachkoma-Wohngemeinschaft
Intensiv- und Beatmungspflege
Wir sind selbstorganisierte Wohngemeinschaft. Uns verbindet eine besondere Lebenslage: Intensiv- und Beatmungspflicht. Wir leben in 210 Quadratmeter Wohnfläche, drittes Obergeschoss in gepflegtem mehrparteienhaus in Bochum-Langendreer. Betreut und gepflegt werden wir von speziellen ambulanter Intensivpflegedienst. Mit der Qualität sind wir zufrieden. Tagsüber und auch nachts ist eine Präsenzkraft Vorort. Sie machen tagesstrukturierende Maßnahmen und hauswirtschaftliche Unterstützung der Bewohner.

Mal abgesehen von den Rechtschreibfehlern und der Ausdrucksweise, die selbst in einem Aufsatz in Jaz' siebter Klasse unangenehm aufgefallen wäre, war der Text formuliert, als wäre er von den Bewohnern der Einrichtung selbst verfasst worden.

Aber wenn alle Wachkoma-Patienten so schwer pflegebedürftig waren wie Sigrid Funkes Mutter, war das unmöglich. Für mich klang der Begriff ›Wachkoma‹ nach einer sehr starken Beeinträchtigung. Die Bezeichnung ›*Selbstbestimmte Wachkoma-Wohngemeinschaft*‹ erschien mir paradox. Funkes Mutter jedenfalls konnte ihre Wohnsituation definitiv nicht selbst bestimmen, ihre Enkelin würde eine Entscheidung treffen müssen.

Aber vielleicht waren andere Betroffene ansprechbarer? Der Text vermittelte den Eindruck, als hätten sich die »WG-Bewohner« zusammengetan, die Wohnung gemietet und die »Präsenzkraft«, die ihnen im Haushalt half, engagiert.

Und auch die folgenden Informationen unter der Abbildung der Küchenzeile schienen mir zumindest in Bezug auf den Gesundheitszustand von Sigrid Funkes Mutter völlig irrelevant:

Im Wohnumfeld erreichbar sind Bushaltestellte, U-Bahn, Einkaufsmöglichkeiten, Bank, Post, Friseur, Stadtpark.

Die bettlägerige, alte Frau, deren Arme und Beine versteift von den spastischen Lähmungen waren, ging mit Sicherheit nicht zum Friseur.

Unter dem Foto einer Couchgarnitur, das auch im Katalog eines Möbelhauses hätte abgedruckt sein können, stand eindeutig die Adresse des Hauses, vor dem ich stand. Entweder war das ein Druckfehler oder im dritten Obergeschoss befand sich tatsächlich eine Pflegeeinrichtung.

Hm.

Unter der Adresse waren Kontaktdaten angegeben. Telefonnummer, E-Mail-Adresse und ein Name: *I. Stepanovic.*

Der Name, den sich Sigrid Funke neben dem Termin in ihren Unterlagen notiert hatte. Anscheinend war Stepanovic Ansprechpartner oder Ansprechpartnerin in Sachen Wachkoma-WG.

Ich trat noch einmal an die Klingelknöpfe neben der Tür. Bisher hatte ich nach der *Wachkoma-WG* gesucht. Jetzt blieb mein Blick am dritten Schild von oben hängen.

Aha. *I. Stepanovic* wohnte wirklich hier.

Ich drückte auf den Klingelknopf.

Es dauerte ein paar Sekunden, bis die Sprechanlage summte. Allerdings meldete sich niemand, es knisterte lediglich.

»Hallo?«, sagte ich.

»Hallo?«, echote eine undeutliche Frauenstimme.

»Frau Stepanovic?«, riet ich.

»Ah – no.« Klackend ging die Sprechanlage aus.

Häh?

Ich klingelte noch mal. »Beelitz, Kriminalpolizei. Ich habe ein paar Fragen an Sie«, erklärte ich rasch, als die Sprechanlage wieder zu knistern begann.

Ohne dass ich eine Antwort bekam, verstummte die Anlage auch dieses Mal.

Seltsam.

Ich trat ratlos aus dem Eingangsbereich zurück und sah am Haus hinauf. Im dritten Obergeschoss, in dem sich die mysteriöse WG befinden sollte, führte aus einem Fenster ganz rechts die Schuttrutsche in den Container.

Die Haustür ging auf und ein bulliger Typ in mit Farbe beschmierter Arbeitskleidung stand vor mir. Er hatte ein Gesicht, das an einen hechelnden Mops erinnerte, mit einer platten Nase und runden Augen unter einer in Falten hochgezogenen Stirn.

»Ja?«, blaffte er und sein Tonfall warnte mich davor, ihm irgendeine blöde Frage zu stellen. Ich ärgerte mich, dass sich bei mir keine Gleichgültigkeit gegenüber plumpen, physischen Drohgebärden einstellen wollte.

»Herr Stepanovic?«

»Polizei?«

»Beelitz, Kripo Bochum«, nickte ich, gab mir einen Ruck und trat auf ihn zu.

»Was wollen Sie?«

»Können wir das drinnen besprechen?«

»Wir bauen gerade um«, blockte Stepanovic ab. Mit einer ungelenken Kopfbewegung deutete er auf das orangefarbene Containerlogo. Ein Teufelchen zertrümmerte mit einem Vorschlaghammer eine stilisierte Backsteinmauer. Ich richtete meine Aufmerksamkeit wieder auf Stepanovic. Mir fiel auf, dass er nicht in der Lage zu sein schien, den Kopf unabhängig vom Körper zu bewegen. Sah aus, als hätte er einen steifen Hals.

Der Mann stellte sich breitbeinig in die Haustür, als befürchtete er, ich könnte Anlauf nehmen und versuchen, mich an ihm vorbeizurammen wie beim Rugby.

»Sie stehen hier als Ansprechpartner für die Wachkoma-Wohngemeinschaft?!« Ich hielt ihm den Flyer hin.

Stepanovic grunzte. Das Geräusch klang vage zustimmend, verriet mir aber nicht, ob Stepanovic der Hausmeister, der Inhaber oder ein Mitbewohner war.

»Sagt Ihnen der Name Sigrid Funke etwas?«, versuchte ich, ihn zum Reden zu bringen.

»Nee.«

»Sie hat sich vor ein paar Tagen Ihre Pflegeeinrichtung angesehen. Letzten Freitag um fünfzehn Uhr hatten Sie einen Termin mit Frau Funke. Ihre Mutter ist pflegebedürftig, sie ist auf der Suche nach einem Platz für sie.«

Stepanovic schwieg weiter.

»Etwa so groß«, versuchte ich, mit einer Höhenangabe per Hand seinem Gedächtnis auf die Sprünge zu helfen. »Sechsundfünfzig Jahre alt, korpulent, graues, kinnlanges Haar.«

Stepanovic gab ein gereiztes Knurren von sich, dass entweder heißen sollte, dass er sich an den Besuch erinnerte, oder, dass er genervt von mir war.

»Erinnern Sie sich an sie?«, bestand ich auf einer Antwort.

»Die war hier«, murrte Stepanovic endlich. »Hat sich alles angesehen, konnte sich aber nicht entscheiden. Wollte sich noch eine andere WG ansehen. Ich habe ihr die Formulare mitgegeben und gesagt, dass wir nur noch einen Platz frei haben. Wenn der belegt ist, muss sie bis nach dem Umbau warten. Das war alles.«

Ich zückte mein Notizbuch und notierte.

»Ich würde mir Ihre WG gern mal ansehen. Können wir einen Termin vereinbaren?«

»Wenn Sie einen Durchsuchungsbefehl haben«, bellte Stepanovic. »Die Bewohner mögen keinen Besuch.«

Bevor ich irgendwas antworten konnte, war Stepanovic ins Haus zurückgetreten und donnerte die Tür zu.

Zombie

Eddie, 12:15 Uhr: Hey, hoffe ich wecke dich nicht?! Adrian hat mich stehen lassen. Holst du mich ab?

Baby, dich hole ich auch vom Mars ab, wenn es sein muss.

Im gleichen Moment fiel mir ein, dass ich mich wie ein Arschloch aufgeführt hatte, bevor ich gestern zur Nachtschicht verschwunden war. Wie der abgefuckte Macho, der ich eigentlich gar nicht mehr war. Ich hatte das Scheißgefühl, mich entschuldigen zu müssen.

Ich las die SMS noch einmal.

Sie klang nicht sauer. Hatte sie gar nicht mitgekriegt, dass ich neben der Spur gewesen war?

Eddie

»Das ist eine Unverschämtheit, wenn Sie mich fragen. Wir als Mieter wurden überhaupt nicht informiert. Die waren einfach plötzlich da, als wären das ganz normale neue Nachbarn. Und da geht es ja nicht nur um den Baulärm.« Der Mann mit dem schulterlangen, grauen Haar war einen halben Kopf kleiner als ich. Mit seinem Gehstock fuchtelte er in Richtung des Containers zwischen den Birken. »Morgens und abends parken die ganzen Autos vom Pflegedienst hier alles zu. Außerdem haben wir ständig die Krankenwagen hier. Und die Leute werden dann natürlich im Aufzug transportiert. Wir sehen das Elend jeden Tag, wenn wir einkaufen gehen.«

Ich notierte die Worte des Mannes, der sich auf seinen orthopädischen Stock gestützt in Rage redete. Gernot Zeppel lebte im Erdgeschoss des Mietshauses, in dem sich Stepanovics Wachkoma-Pflegeeinrichtung befand. Ich hatte Zeppel angesprochen, als er aus dem Haus gekommen war.

»Wir haben einen Brief an die Hausverwaltung geschrieben, aber nix ist passiert. Ich kann mir nicht vorstellen, dass die das einfach so mit uns machen können. Damals sind wir sogar an die Presse gegangen. Hat aber auch nix genutzt.«

Mit hochrotem Kopf hinkte Zeppel davon.

Im gleichen Moment zuckte ich zusammen, weil sich ein riesiger, schwarzer Schatten gemächlich neben mich schob.

»Hey.« Zombie brachte sein Monstrum von Auto neben mir zum Stehen.

Er hatte sein inneres Gleichgewicht wiedergefunden, dass konnte ich schon spüren, bevor ich die Autotür öffnete und auf den Beifahrersitz seiner Angeberkarre kletterte.

Er trug eine Sonnenbrille, obwohl die Sonne nicht schien, die Haare hatte er zum Knoten hochgebunden und den Ellenbogen lässig auf das heruntergelassene Fenster seines Hummer H2 gelegt.

Als ich mich neben ihn setzte, musterte er mich kurz über die dunklen Gläser hinweg. Dann griff er meine Hand und hängte seinen kleinen Finger an meinem ein wie ein Fünfjähriger, der den Süßigkeitenschrank leer geräumt hatte und nun herausfinden wollte, ob Mami sauer auf ihn war. Die winzige, vertraute Berührung kribbelte meinen Arm hinauf.

Ich strich mit dem Daumen über seine Finger und Zombies Augen fingen an zu leuchten.

»Wo steckt mein Lieblingskommissar?«, erkundigte er sich gut gelaunt. »Ich bin schon lange nicht mehr in Handschellen abgeführt worden.«

»Der hat Wichtigeres zu tun. Du stehst ausnahmsweise nicht ganz oben auf seiner Fahndungsliste.«

Zombie schnalzte mit gespieltem Bedauern mit der Zunge. »Und dich beschäftigt er hier mit irgendwelchen ABM-

Maßnahmen, damit du den Fall nicht aus Versehen schneller löst als er?«

Ich verdrehte die Augen.

»Ich habe mich darum gekümmert.« Ich hielt Zombie den Flyer hin. »Die Tote hat sich diesen Laden vor ein paar Tagen angesehen. Sie war auf der Suche nach einem Pflegeplatz für ihre bettlägerige Mutter. Bisher gibt es tatsächlich keinen Hinweis auf einen Zusammenhang mit dem Mord. Überprüfen konnte ich das allerdings auch nicht, die haben mich nämlich gar nicht erst reingelassen.«

Ich deutete mit dem Kopf über die Schulter, in Richtung des Gebäudekomplexes mit den Birken, der bereits ein Stück hinter dem Auto zurückgeblieben war.

Zombie trat auf die Bremse und blickte sich um.

Dann legte er den Rückwärtsgang ein und ließ den Wagen zurückrollen, bis ich aus dem Seitenfenster auf die weinrote Fassade deutete.

Nachdenklich drehte er den Flyer um und warf einen Blick auf die Adresse. »Das soll ein Pflegeheim sein?«

»Zumindest so viel weiß ich sicher«, nickte ich. »Die Nachbarn bestätigen es und mit diesem Stepanovic habe ich auch gesprochen.« Ich tippte auf den unscheinbaren Namen unter der E-Mail-Adresse.

»Stepanovic?«, wiederholte Zombie verwundert. »Iwan Stepanovic?« Er sah mich über den Rand seiner Sonnenbrille hinweg an.

»Nach seinem Vornamen habe ich nicht gefragt.« Ich zuckte die Schultern. »Sieht aus, als wäre er der Hausmeister, er benimmt sich aber wie ein Türsteher. Das ist so ein aufgepumpter Gorilla, du weißt schon.«

»Ach ja?« Zombie wartete belustigt darauf, dass ich kapierte, was ich gesagt hatte. »Ich wette, ich komme da rein«, sagte er dann und stellte den Motor ab.

Wie bitte?

»Sag nicht, der Türsteher ist ein Kumpel von dir?!«, schaltete ich.

»Das lernt man doch bei der Artenlehre im Biounterricht.« Zombie zwinkerte mir zu. »Wir Primaten gehören alle zur gleichen Familie.«

Er ließ seinen Blick zu dem Gebäude wandern. Dann warf er die Sonnenbrille aufs Armaturenbrett des Hummer und griff nach dem Türöffner. »Ich sehe mich da mal um«, beschloss er. »Was genau willst du wissen?«

Überrascht pustete ich die Wangen auf.

»Keine Ahnung. Die Tote hat einen Platz für ihre Mutter gesucht, die ist nach einem Schlaganfall pflegebedürftig. Aber ›selbstbestimmt wohnen‹ …«, ich tippte auf die Werbebroschüre, »… kann sie garantiert nicht. Und die anderen Mieter sind anscheinend nicht begeistert über die Pflegeeinrichtung in der Nachbarschaft. Ich wüsste einfach gern, was da drinnen wirklich abläuft.«

Zombie tippte sich an die Stirn, als würde er salutieren. Dann stieg er aus, verbarg die Hände in der Bauchtasche seines dunklen Kapuzenpullis und schlenderte auf das Haus zu.

ZOMBIE

Das Schloss der Haustür stellte kein echtes Hindernis dar. Sah schon ziemlich ausgenudelt aus. Mit der Linken drehte ich die an einem Schlüsselring befestigten Häkchen in meiner Hosentasche.

Konnte ich in dreißig Sekunden picken.

Trotzdem drückte ich erst noch mal mit Nachdruck die Klingel. Wieder blieb die Gegensprechanlage still.

Wahllos probierte ich es mit ein paar anderen Knöpfen.

Im gleichen Moment flog die Tür auf.

Iwan der Schreckliche stand mir gegenüber. Aus seinem Gesichtsausdruck schloss ich, dass er mit der Polizei gerechnet hatte und auf Eddie hatte losgehen wollen. Ganz ungesunde Idee, Alter.

Als er mich erkannte, prallte er überrascht zurück. »Zombie, Mann! Was willst 'n du hier?«

Ich tat genauso überrascht. »Iwan, Alter! Lange nicht gesehen.«

Ich hob die Fäuste und Iwan tickte seine reflexartig dagegen. Auch wenn er immer im falschen Lager geboxt hatte, waren wir nie aneinandergeraten. Hing vielleicht mit der kleinen Rechnung zusammen, die er noch bei mir offen hatte.

Ich holte Eddies Flyer hervor. »Eigentlich will ich hier hin.« Ich hielt ihm den Zettel unter die Nase. »Mein Alter hatte 'n Schlaganfall«, erklärte ich, während er auf den Flyer schielte. »Schöne Scheiße, sach ich dir.«

Iwan schnappte den Zettel aus meiner Hand und deutete mit einer steifen Kopfbewegung ins Treppenhaus. »Komm mit.«

Na also. Lief doch.

Dass ich einen grottenblöden Fehler gemacht hatte, kapierte ich tatsächlich erst, als Iwan die Wohnungstür im dritten Stock öffnete und ich den Geruch registrierte.

Meine Nackenhaare stellten sich auf, mein Rücken versteifte sich. Ich erkannte die Hölle, wenn ich vor ihrer Tür stand. Ich hatte zwar nicht damit gerechnet, dass es dort sonnengelbe Wände und steril sauberen Laminatboden gab und ein Schlagersender im Radio dudeln würde. Trotzdem waren Zweifel ausgeschlossen.

Am liebsten hätte ich mich umgedreht und wäre abgehauen.

»Im Augenblick haben wir sechs Doppelzimmer, alle belegt, aber wir erweitern. Das Geschäft läuft.«

Iwan der Schreckliche hielt mir das Tor zur Hölle immer noch auf. Misstrauisch folgte ich ihm in den Flur. Mein Herz geriet aus dem Takt, mein Blut rauschte in meinen Ohren.

Die Wohnung war groß und hell. Sah aus, als wären ein paar Wände entfernt und drei bis vier einzelne Wohneinheiten zusammengelegt worden.

»Wir haben Leute nach Schlaganfall, Unfall mit Schädel-Hirn-Trauma, Hirnblutung und so.«

Iwan war immer viel schwerfälliger gewesen als ich. Und er schien eine Weile gar nicht mehr trainiert zu haben. Er war fett geworden und irgendwas stimmte mit seiner Halswirbelsäule nicht. Breitbeinig schaukelte er vor mir den Flur entlang.

»Aber wir nehmen schon auch kompliziertere Fälle. Der da zum Beispiel.« Iwan deutete auf einen Zimmereingang. Die Türen standen alle offen. »Der hat so eine seltene Krankheit, da verschwinden einfach alle Muskeln. Jetzt kann er nicht mehr selbst atmen, nicht mehr sprechen, ist aber sonst klar im Kopp.«

Ich hatte das Gefühl, mein Blut verwandelte sich in flüssiges Eis und ließ meinen Körper Stück für Stück erstarren, je weiter mein Herzschlag die Flüssigkeit durch meine Adern pumpte. Es gelang mir weder, an der offen stehenden Tür vorbeizugehen, noch den Raum zu betreten.

Die orangefarbenen Vorhänge an den großen Fenstern waren aufgezogen. Durch die hellgelb gestrichenen Wände entstand der Eindruck, die Sonne würde scheinen, obwohl der Himmel draußen grau war.

Für die beiden hydraulischen Pflegebetten, die von Monitoren und medizinischen Armaturen umringt waren, bot das

Zimmer nicht genug Platz. Iwan hatte Mühe, sich zwischen all den Geräten hindurchzuquetschen.

Die Schlagermusik wurde von dem gruseligen, rhythmischen Zischen der Maschine hinter dem Bett übertönt. Der Schlauch des Gerätes steckte unterhalb des Kehlkopfes im Hals des kleinen, dünnen Mannes, der wie leblos im Bett lag. Mit dem nächsten Zischen pustete die Maschine den Brustkorb des Typen auf wie ein Blasebalg. Er war blass, mit wirren, braunen Locken und wahrscheinlich gar nicht viel älter als ich.

Ich bemerkte, dass er mich ansah.

»Versteht er, was wir sagen?«, wollte ich von Iwan wissen.

Der trat neben mich und betrachtete den Mann emotionslos. Der starrte mit einem Ausdruck in den Augen zurück, den ich schon beinahe als Hass bezeichnet hätte.

»Sprechen und atmen kann der nicht, aber die Birne funktioniert. Im Gegensatz zu seiner.«

Iwan deutete auf das andere Bett, in dem ein weiterer Mann lag. Er war noch deutlich jünger, dreißig vielleicht, und sah türkischstämmig aus. Sein Körper war zusammengekrümmt, seine linke Hand hielt er verkrampft auf die Brust gepresst. Eine Beatmungsmaschine benötigte er nicht, aber die Bettdecke war zur Seite geschlagen, weil aus einer an einem Infusionsständer aufgehängten Glasflasche eine milchige Flüssigkeit durch einen Schlauch sickerte. Der Schlauch verschwand unter dem dünnen Hemd des Mannes, das nur seine Vorderseite bedeckte, wie bei einer Operation. Zweifellos hatte man ihm den Schlauch durch die Bauchdecke gebohrt. Er wurde künstlich ernährt.

Mein Herz hatte endgültig aufgehört zu schlagen. Ich war bereits tot, nur noch nicht umgekippt.

Der leere Blick des Jungen ging an mir vorbei. Deshalb wäre ich beinahe zusammengezuckt, als er plötzlich laut »Lalalalalalala« sagte.

Iwan hob die Schultern. »Mehr kommt da nicht mehr. Der ist eines Tages einfach umgekippt. Hirnblutung.«

Ich wollte mir die Ohren zuhalten, aber meine Arme waren plötzlich schwer wie Blei.

»Alles hin.« Iwan machte eine vielsagende Handbewegung vor seinem Gesicht. Dass der Typ im Pflegebett vor nicht allzu langer Zeit ein attraktiver, sportlicher Junge gewesen sein musste, überstieg offensichtlich Iwans beschränktes Vorstellungsvermögen.

»Lalalalalala«, sagte der Junge.

Ich konnte mich nicht bewegen. Nicht schlucken. Nicht denken. Das Gewicht meiner Bleiarme drohte, mich in die Knie zu zwingen.

»Normalerweise sag ich jetzt meinen Text auf«, quatschte Iwan auf mich ein. »Du weißt schon, die Lebensqualität erhalten und so. Aber mit dir kann ich ja Klartext reden: Ich sehe das hier als Business, weißte?«

Iwan wandte sich ab und watschelte hinaus. Ein paar Sekunden später tauchte er allerdings wieder neben mir auf, weil er bemerkt hatte, dass ich ihm nicht folgte.

»Günstiger als hier kriegst du die Rund-um-die-Uhr-Bewachung nicht«, nuschelte er. »Und bei dir im Wohnzimmer willst du den Alten doch auch nicht liegen haben, oder? Dann kannst du dem noch selbst den Arsch abwischen, wenn die Krankenschwester grade nicht da ist.«

Seine Worte verhallten in der schwarzen Leere, die sich in meinem Kopf ausbreitete.

»Hier ist immer eins von den Weibern. Die sprechen zwar kein Deutsch, aber kümmern sich. Die wechseln Urinbeutel, putzen die Bude und rufen den Krankenwagen, wenn was ist. Fürs Waschen, Katheterwechsel, die Medikamente und die künstliche Ernährung kommt morgens und abends die Kolonne vom Pflegedienst.«

Katheterwechsel ...
Katheterwechsel ...
Katheterwechsel ...

Das Wort erzeugte ein Echo in meinem Kopf, bis es vom Zischen der Beatmungsmaschine am Nebenbett übertönt wurde. Meine Augen wanderten von dem abwesenden Blick des Jungen zu dem Schlauch, mit dem ihm die Nahrung in den Magen gepumpt wurde, zu dem anderen Schlauch, der zu dem mit Urin gefüllten Beutel führte, der am hochgezogenen Gitter des Bettes baumelte.

Die Hölle.

Ich wollte hier weg.

»Die Bude hier hat mir den Arsch gerettet, Alter«, faselte Iwan weiter. »Seit es mir die Halswirbel zerschossen hat, kann ich das Entrümpeln von Wohnungen vergessen. Möbel schleppen läuft nicht mehr. Hier brauche ich bloß ab und zu eine Glühbirne wechseln und gucken, dass die Kohle reinkommt.«

Der Raum drehte sich langsam um mich herum.

»Die Kosten für den Pflegedienst deckt die Pflegeversicherung ab, wenn dann noch eine kleine Rente da ist, reicht das für die Miete und die zwei polnischen Weiber. Die schieben Zwölfstundenschichten und Urlaub brauchen die auch nicht. Die kommen her, teilen sich ein Zimmer, und nach drei Monaten nehmen die die Kohle und fahren wieder nach Hause. Für die ist das ein Vermögen und für dich ein Lottogewinn. Mit einem Altenheim kommst du nie und nimmer so gut aus der Nummer raus, Alter. Und bei der Miete mach ich dir 'n Sonderpreis. Kriegen wir alles geregelt.«

Iwan legte mir einen Arm um die Schultern. Er kam mir viel zu nah, aber ich kriegte es nicht hin, ihn abzuschütteln.

»WIR WOLLEN DAS HIER NICHT HABEN!« – ANWOHNER PROTESTIEREN GEGEN PFLEGE-WG IN WOHNGEBIET

Den Artikel, von dem Zeppel gesprochen hatte, hatte ich im Onlinearchiv der Tageszeitung gefunden. Das Foto zum Text zeigte eine Birke vor einer weinrot gestrichenen Fassade.

Ich überflog den Bericht:

Offenbar gibt es im Bereich der Intensivpflege immer wieder skrupellose Geschäftemacher, die im großen Stil bei Krankenkassen abkassieren: für die hoch entlohnte Betreuung von bettlägerigen Intensivpatienten. Im Falle solcher Abzockmaschen werden die Pflegebedürftigen nicht von Fachpersonal, sondern von unausgebildeten Betreuern versorgt, um den Gewinn zu maximieren. Dass so etwas in ihrem unmittelbaren Umfeld praktiziert wird, befürchten Anwohner in einem Wohngebiet in Langendreer.
»Wir wollen das hier nicht haben«, stellt Mieter Gernot Zeppel klar. Er wandte sich mit seinen Bedenken an die Stadtverwaltung.
»Wir haben keine rechtliche Möglichkeit, eine solche Wohngemeinschaft zu verhindern«, erklärt Baudezernatsleiter Mark Oltmann. »Der Bebauungsplan lässt diese Nutzung zu.«

Zombie öffnete die Autotür und ließ sich neben mich auf den Fahrersitz gleiten.

Ich ließ das Smartphone sinken, doch er startete, ohne ein Wort zu sagen, den Motor. Eine kleine, steile Falte bohrte sich zwischen seinen Augenbrauen in seine Stirn. Und seine linke Faust ballte sich so fest um das Lenkrad, dass die Knöchel hervortraten, während er den Hummer auf die Straße kurbelte.

Ich wartete darauf, dass er mir erzählte, was er über die dubiose Wohngemeinschaft herausgefunden hatte, doch er schwieg.

Was war passiert?

»Weißt du eigentlich, was Wachkoma bedeutet?«, fragte er mich schließlich. Seine Stimme hatte einen lauernden Unterton.

Ich dachte an Sigrid Funkes Mutter in dem gigantisch großen Pflegebett. Das Wachkoma war neben dem Tod vermutlich die schlimmstmögliche Folge eines Schlaganfalls. Selbst für Adrian war der Anblick zu viel gewesen.

»Ja«, beantwortete ich seine Frage zögernd. Ich wusste nicht, worauf er hinauswollte, aber der Unterton in seiner Stimme hatte mich wachsam werden lassen. »Ich habe die Mutter des Mordopfers gesehen, die nach einem Schlaganfall pflegebedürftig ist.«

»Und?«, bohrte Zombie nach. »Was ist los mit ihr?«

Ich schluckte. »Sie hat einen ... Hirnschaden.«

Konnte ich das so ausdrücken?

Zombie wartete schweigend darauf, dass ich weiterredete.

»Ziemlich schlimm«, sagte ich. »Sie kann nicht sprechen, sich nicht bewegen.«

»Und sonst?«

Da vibrierte etwas in Zombies Stimme. Es ärgerte mich, dass ich nicht begriff, was es war.

»Sie kann gar nichts mehr. Sie wird künstlich ernährt«, fuhr ich fort. »Und sie hat so einen Blasenkatheter. Niemand weiß, ob sie ihre Umwelt überhaupt wahrnimmt. Und sie hat eine spastische Lähmung, die ihren ganzen Körper total verkrampft. Ich glaube, dass sie Schmerzen hat.«

Ich zögerte. Dann sprach ich doch aus, was mir durch den Kopf ging. Wenn ich meinem Freund nicht sagen konnte, was ich dachte, wem dann?

»Ich glaube, es wäre besser für sie gewesen, wenn sie gestorben wäre.«

Zombie trat auf die Bremse. Der Hummer kam abrupt hinter mehreren vor einer Ampel wartenden Autos zum Stehen. Zombie starrte mich an.

»Sie hätte sterben sollen«, nickte er. Die Bewegung kam mir unnatürlich verlangsamt vor. »Aber es hat nicht funktioniert. Weil Ärzte es verhindert haben, schätze ich.«

Plötzlich erinnerte ich mich, wann ich diese untypisch verlangsamten Bewegungen schon einmal bei ihm gesehen hatte: auf der Ruhrtalbrücke, mitten in der Nacht. Damals hatte er unter Schock gestanden.

Ich richtete mich auf.

Zombie verkraftete nicht, was er in der WG gesehen hatte. Weil er seine Türsteherkumpel mit Gettofaust begrüßte, konnte man leicht vergessen, dass er den harten Kerl nur spielte.

»Wenn mir das passiert, lass mich sterben«, sagte er.

Mein Gehirn schaltete auf Pause.

»Ruf einfach keinen Krankenwagen, wenn ich umkippe, okay? Ich will nicht jenseits von tot wieder aufwachen.«

Mein Gehirn streikte. Ich weigerte mich zu glauben, dass er das gerade gesagt hatte. Wie ein Opossum fiel ich in eine Art Schreckstarre. Ich blickte unverwandt weiter auf den Kofferraum des vor uns haltenden Wagens, als wäre es möglich, so zu tun, als hätte ich nichts gehört.

»Das ist mein Ernst, Eddie«, ließ Zombie die Schreckstarre nicht gelten.

Endlich verlinkte mein Gehirn die relevanten Informationen. Die CT-Aufnahme seines Schädels. Das Gespräch, das ich vor Monaten mit seiner Schwester Dana geführt hatte.

»Was ist ein Aneurysma?«

»Eine Aussackung an einem Blutgefäß, in seinem Fall im Gehirn. Es ist an dieser Stelle erweitert, ausgeleiert, sozusagen.

Ob das wirklich vom Boxen kommt, ist nicht sicher. Es kann auch angeboren sein. Es besteht die Gefahr, dass die Ader an dieser Stelle platzt, besonders, wenn er weitere Schläge gegen den Kopf bekommt. Das können Sie sich wie einen Schlaganfall vorstellen. Im schlimmsten Fall stirbt er oder ist schwerbehindert.«

Was Zombie in der Wachkoma-WG gesehen hatte, war das Schicksal, das ihm selbst seit Jahren drohte. Und auch wenn er nie darüber sprach, verrieten kleine Verhaltensweisen und unbedeutende Nebensätze hin und wieder, dass die vernichtende Diagnose wie eine Guillotine über seinem gesamten Leben schwebte.

Hinter uns hupte ein Auto. Zombie lenkte den Hummer an den Straßenrand und stoppte erneut.

»Und wenn mir das doch passiert«, sagte er bedächtig, »dann will ich, dass du mich umbringst.«

Ich atmete scharf ein.

Geht es noch?

Endlich löste sich meine Starre.

»Das kannst du vergessen!«, fuhr ich ihn wütend an. »Du wirst schön am Leben bleiben, verstanden? Du wirst keine Prügeleien anzetteln und keine Mörder jagen, und wenn es windig ist, bleibst du im Haus, damit dir kein Dachziegel auf den Kopf fällt, kapiert?«

Seine rechte Augenbraue zuckte hoch. Ich konnte spüren, wie seine düstere Stimmung verpuffte. Seinen Humor konnte er selbst in der schwarzen Phase einer Depression nicht ganz abstellen. Glücklicherweise.

»Ich meine das ernst«, wiederholte er trotzdem, jetzt allerdings in weniger beängstigendem Ton. »Ich will keine Beatmung und keine künstliche Ernährung. Wenn mir doch was auf den Kopf fällt, lass mich verrecken. Okay?«

Er hielt mir die Hand hin, als könnte man ein solch krankes Abkommen per Handschlag besiegeln.

Ich schüttelte den Kopf. »Besprich das mit Dana«, knurrte ich. »Oder mit deiner Mutter.«

»Für 'n Arsch«, winkte er ab. »Die fangen schon an zu heulen, wenn ich das Wort ›Patientenverfügung‹ in den Mund nehme.«

»Ach? Und ich nicht?«

Meine Fantasie lieferte prompt das passende Bild zu unserem morbiden Gespräch.

Zwei Sanitäter, die Zombie bewusstlos auf einer Trage in die Notaufnahme schieben. Dana, die in ihrem weißen Arztkittel zusammenbricht.

Nein! Nein, nein, nein!

Ich versuchte, den Gedanken aus meinem Kopf zu drängen, doch die Vorstellung war so schrecklich, dass mir einfach keine harmlosen Ersatzgedanken einfallen wollten.

»Bis jetzt sehe ich dich nicht flennen«, stellte Zombie nüchtern fest.

»Ich konnte dich nicht mal erschießen, als du dich noch wie das Monster aus einem zweitklassigen Horrorfilm aufgeführt hast«, schnauzte ich ihn erschrocken an. »Also lass mich da raus.«

Zombies schwarze Augen glitzerten belustigt. »Du bist eben mein persönlicher Schutzengel«, schnurrte er. »Und soll ich dir was verraten: Wenn es darauf ankommt, wirst du sowieso das Richtige tun. Du kannst gar nicht anders.«

Ich riss die Augen auf.

Das hatte er nicht gesagt, oder?

Er startete den Motor wieder und lenkte den Wagen zurück auf die Straße. Nachdenklich kratzte er sich den Bart.

»Dummerweise würden die Medizinmänner wahrscheinlich wirklich meine unzurechnungsfähige Mutter nach ihrer Meinung fragen«, überlegte er laut. »Für das Problem gibt es eigentlich nur eine Lösung.«

Er warf mir einen herausfordernden Blick zu.
Was kam jetzt noch?
»Ist doch logisch: Du musst mich heiraten.«

Zombie

Der Lichtkegel meiner Taschenlampe flitzte über das Schild an der Hauswand.

Sieh mal an, der Klotz gehörte auch zur SWBG.

Obwohl ich hier seit Tagen die Nachtschicht schob, fiel mir das Schild zum ersten Mal auf. Um mich herum standen gleich neun oder zehn Mehrparteienhäuser dieser Bauart, vermutlich verwalteten die den ganzen Block.

Klar, wusste ich, dass die SWBG auch bei uns im Bochumer Norden Wohnungen anbot. Genau wie *Vonovia*, der Bauverein, dem viele der Wohnungen in den Blöcken gehörten, in denen wir selbst lebten, und ein halbes Dutzend anderer Firmen.

Routinemäßig gab ich laufend bei jedem Immobilienunternehmen in Bochum Angebote zur Objektsicherung ab. Die SWBG, bei der Eddies Leiche gearbeitet hatte, hatte ihren Sitz in Ehrenfeld, soweit ich mich erinnerte. Das war dieser Prunkbau mit dem Glasaufzug mitten in der Eingangshalle. Erst seit Eddie das recherchiert hatte, war mir jedoch klar, dass die SWBG über vierzehntausend Wohnungen verwaltete. Und jetzt fielen mir bei meinen Touren immer mehr Gebäude auf, an denen die Schilder mit den drei himmelblauen Häusern hingen.

Ich joggte zwischen den vierstöckigen, weißen Wohnklötzen hindurch. Die Runde von der Schule bis zum Aldi erledigte ich zu Fuß schneller als mit dem Wagen.

Die SWBG-Gebäude links und rechts von mir waren keine Vorzeigeobjekte für *Schöner Wohnen*. Ich blieb kurz stehen. Es roch nach Rauch.

Ich schnupperte.

Hatten da echt ein paar Besoffene im Oktober um Mitternacht den Grill angeschmissen? Auf dem Balkon oder was?

Auf der Suche nach der Party leuchtete ich an der Hauswand hoch. Dabei konnte es mir herzlich egal sein, ob die Bude abfackelte, die SWBG bezahlte mich schließlich nicht dafür, dass ich auf ihre Hütten aufpasste.

Musik war nicht zu hören.

Doch den Rauch roch ich eindeutig.

Ich bog um die Ecke. Die Extrarunde um den Block ging aufs Haus.

Der Lichtschein meiner Taschenlampe streifte einen Container, auf dem ein orangefarbener Teufel mit einem Vorschlaghammer abgedruckt war. Das Logo der DEMON-GmbH. Wieso hatte ich eigentlich das Gefühl, dass der Wichser mich neuerdings verfolgte?

Bevor ich darüber nachdenken konnte, sah ich das hellrote Flackern, das sich in den Fenstern des Blocks gegenüber spiegelte. Scheiße.

Flammen loderten in einer Wohnung ganz oben. Vierter Stock, links. Ich rannte zur Haustür und drückte wahllos die Klingeln.

EDDIE

Die Sanitäter schieben Zombie bewusstlos auf einer Trage in die Notaufnahme. Dana verbirgt ihr Gesicht in den Händen. Das Blaulicht zuckt über das aschgraue Gesicht meines Freundes.

Wenn mir das passiert, lass mich sterben.

Schweißgebadet schrak ich hoch.

Ich saß im Bett. Alles war ruhig.

Das war nur ein Albtraum gewesen, den ich Zombies skurrilen Sterbehilfe-Ideen verdankte. Herzlichen Dank.

Ich rieb mir die Stirn.

Jemand klopfte gegen die Wohnungstür.

Es dauerte einen Augenblick, bis ich begriff, dass es das Geräusch gewesen war, das mich geweckt hatte.

»Eddie?«

Mütze.

Wie spät war es? Mitten in der Nacht.

Flo! Das war mein erster Gedanke. Ich sprang aus dem Bett. Kam das Baby? Mussten wir ins Krankenhaus?

Ich riss die Wohnungstür auf, meine Nachbarin hatte einen ihrer zweijährigen Zwillinge auf jedem Arm.

»Haben die Wehen eingesetzt?«, wollte ich wissen.

»Wie? Nee!« Mütze schüttelte den Kopf. »Guck mal aus dem Fenster.«

Verwirrt sah ich sie an. Dann drehte ich mich um und lief in die Küche. Weil ich die Gardinen nicht vorgezogen hatte, sah ich sofort den grellroten Lichtschein, der den Nachthimmel erleuchtete. Feuer!

»Oleg hat Nachtschicht. Der hat mich angerufen und wollte wissen, ob das hier bei uns ist«, berichtete Mütze. »Musst du da nicht hin? Du bist doch bei der Abteilung für Brand, oder?«

Ganz falsch war das nicht. Das Kriminalkommissariat 11, in dem ich arbeitete, war prinzipiell auch für Brandsachen zuständig. Mein Team hatte allerdings keine Bereitschaft. Doch zuständig oder nicht, das Feuer schien keine zwei Straßen entfernt zu sein. Ich würde auf jeden Fall nachsehen, ob die Lage unter Kontrolle war oder ich helfen konnte.

»Siehst du nach den Kindern?«, fragte ich Mütze, während ich in meine Jeans sprang.

ZOMBIE

Nachdem ich gegen die ersten Wohnungstüren gebollert und die Leute aus den Betten gebrüllt hatte, brach der Tumult im Treppenhaus los. In den unteren Etagen war nichts von dem Feuer zu bemerken. Doch irgendwo über mir jaulten die Rauchmelder.

»Es brennt«, erklärte ich zwei halbwüchsigen Jungs, die mir verschlafen eine Tür öffneten. »Weckt die Nachbarn. Du hier unten, du im zweiten Stock. Alle müssen raus.«

Die beiden begriffen glücklicherweise sofort, dass ich keine Witze machte.

Ich rannte die Treppe hinauf, auf der mir die ersten Leute entgegenkamen. Kurzerhand winkte ich einen Teenager mit Pickelproblem hinter mir her.

In der dritten Etage verschleierte der Qualm wie ein feiner Nebel das Treppenhaus. Im Flur hinter der Glastür war die Luft besser. Ich beauftragte den Jungen, auch hier an den Wohnungen zu klopfen und die Leute zu wecken.

Ein Stockwerk höher kreischten die Rauchmelder, irgendwo schrie ein Kind. Da oben wurde es anscheinend ungemütlich. Eine ältere Frau und eine Mutter mit drei kleinen Mädchen stolperten die Stufen hinunter. Ein alter Mann stand hustend vor mir im verrauchten Flur, als ich die Glastür aufriss. Ich zerrte ihn aus dem Qualm ins Treppenhaus. Glücklicherweise begann er sofort, ans Geländer geklammert abwärtszuhinken. Ich widerstand dem Impuls, ihn unter den Arm zu klemmen und rauszuschaffen, und spähte den Flur hinunter. Der Rauch sammelte sich unter der Decke. Es roch nach den giftigen Dämpfen, die entstehen, wenn Plastik verbrennt.

Waren alle raus?

Ich hockte mich auf den Boden, weil der Qualm ja nach oben stieg. Zwei, drei Atemzüge reichten, um sich eine Rauchvergiftung einzufangen, so viel war von den Brandschutzschulungen, die ich regelmäßig für meine Firma organisierte, hängen geblieben.

Vier Wohnungstüren konnte ich sehen. Ein Eingang gehörte wohl der älteren Frau, einer der Mutter mit den drei Mädchen und einer dem alten Mann.

Scheiße, die Rechnung ging nicht auf.

»Hallo?«, rief ich in den verqualmten Flur.

»Hilfe!«, kam sofort eine Antwort. »Hilfe, bitte!«

Aus der Tür der letzten Wohnung krabbelte ein dünnes Mädchen auf allen vieren in den Flur. Sie hatte sich nur eine Jacke übergeworfen, darunter trug sie Unterwäsche.

Ihre Wohnung war die hinterste auf dieser Etage. Die, hinter deren Fenstern ich von unten die Flammen gesehen hatte.

»Kommen Sie her!«, brüllte ich.

»Hilfe! Bitte!«, wiederholte sie. Klang nach osteuropäischem Akzent. Russin oder Polin oder so. Verstand sie nicht, was ich sagte?

Dicker, schwarzer Rauch quoll hinter ihr aus dem Eingang.

»Sie müssen hier raus!«, schrie ich.

Sie robbte zurück in die Wohnung.

Fuck! Dass niemandem geholfen war, wenn irgendein Idiot den Helden spielte und überflüssigerweise auch noch an einer Rauchvergiftung krepierte, hatte ich ebenfalls oft genug gehört. Ich hielt mir den Ärmel meines Pullis vors Gesicht und kroch den Flur hinunter.

Das Feuer konnte ich hören, bevor ich den Eingang erreichte. Hitze schlug mir entgegen.

Als ich um die Ecke spähte, begriff ich, was los war.

Im Flur lag ein zweites Mädchen. Bewusstlos. Eine mollige, junge Frau mit langem, dunklem Haar, die eine Jogginghose und ein Trägerhemdchen in Leopardenfelloptik trug. Ihre dünne Freundin versuchte, sie am Arm aus der Wohnung zu ziehen.

Das Feuer fraß sich bereits durch die Tür zur Küche, die zum Glück geschlossen gewesen oder geistesgegenwärtig zugeschlagen worden war. Dicker, schwarzer Qualm quoll aus dem Pressholz. Hinter der Tür war die Hölle los, das Brüllen der Flammen ließ den Fußboden vibrieren. Die Hitze schlug Blasen auf den nackten Beinen der Bewusstlosen. Ich packte den anderen Arm der Frau. Zu zweit zerrten wir sie aus der Wohnung.

Eddie

Die Straße war abgesperrt.

Jede Menge Anwohner hatten sich vor der Polizeiabsperrung versammelt. Ich ließ meinen Fiesta hinter einem Wagen mit *Presse*-Schild an der Heckscheibe auf dem Gehweg stehen und stieg aus.

Der Rauchgeruch war beißend.

Über die Köpfe der Menschen hinweg erkannte ich das Ausmaß der Katastrophe. Der Himmel leuchtete grellrot. Der Dachstuhl des vierstöckigen Wohnhauses brannte, aus den Fenstern der oberen Etage schlugen die Flammen, Rauchschwaden stoben in die Nacht.

Ich drängelte mich zwischen den Schaulustigen hindurch.

Zombie

Meine Rückenmuskeln brannten. Ich stützte die Hände auf die Oberschenkel und rang nach Atem. Tief sog ich die kalte Nachtluft in meine Lungen. Der Qualm schien mir die Kehle verklebt zu haben, der Rauch schmerzte in meiner Brust.

Ich sah, wie der Sani den Hals des bewusstlosen Mädchens abtastete.

Sie hatte schwarze Haare und ein rundes, plattes Gesicht. Ihre Nase war dick angeschwollen, blauschwarz verfärbt und blutverkrustet, die Unterlippe aufgeplatzt, der Unterkiefer blutunterlaufen. So schlimm hatte nicht mal meine Mutter ausgesehen, wenn mein Stiefvater schlecht drauf gewesen war. Das Arschloch hatte offensichtlich die Faust benutzt.

Der Sani nickte mir zu.

Entwarnung.

Ich atmete auf.

Nachdenklich betrachtete ich die üblen Verletzungen im Gesicht der Bewusstlosen. Und die dunklen Flecken an ihrer Kehle.

Eddie

Der Krach war ohrenbetäubend: das aufgeregte Gemurmel der Menschen, ein Martinshorn, das jemand nicht abgeschaltet hatte, das Brausen der Flammen.

Der Qualm waberte wie Nebel über die Straße. Der Feuerschein färbte den Rauch orange, die dunklen Silhouetten der Feuerwehrleute bewegten sich wie Schatten hin und her. Die Blaulichter der Einsatzfahrzeuge und Rettungswagen zuckten über die Fassaden der umliegenden Gebäude.

Hier, im abgesperrten Bereich, versorgten die Sanitäter die Menschen, die sich vor dem Feuer hatten retten können. Ein Mann trug lediglich einen Bademantel und Gummischlappen, ein anderer einen Flanellpyjama unter der hastig übergeworfenen Winterjacke. Gott sei Dank hatten sie das Feuer rechtzeitig bemerkt und waren hinausgerannt.

Automatisch wanderten meine Augen an dem Haus hinauf. Die gesamte vierte Etage brannte, die Flammen fraßen sich rot glühend durch die Wohnungen, vernichteten Kinderspielzeug, Lieblingsbücher, Erinnerungsfotos.

Hoffentlich war niemand mehr da drin.

Die Feuerwehr hatte die Kräne der Leiterwagen ausgefahren und versuchte, ein Übergreifen auf die umliegenden Gebäude zu verhindern. Die Wassermassen verdampften zischend.

Eine Sanitäterin verabreichte einer älteren Frau Sauerstoff, ein weinendes Mädchen bekam eine Spritze, ein alter Mann wurde auf eine Trage verfrachtet. Ein paar kreidebleiche Leute saßen in Rettungsdecken eingewickelt auf dem Bordstein.

Ich zog meinen Dienstausweis aus der Tasche meines Parkas und ging auf eine Sanitäterin zu.

»Beelitz, KK 11«, sprach ich die schlanke, junge Frau an. »Gibt es Verletzte?«

»Drei Fälle von Rauchvergiftung«, antwortete die Sanitäterin. »Einige Schockzustände.«

Ich schluckte. »Vermisste Personen?«

Schulterzucken.

»Ihre Kollegen sind schon da. Fragen Sie die.«

Mein Smartphone vibrierte in meiner Hosentasche. Ich wandte mich ab.

Jo, meldete mir das Display.

Ich trat hinter den Rettungswagen, um etwas verstehen zu

können. Das Smartphone hielt ich mir ans rechte Ohr und das linke mit der anderen Hand zu.

»Jo?«

»Eddie, hier brennt es.«

»Sehe ich.«

»Bist du hier?«

»Du auch?«

Zombie war kaum zu verstehen, weil um ihn herum offenbar genauso viel Lärm herrschte wie bei mir. Verwirrt musterte ich die Umgebung. Normalerweise war mein Freund schlecht zu übersehen.

Ich entdeckte ihn ein Stück entfernt, auf einem Hof auf der gegenüberliegenden Straßenseite, auf dem zwei Polizeiwagen parkten. Die beiden uniformierten Kollegen und der Einsatzleiter der Feuerwehr mussten zu Zombie hochsehen.

Ich kannte die beiden Schutzpolizisten vom Sehen, sie waren hier in Gerthe stationiert. Offenbar waren sie als Erste vor Ort gewesen und koordinierten mit dem Einsatzleiter der Feuerwehr die Lage, bis meine Kollegen von der Bereitschaft auftauchten.

Aber was wollten die von Zombie? Absurderweise machten mich Polizisten in der Nähe meines Freundes nervös.

»Was will die Polizei von dir?«, erkundigte ich mich telefonisch, während ich aus dem Schatten des Rettungswagens trat. »Sag mir jetzt nicht, dass sie einen Brandstifter suchen.«

Ich konnte Zombie die Achseln zucken sehen.

»Schätze, ich war mal wieder zur falschen Zeit am falschen Ort. Wahrscheinlich ist es ein Fluch. Versteckst du mich unter deinem Sofa?«

Mir fehlten die Worte.

»War 'n Witz. Hier in Gerthe stehen die Bullen doch alle auf meiner Gehaltsliste.«

Beide Kollegen und auch der Einsatzleiter der Feuerwehr

standen so dicht neben ihm, dass sie die Bemerkung gehört haben mussten. Der große, hagere Beamte schien zusammenzuzucken, der kleinere Drahtige boxte Zombie den Ellenbogen in die Rippen. Der Feuerwehrmann stemmte die Hände in die Seiten. »Soll das heißen, ich bin der Einzige hier, der kein Schmiergeld kassiert?«, hörte ich seinen empörten Kommentar durchs Telefon.

Die machten Scherze?

Die Lage schien entspannter zu sein, als es aussah.

Ich steckte das Handy ein und wühlte meinen Polizeiausweis aus der Jackentasche, bevor ich die Straße überquerte und auf die Kollegen zutrat.

»Beelitz, KK 11«, stellte ich mich vor. »Brauchen Sie Hilfe? Gibt es Vermisste?«

Der kleinere, drahtige Kollege, der eine Nerdbrille mit eckigem Rahmen trug, reichte mir die Hand. »Polizeihauptkommissar Korte. Mein Kollege Schrader, Hauptbrandmeister Wilhelm und Herr Rheinhart von Rheinhart-Security.«

Ich nickte in die Runde und Zombie verschränkte amüsiert die Arme.

»Bisher wird niemand vermisst. Es sieht so aus, als hätte das Gebäude rechtzeitig evakuiert werden können, obwohl sich das Feuer ziemlich schnell ausgebreitet hat«, informierte mich Korte. »Unsere Kollegen befragen gerade noch einmal die Bewohner, aber nach der ersten Zählung haben wir alle Leute sicher hier unten.«

Ich atmete auf.

»Das Feuer ist ersten Informationen nach in einer Wohnung im vierten Stock entstanden. Es hat so schnell um sich gegriffen, dass Verstöße gegen die Brandschutzrichtlinien oder der Einsatz von Brandbeschleunigern möglich sind. Das hätte schlimm ausgehen können. Zum Glück hat Herr Rheinhart den Brand zufällig bemerkt und …«

»… hat die Feuerwehr gerufen«, kürzte Zombie Kortes Bericht ab.

Der Kommissar runzelte die Stirn. Sein Blick wanderte von Zombie zu mir und wieder zurück. Dann erhellte sich die Miene des Polizisten, als würde wie in einem Comic eine Glühbirne über seinem Kopf aufleuchten.

»Gute Arbeit«, lenkte ich hastig ab. »Sie haben in der kurzen Zeit ja schon eine Menge herausgefunden.«

»Dass für die Brandermittler viele Spuren übrig bleiben, bezweifle ich allerdings«, sagte der Einsatzleiter der Feuerwehr. »Sieht aus, als ob das Gebäude so stark beschädigt ist, dass eine Begehung der vierten Etage schwierig wird.«

»In der Wohnung, in der das Feuer ausgebrochen ist, waren zwei junge Frauen«, mischte sich Zombie ein. »Die beiden werden von den Sanitätern versorgt. Eine ist ansprechbar, die andere hat eine Rauchvergiftung erlitten, war bewusstlos. Das ist die in dem Hemdchen mit Leopardenfellmuster. Sieh dir mal ihr Gesicht an.«

Zombie

»Scheiße, Alter! Ich dachte schon, der Willi säuft wieder. Aber du machst ja tatsächlich Jagd auf Bulletten.«

Ich sah auf den dünnen Uniformierten mit der Nerdbrille hinunter, der mit verschränkten Armen neben mir stand.

Jamie-Justin Korte war der kleine Streber aus der Hausaufgabenhilfe, der jeden Nachmittag mit Dana Vokabeln gepaukt hatte, weil die beiden unbedingt den erweiterten Abschluss schaffen und aufs Gymnasium gehen wollten.

Weil ich meine kleine Streberschwester sowieso immer vor den blöden Sprüchen der Typen hatte beschützen müssen, die heute Gabelstapler fuhren oder nachts kontrollierten, ob an irgendwelchen Lagerhallen alle Türen abgeschlossen waren, hatte ich jahrelang auch für ihren kleinen Streberkumpel James den Gorilla gemacht.

Olli ›Grisu‹ Wilhelm war ein Cousin von Mütze. Und den jüngsten Sohn vom Schrader hatte ich schon drei Mal nachts nach Hause kutschiert, nachdem ich ihn beim Sprayen an der Sporthalle erwischt hatte.

Deshalb war ich relativ optimistisch, dass ich heute nicht als mutmaßlicher Brandstifter in Untersuchungshaft landete – zumindest, solange mein Lieblingsfeind Adamkowitsch nicht auftauchte.

»Verbrenn dir bloß nicht die Finger an der Politesse«, riet mir der Bulle, der es seit zwanzig Jahren nicht geregelt kriegte, meine Schwester anzubaggern.

Ich ließ meinen Arm auf seine Schultern fallen. Er ging merklich in die Knie.

EDDIE

In einem der Rettungswagen entdeckte ich ein dunkelhaariges Mädchen, das unter einer kurzen Jacke mit Fellkragen lediglich schwarze Spitzenunterwäsche trug. Sie war so mager, dass sich ihre Rippen unter der Haut abzeichneten, und sie schluchzte hysterisch in eine Atemmaske.

»Breathe in, please«, radebrechte die Sanitäterin, woraus ich schlussfolgerte, dass die Verständigung auf Deutsch nicht funktionierte.

Die Lippen der jungen Frau fielen mir auf, weil sie knallrot geschminkt aus ihrem blassen, verheulten Gesicht hervorstachen.

Das Hemd im Leopardenlook, von dem Zombie gesprochen hatte, trug sie nicht.

Ich ging weiter, auf den nächsten Rettungswagen zu.

»You have to stay in hospital this night.«

Eine Notärztin mit einem weißen Zopf befestigte einen Infusionsbeutel über der Trage, auf der eine weitere junge Frau lag. Die Verletzte war kräftiger gebaut und sie trug das Hemd, das ich suchte, zu einer ausgeleierten, grauen Jogginghose. Die Hosenbeine waren hochgeschoben worden, die Notärztin hatte ein durchsichtiges Gel auf ihre böse verbrannten Unterschenkel und Füße aufgetragen. Die Lider der Frau flatterten, doch sie schien ansprechbar zu sein.

»Keine Fragen, keine Fotos!«, schnauzte mich die Notärztin an.

Ich zückte meinen Polizeiausweis. »Beelitz, Kripo Bochum. Tut mir leid, aber ich muss mit Ihrer Patientin sprechen.«

Die Ärztin begriff, dass ich keine Journalistin war, doch ihr Stirnrunzeln verstärkte sich trotzdem.

»Wir müssen sie schleunigst ins Krankenhaus bringen«, blockte sie ab. »Eine Befragung kommt nicht infrage. Sie bekommt erstens schlecht Luft und spricht zweitens kein Deutsch. Sie war mehrere Minuten lang bewusstlos. Hätte der Wachmann sie zwei Minuten später rausgeholt, wäre sie tot.«

Ach? Der Wachmann?

Die Ärztin drückte den Inhalt einer Spritze in den dünnen Plastikschlauch der Infusion, der unter einer Mullkompresse im Handrücken der Patientin verschwand.

Im grellen Licht der Innenraumbeleuchtung des Rettungswagens fiel mir der ovale Bluterguss am Hals des Mädchens auf, direkt über der Mulde, die sich an der Kehle zwischen den beiden Schlüsselbeinknochen bildete.

Ich blinzelte verblüfft. Genau solche Verletzungen hatte ich schon einmal gesehen.

Es lag auf der Hand: Wenn jemand von vorn ihren Hals mit den Händen umschlossen hätte, dann hätten die Daumen genau an der schwarz verfärbten Stelle zugedrückt.

Die Frau war gewürgt worden.

»Ich muss mir zumindest kurz ihr Gesicht ansehen«, erklärte ich der Ärztin.

Die Medizinerin musterte mich genervt. Dann seufzte sie und hob die Sauerstoffmaske an.

Ich schluckte. Das Mädchen war schlimm zugerichtet worden. Ihre zerstörte Nase war vermutlich komplett zugeschwollen, sie atmete hektisch durch den Mund, rang nach Luft. Ihre angeschwollene Oberlippe war blutverkrustet.

Es war offensichtlich, was Zombie aufgefallen war: Die junge Frau war auf genau die gleiche Art misshandelt worden wie die ermordete Sigrid Funke.

Was bedeutete das?

Ein Sanitäter stieg hinter das Steuer des Rettungswagens und schaltete das Blaulicht ein. Ein zweiter erschien an der offen stehenden Tür.

»Wir fahren in die AKA«, informierte mich die Ärztin. »Wenn Sie morgen im Laufe des Vormittags vorbeikommen, wird sie sicher vernehmungsfähig sein.«

Ich sprang aus dem Wagen und der Sanitäter rumste die Tür hinter mir zu. Das Martinshorn heulte auf, im Schritttempo bahnte sich der Wagen einen Weg zwischen den Menschen hindurch.

Hinter mir schrie jemand auf.

Das magere, halb nackte Mädchen rempelte mich zur Seite. Sie rannte dem Blaulicht hinterher, hatte aber keine Chance, den Rettungswagen noch einzuholen.

»No!«, wechselte sie in rudimentäres Englisch, als ihr das klar wurde. »No! No! No!« Verzweifelt raufte sie sich die Haare.

Ich trat neben sie. »Sie bringen Ihre Freundin ins Krankenhaus«, versuchte ich, sie zu beruhigen. »Wie ist Ihr Name?«

Das Mädchen sah mich mit verzweifelten, blauen Augen an. Sie war höchstens achtzehn. Und sie verstand kein Wort.

»Your name?«, versuchte ich es mit verknapptem Englisch und deutlichen Gesten.

»Roxi«, murmelte sie schließlich. Das war garantiert nicht ihr vollständiger Name. Mein Blick wanderte über ihre knallroten Lippen und die schwarze Spitzenunterwäsche. Ein bequemer Schlafanzug war das nicht.

»And name of your friend?«, versuchte ich mit wildem Winken in Richtung des verschwundenen Rettungswagens so was wie eine Zeugenbefragung.

»Sister«, flüsterte Roxi. Tränen liefen über ihre runden Wangen.

Ihre Schwester?

»Name of your sister?«

»Sue.«

Okay, sie sprach mit mir.

»What happen to your sister?« Ich zeigte auf meine Nase, fasste mit einer Hand um meinen Hals und deutete ein Würgen an.

Roxis Augen wurden groß. Kopfschüttelnd presste sie die Lippen aufeinander. Sie schlang die kurze Jacke um ihren nackten Körper und ich bemerkte, dass sie zitterte. Ich sah mich nach den Sanitätern um. Ein kleiner, gedrungener Zwanzigjähriger mit einem schmal rasierten, blonden Kinnbart kam bereits auf mich zu.

»Sie hat etwas zur Beruhigung bekommen«, informierte er mich. »Wir nehmen sie zur Beobachtung mit.«

Er legte Roxi eine dieser goldenen Folien aus einem Verbandskasten um die Schultern und versuchte, ihr zu erklären, dass er sie zu ihrer Schwester bringen würde.

Hastig fummelte ich eine von Adrians Visitenkarten aus dem Portemonnaie und kritzelte meine eigene Handynummer darauf, bevor ich sie Roxi in die Hand drückte.

»My name is Eddie. I help you. Call me, okay?«

Roxi starrte die Pappkarte verständnislos an, während der Sanitäter sie zum Rettungswagen zurückdirigierte.

Mein Smartphone summte in meiner Hosentasche. Hastig notierte ich *Roxi* und *Sue* unter dem Namen der Notärztin und dem des Krankenhauses.

Dann zog ich das Telefon aus der Tasche. Als ich den Namen der Anruferin auf dem Display sah, schluckte ich.

Flo.

Das konnte jetzt nicht sein.

Zombie

»Noch mal von vorn: Sie behaupten, Sie hätten den Brand *gerochen*? Von der anderen Seite des Gebäudes aus?«

Verdammte Scheiße, du dämlicher, kleiner Wichser! Wenn meine Nase nicht funktionieren würde, dann hättest du jetzt mit den Leichen im vierten Stock ein bisschen mehr Arbeit.

Ich verschränkte die Arme vor der Brust und ließ meinen Blick demonstrativ an dem schmierigen, kleinen Anzugträger hinunterwandern, der sich als Kriminalkommissar Gericke vorgestellt hatte.

Auf diese Sorte von aalglatten, karrieregeilen Schnöseln war ich allergisch. Und dieses Exemplar hier schiss sich jeden Moment in die Hose, weil Bullenchef Böck – der Boss von Eddies gesamter Truppe – ebenfalls aufgetaucht war.

Gericke war wirklich ein Zwerg, höchstens halb so groß

wie ich. Gab es die Mindestgröße als Einstellungsvoraussetzung bei den Bullen nicht mehr?

Außerdem war das kleine Arschloch nicht älter als ich, hatte aber schon kein einziges Haar mehr auf dem Kopf. Seine Nickelbrille erinnerte mich an meinen rassistischen Geschichtslehrer. Der hatte sogar, wenn ihm ein Tampon an den Kopf geflogen war, mich dafür eine Strafarbeit schreiben lassen.

Es war so klar, dass mir Gerickes Arbeitseifer Probleme machen würde.

Und Eddie war verschwunden.

»Ich kann auch riechen, dass es bei Ihnen trotz Bereitschaft heute Abend nicht nur Traubensaft gegeben hat«, entgegnete ich gereizt.

Der kleine Bulle sah sich erschrocken um. Zu seinem Glück war sein Chef noch nicht in Hörweite. Dann lief seine Glatze rot an und er zückte seinen Notizblock.

»Erzählen Sie mir noch mal genau, wo genau Sie in den letzten Stunden überall gewesen sind, Herr Rheinhart.«

Ich neigte den Kopf zur Seite.

Vielleicht musste ich mal ernsthaft über eine Typveränderung nachdenken. Ob ich auch der Lieblingsverdächtige der Bullen wäre, wenn ich im FDP-Parteivorsitzenden-Outfit meine Runde drehte? Mit biederem Kurzhaarschnitt, gepflegtem Dreitagebart und im Anzug?

Vermutlich schon, denn in einen hellhäutigen Zwerg konnte ich mich beim besten Willen nicht verwandeln.

»Lassen Sie mich nachdenken«, knurrte ich. »Gegen elf habe ich die Sparkasse ausgeraubt. Um zwölf habe ich einer Spaziergängerin den Kopf abgebissen, bevor ich dann um eins die Hütte hier abgefackelt habe.«

Gerickes Schädel sah aus, als würde er jeden Moment explodieren.

Jemand verpasste mir eine Kopfnuss. Gereizt fuhr ich herum, Jamie-Justin wich vorsichtshalber zurück.

»Halt einfach die Klappe«, befahl er mir. Sein Tonfall überzeugte nicht, aber ich gehorchte natürlich trotzdem.

Er wandte sich an den Rassisten. »Ich habe Herrn Rheinharts Aussage bereits aufgenommen. Das hier ist das Protokoll und das die Liste, auf der er die Objekte, die er heute Nacht kontrolliert hat, unter Angabe der Uhrzeit abgehakt hat. Ich denke, er wird froh sein, ins Bett zu kommen, deshalb sollten wir die Befragung kurz halten.«

Wer hätte gedacht, dass es sich irgendwann mal auszahlen würde, dass ich dem kleinen Streber gefühlte dreitausend Mal den Arsch gerettet hatte?

EDDIE

»Verfickte Scheiße! Das tut weh, Eddie!« Mit erschrockenen Rehaugen starrte Flo mich an, als wäre diese Erkenntnis neu und als wäre ich persönlich für ihre Schmerzen verantwortlich.

»Wir sind schon da«, beruhigte ich sie. Ich schnappte die Krankenhaustasche vom Rücksitz. Das Ding war offen und durchwühlt. Ein Blick in Flos Wohnung hatte mit verraten, dass sie die Waschmaschine seit unserer letzten Putzaktion noch nicht wieder benutzt hatte.

Deshalb ging ich davon aus, dass sich die ursprünglich eingepackten sauberen Socken nicht mehr in der Tasche befanden. Morgen musste ich daran denken, ihr welche mitzubringen.

Ich wischte mir über die Stirn. Mein Pulli klebte an meinem Busen, der Schweiß kringelte meine Haare im Nacken, mein Kopf dröhnte.

Zum Glück war wenigstens Zombie mittlerweile auf dem Weg nach Hause, sodass Mütze endlich ins Bett konnte.

Ich half Flo aus dem Auto.

Sie krümmte sich bereits unter der nächsten Wehe. Wenn ich richtig gezählt hatte, kamen sie beinahe im Minutentakt.

»Stütz dich auf die Motorhaube auf«, riet ich Flo.

Die gehorchte fluchend und ließ den Kopf zwischen die Unterarme sinken.

»Wie lange hast du denn schon Wehen? Das kann doch nicht eben erst angefangen haben«, fragte ich.

Flo presste stöhnend die Stirn auf die rostrote Motorhaube meines Wagens.

»Na ja, die Bauchschmerzen habe ich schon seit gestern Morgen«, gab sie zu, als die Wehe überstanden war. »Aber ich dachte, das liegt am Krautsalat. Ich hatte mir doch Gyros bestellt.«

Ich griff ihren Arm, als sie sich wieder aufrichtete, und zerrte sie auf den beleuchteten Seiteneingang des Krankenhauses zu.

Kurz darauf lag Flo auf einer Liege im Kreißsaal.

»Popo hoch!«

»Geht nicht«

»Natürlich geht. Hopp, hopp! Sie haben Kind in Bauch reingekriegt, nun muss auch wieder raus.« Die resolute Hebamme mit dem auberginenfarbenen Haar und dem russischen Akzent ließ Flos Gejammer nicht gelten.

Wäre ich bei Lottis Geburt damals an so einen Feldwebel geraten, wäre ich vermutlich auf dem Absatz umgedreht und geflüchtet.

Allerdings hatte meine Oma mich perfekt vorbereitet. Ich hatte genau gewusst, wie eine Geburt ablief, hatte seit Wochen meinen Bauch eingecremt, und als ich zwei Tage über dem errechneten Geburtstermin gewesen war und allmählich nervös wurde, hatte Oma mir eine Tasse Kräutertee eingeflößt, der Wehen auslösen sollte. Zwei Stunden später war ich auf dem Weg ins Krankenhaus gewesen.

Natürlich hatte ich das Krankenhaus vorher besichtigt, hatte einen Geburtsvorbereitungskurs bei der Hebamme belegt, die mich auch hinterher betreuen würde, hatte gewusst, dass ich keine PDA wollte, dass etwa eine Dreiviertelstunde nach der Geburt der optimale Zeitpunkt war, um das erste Mal zu stillen, und dass ich das Kind, wenn es nach der Geburt eine Gelbsucht entwickelte, in die Sonne legen musste.

Alles, was Flo zur Vorbereitung auf die Geburt unternommen hatte, war, mittwochabends auf einem privaten Fernsehkanal Teeniemüttern beim Entbinden zuzusehen.

Deshalb schienen sie die barschen Kommandos der Hebamme irgendwie sogar zu beruhigen.

Flo hob artig den Hintern hoch und die Russin wischte ihr T-Shirt weg, legte ihr eine elastische Bandage um den verkrampften Bauch und schob den Wehenschreiber darunter.

»Aha, das sind schon sehr schöne Wehen.« Sie tätschelte Flo kräftig den Oberschenkel, während die sich wimmernd zusammenkrümmte und der Wehenschreiber ausschlug. »Herztöne sind auch gut. Ich gucke, wie weit Muttermund geöffnet. Kommen Sie, machen Sie Beine auseinander.«

Die Hebamme untersuchte Flo etwa so sensibel wie ein Tierarzt eine gebärende Kuh.

»Sieben Zentimeter, etwa«, erklärte sie zufrieden. »Wir werden keine Überstunden machen müssen wegen Ihnen. Sie werden sehen, zum Frühstück ist Kind da. Ärztin sieht nach Ihnen, wenn sie hat Zeit.«

»Kriege ich Schmerzmittel?«, wollte Flo wissen.

Um vier Uhr fünfunddreißig befestigte eine übermüdete Ärztin eine Vorrichtung an dem winzigen, dunkelroten Stück Kopfhaut, das zwischen Flos Beinen zu sehen war. Das Ding erinnerte ein wenig an den Gummisaugnapf, den man benutzte, um eine verstopfte Toilette wieder freizubekommen.

Obwohl Narkosemittel durch den dünnen Schlauch in Flos Wirbelsäule sickerten, sodass sie vom Becken an abwärts betäubt war, liefen ihr Tränen über die Wangen. Sie umklammerte meine Hand.

Die Feldwebelhebamme war neben Flo auf das große Bett geklettert.

»Jetzt wieder kräftig pressen, Frau Neri!«

Flo schrie auf, als sich die Hebamme auf ihren Bauch stützte.

»Na also«, brummte die Ärztin. »Der Kopf ist da.«

»Bei der nächsten Wehe kommt Rest, dann haben Sie es geschafft«, fügte die Hebamme hinzu. Sie war knallrot im Gesicht und schwitzte.

Flo sah verzweifelt aus.

Ich strich ihr die nassen Haare aus der Stirn.

»Achtung! Wehe kommt!«

Flo schluchzte auf.

»Pressen!«, schnauzte die Hebamme und Flo gehorchte erschrocken.

Mein Herz klopfte aufgeregt. Der kleine, dunkelrote Körper flutschte zwischen Flos Beinen auf das Bett.

Die Hebamme schnappte ihn, im gleichen Moment hörte ich bereits das klägliche Quieken und atmete auf.

»Sieht aus, als wäre alles dran.« Die Frau lächelte gerührt und legte Flo ihren kleinen Sohn auf ihr vom Schweiß völlig durchnässtes T-Shirt.

Flo starrte das winzige Bündel an, als hätte man ihr ein glitschiges Alien auf den Bauch gelegt.

Die Anspannung dieser irrsinnigen Nacht fiel langsam von mir ab, während ich fasziniert die winzigen Finger betrachtete, an denen schon alle Nägel vorhanden waren. Und die feinen, schwarzen Haare auf dem kleinen Köpfchen, das zerknautschte, rote Gesicht mit der gekräuselten Nase, die seinen Ärger über den unsanften Start in die Welt zum Ausdruck brachte.

Auch die Hebamme schien über das kleine Wunder auf Flos Brust zu staunen, obwohl sie es ja täglich erlebte.

Und dann war er plötzlich da: der Moment, in dem das winzige Kind die Augen öffnete und uns ansah. Seine Pupillen waren riesig und dunkelblau, als würde man durch sie hindurch direkt ins Weltall blicken.

»Die Beule geht aber noch weg, oder?«

Erst durch Flos Frage bemerkte ich, dass sie den Blick ihres Babys nicht erwiderte, sondern sich der Hebamme zugewandt hatte. Sie deutete auf den Abdruck, den die Saugglocke auf dem Köpfchen hinterlassen hatte, und an dem sich bereits eine mächtige Beule bildete.

»Das sieht ja total scheiße aus.«

Plötzlich spürte ich meine Kopfschmerzen wieder. Eine bleierne Müdigkeit breitete sich in meinem Körper aus wie eine Betäubung.

Zombie

Der winzige, dünne Junge mit der übergroßen Brille auf der Stupsnase weint, als sich der Dämon über ihm erhebt. Das Ungeheuer ist riesig. Weiß. Sein nasenloses Gesicht viereckig und vernarbt. Die wulstigen Brauen verdecken die tief liegenden Augen, er reißt das Maul mit den schiefen Reißzähnen auf.

Er stinkt nach giftigem Qualm, der Geruch klebt mir die Kehle zu, ich kriege keine Luft. Sabber trieft auf seine orangefarbene Latzhose. Er hebt den Vorschlaghammer. Ich will auf ihn losgehen, ihn töten, doch irgendjemand hält mich fest, ich kann mich nicht bewegen. Er zertrümmert Jamie-Justin den Schädel.

Ich drehe durch, doch jemand reißt mir die Arme auf den Rücken. Der Dämon wendet sich mir zu, er hebt den blutigen Vorschlaghammer und ich weiß, dass ich nicht ausweichen kann. Eine Sekunde später explodiert mein Kopf.

Ich riss die Augen auf und starrte die Zimmerdecke an.

Sekundenlang lauschte ich mit klopfendem Herzen in die Dunkelheit und wartete darauf, dass der Dämon zuschlug. Doch ich hörte nur das leise, gleichmäßige Atmen neben mir. Der Rauchgeruch stammte von meinen eigenen Haaren, auch die heiße Dusche hatte ihn nicht vollständig beseitigen können. Meine Lunge fühlte sich wund an, das Atmen tat weh.

Mein Herzschlag beruhigte sich. *6:30 Uhr* verriet die beleuchtete Zeitanzeige des Weckers. Ich war nur eine halbe Stunde eingenickt.

Um kurz vor sechs war Eddie wieder aufgetaucht. Sie hatte kaum noch stehen können und ich hatte sie ins Bett kommandiert. Sie war sofort eingeschlafen. Ihr Gesicht, ihr Hals, ihre Brust leuchteten weiß im Dämmerlicht. Ihre kurzen, dunklen Haare klebten verschwitzt an ihrer Stirn.

Ich musste darauf achten, dem Dämon aus dem Weg zu gehen. Was ich hatte, war zu wertvoll, um es aufs Spiel zu setzen.

Ich beschloss, dass Eddie entweder später zur Arbeit gehen oder sich krankmelden konnte.

Leise stand ich auf, um die Kinder zu wecken, damit sie sich für die Schule fertig machten.

»Tut mir leid, Frau Beelitz. Die Frauen sind weg.« Die gepiercte Krankenpflegerin mit den knallroten Haaren zuckte die Schultern.

»Was?«, stammelte ich verwirrt. »Was heißt, sie sind weg?«

Im gleichen Moment wusste ich, dass ich sie nicht wiederfinden würde.

Ich hatte Roxi und Sue nämlich gegoogelt. Die Spitzenunterwäsche, der Lippenstift und die extravaganten Namen hatten mich auf die Idee gebracht. Weil ich die richtigen Stichwörter eingegeben hatte, war ich sofort fündig geworden – in den schmierigen Internetanzeigen unter dem Stichwort *Freizeitgestaltung*.

»Die junge Dame mit der Rauchvergiftung wurde heute Morgen um sechs von der Intensivstation hier auf die normale Station verlegt«, erklärte mir die Pflegerin. »Zimmer 365. In diesem Zimmer hatten wir auch ihre Schwester untergebracht. Aber als es um halb acht das Frühstück gab, waren beide verschwunden.«

Das konnte nicht wahr sein!

Ich sah auf die Uhr.

Erst um halb sechs hatte ich die gynäkologische Station genau dieser Klinik verlassen. Die beiden Frauen aus dem Brandhaus waren ins gleiche Krankenhaus gebracht worden, in das ich mit Flo gefahren war. Vom Stadtteil Gerthe aus war die Klinik am Nordring am schnellsten erreichbar. Ich hätte heute Morgen nur ein paar Treppen hinaufgehen müssen, um nach den Frauen zu sehen, aber irgendwie war mir das nicht klar gewesen.

Stattdessen war ich mit der Absicht zu duschen nach Hause gefahren und hatte verschlafen. Mittlerweile war es halb elf. So ein Mist!

»Haben Sie die Namen? Daten? Die Krankenkasse?«

»Soweit ich weiß, hatte keine der beiden eine Versichertenkarte dabei. Die Kleinere sagte mir, jemand würde die Karten bringen. Aber ehrlich gesagt, gehe ich davon aus, dass sie keine besitzen. Wenn Sie das genau wissen wollen, müssen Sie bei der Patientenaufnahme im Erdgeschoss nachfragen.«

Großartig.

Die Pflegerin mit den Metallringen in den Augenbrauen musterte mich kritisch. »Stellt die Polizei bei wichtigen Zeugen nicht normalerweise einen Beamten ab?!«

Darum hätte ich mich gestern Nacht kümmern müssen, denn außer mir hatte ja niemand gewusst, dass die Frau Verletzungen aufwies, die auf eine Parallele zu unserem Mordfall hindeuten könnten.

Verdammt!

Ich fuhr mir durch die Haare.

Ich hatte es vergeigt.

Zombie

Ich hielt den Atem an und zuckte mit keinem Muskel. Meine gespreizte Hand schwebte knapp dreißig Zentimeter über dem mit Speckwürfeln gefüllten Futternapf.

Die Speckwürfel waren der ultimative Köder. Sie waren jedes Mal alle weg.

Auch jetzt konnte der kleine Seuchenüberträger nicht widerstehen. Es war noch keine Viertelstunde vergangen, und schon bewegten sich die Schnurrhaare unter der Herdkante.

Komm schon.

Trau dich, du kleiner Parasit.

Die gefleckte Ratte quetschte sich aus der Spalte unter dem Herd und hob witternd die Nase. Sie schien noch fetter geworden zu sein. Kein Wunder, schließlich hatte ich ihr genug Futter hingestellt.

Heute hatte ich mich nicht ins Bett gelegt, nachdem ich den Napf gefüllt hatte. Ich hatte mich auf den Fliesen niedergelassen, hatte die Hand über dem Köder ausgebreitet und gewartet.

Natürlich hätte ich in der Viertelstunde, die ich bereits auf dem Küchenfußboden hockte, auch die Fußleisten abschrauben und das Vieh mit dem Besen erschlagen können. Ein paar Giftköder hätten es auch getan.

Aber so kriegte ich zumindest Dana und ihren kleinen Streberkumpel James aus der Birne.

Die Ratte sah zu mir hoch. Einen Augenblick lang starrten wir uns an. Ich achtete darauf, nicht zu blinzeln. Sonst drehte sie sich um und war wieder unter dem Herd verschwunden.

Obwohl sie mich gesehen hatte, hob sie die kleine, schwarze Nase in die Luft, ihre Schnurrhaare zitterten, als sie schnupperte. Ihre winzigen Krallen kratzten auf den Fliesen. Dann trippelte sie auf den gefüllten Napf zu. Direkt unter meine Hand.

Ich ließ das dämliche Vieh einen Bissen herunterschlingen, bevor ich zuschlug.

EDDIE

Als ich ins Büro kam, waren Gregor und Daggi nicht zu sehen. Nur Adrian saß vor seinem PC. Der Tag wurde immer besser.

»Ach, kommst du doch noch?«, erkundigte sich mein Teamchef eisig, als er mich sah. Er hatte unseren Streit wegen der Wachkoma-WG keineswegs vergessen. Und ich Trottel präsentierte ihm die Gelegenheit, mich fertigmachen zu können, auf einem silbernen Tablett. Doch die Sache einfach zu verschweigen, kam nicht infrage. Es war möglich, dass Sigrid Funke nicht das einzige Opfer war. Wir würden Roxi und Sue suchen müssen.

Ich musste aufs Klo.

»Ich wollte noch eine Zeugin im Krankenhaus befragen«, murmelte ich.

»Eine Zeugin? Zu unserem Fall?«

Selbst schuld. Ich hatte gewusst, dass ich mir keine Fehler erlauben konnte, und trotzdem nicht aufgepasst. Seufzend trat ich in sein Büro und drückte die Tür hinter mir zu.

»Wieso gibt es im Krankenhaus eine Zeugin?« Adrian musterte mich scharf. »Und wieso weißt du davon, ich aber nicht? Eine aus dieser Pflegeeinrichtung, oder was? Sag mir jetzt bitte nicht, dass du ernsthaft eine Zeugin befragen willst, die im Wachkoma liegt.«

Ich knirschte mit den Zähnen. »Gestern Nacht hat es in Gerthe gebrannt. Das ist direkt bei uns um die Ecke. Eine junge Frau hat eine Rauchvergiftung erlitten. Sie hat Hämatome am Hals«, ich simulierte mit den Händen einen Würgegriff, »eine gebrochene Nase und Verletzungen im Bereich des unteren Gesichtsschädels.«

Ich hatte Adrians Aufmerksamkeit.

»Ist der Sektionsbericht schon da?«, versuchte ich einen Themenwechsel.

»Wenn du irgendwann mal an deinem Schreibtisch sitzen würdest, hättest du ihn längst gelesen«, ließ sich Adrian nicht darauf ein. »Was sagt die Frau, woher ihre Verletzungen stammen?«

»Gestern Nacht war sie nicht vernehmungsfähig und heute Morgen habe ich sie nicht mehr befragen können. Sie hatte das Krankenhaus bereits verlassen«, gestand ich kleinlaut.

»Was?« Adrians Brauen zuckten zusammen. »Hast du ihren Namen? Eine Adresse?«

»Nein.«

»Wie bitte?« Sein Ton wurde scharf.

Es nutzte nichts, drum herumzureden. Sie war weg und wir würden sie nicht wiederfinden, weil ihr Zuhälter sie und ihre Schwester bereits in einer anderen Wohnung in einer anderen Stadt verschwinden lassen hatte.

Das Glitzern in Adrians Augen verriet mir, dass er die Gelegenheit, auf die er seit Monaten lauerte, sofort erkannt hatte.

»Das kannst du deiner Freundin Röhmer selbst erklären.« Adrian gab sich keine Mühe, seinen Triumph zu verbergen. »Ich kann mir nicht vorstellen, dass sie dann immer noch so ein Fan von dir ist.«

Wohl kaum.

»Ich muss los«, bemerkte er spitz. »Wir haben nämlich den Klempner überprüft: Weil die SWBG seit Monaten reklamiert und die Rechnungen nicht bezahlt, hat er seine eigenen Raten nicht mehr bedienen können. Die *Neue Bank* hat ihm die Kredite gekündigt. Vor zwei Wochen musste er Insolvenz anmelden.«

Also saß ich kurz darauf vor Annemarie Röhmers riesigem Schreibtisch, während sich Adrian mit Gregor vor Kalle Pflogs Klempnerfirma traf.

Die kleine, rundliche Frau mit dem kurz geschnittenen, grauen Haar wirkte hinter dem Schreibtisch etwas verloren. Doch ich machte nicht den Fehler, sie zu unterschätzen.

Als ich das letzte Mal ins Büro der Staatsanwältin zitiert worden war, hatte sich die Chefärztin einer Suchtklinik über mich beschwert. Damals hatte ich zu meiner Überraschung Rückendeckung von Röhmer bekommen, obwohl mein Ermittlungsansatz den Hierarchien unserer Behörde zum Trotz nicht mit dem meines Teamchefs übereingestimmt hatte.

Diesmal hingegen ermittelte Adrian sehr viel schlüssiger und zielstrebiger als ich. Meine Nachforschungen in Richtung Wachkoma-WG waren reine Zeitverschwendung und die zufällig aufgetauchte Zeugin, die ähnliche Verletzungen wie das Mordopfer erlitten hatte, hatte ich verloren. Ohne mich würde unsere Mordkommission effizienter arbeiten.

»Was genau war heute Nacht los, Frau Beelitz?«

Die Staatsanwältin sprach leise und in so sachlichem Ton, dass ich keine Ankündigung der unausweichlichen Standpauke heraushören konnte. Das kam mir fast wie eine Lüge vor. Würde sie mir genauso sachlich erklären, dass ich ab sofort wieder mit der Hundertschaft Fußballfans zum Stadion eskortieren musste?

»Was sagt denn mein Teamchef?«, erkundigte ich mich abwartend.

»Dass anscheinend noch eine Frau mit ähnlichen Verletzungen wie unser Mordopfer aufgetaucht ist.«

Das war garantiert nicht alles, was Adrian gesagt hatte. Ich schob bockig den Unterkiefer vor und wartete darauf, dass sie weitersprach.

»Und dass Sie diese Information weder weitergegeben noch zeitnah versucht haben, Namen und Adresse der Frau festzustellen und sie zu befragen«, fuhr Röhmer zähneknirschend fort, als ich schwieg.

Und?

Die Staatsanwältin verschränkte die Arme. »Und dass sich die Zusammenarbeit mit Ihnen sehr schwierig gestaltet.«

Röhmer musterte mich unzufrieden. Wenigstens konnte ich ihr ihren Ärger jetzt ansehen.

Was erwartete sie? Dass ich mich rechtfertigte und ein paar Ausreden erfand? Die Fakten waren ja korrekt: Die Zeugin war weg.

»Ich interessiere mich für Ihre Version der Geschehnisse, Frau Beelitz«, erklärte Röhmer gereizt. »Wären Sie so freundlich, sie mir mitzuteilen?«

Ich ließ die Schultern sinken. Die Staatsanwältin hatte mir als Einzige überhaupt eine Chance gegeben. Dass ich es versaute, war ja nicht ihre Schuld.

»Die Frau befand sich in der Wohnung, in der heute Nacht das Feuer ausgebrochen ist«, berichtete ich.

Röhmers Nicken zufolge hatte sie bereits davon gehört.

»Ich war dort, weil ich in der Nähe wohne«, fuhr ich fort. »Mir sind die Verletzungen der Frau aufgefallen, aber sie hatte eine Rauchvergiftung erlitten und war nicht vernehmungsfähig. Als ich sie heute Morgen im Krankenhaus befragen wollte, war sie verschwunden. Und es wird wohl schwierig, sie wiederzufinden, eine Krankenkassenkarte hat sie nicht benutzt. Sie arbeitet vermutlich als Prostituierte und spricht kaum Deutsch. Vielleicht ist sie illegal hier. Ich hätte heute Nacht gleich versuchen müssen, zumindest ihren Namen herauszukriegen, oder die Kollegen darauf hinweisen, dass sie eine wichtige Zeugin ist.« Ich zuckte die Achseln. »Habe ich aber nicht.«

Sie befand sich in der Wohnung, in der das Feuer ausgebrochen ist.

Hm. Kurz blieb ich an dieser Überlegung hängen. Wusste der Vermieter, wer sie war? Während meine Gedanken abschweiften, wechselte Röhmers Gesichtsausdruck zwischen Verständnislosigkeit und Mitleid.

Klar, sie war Juristin. Sie räumte mir die Möglichkeit ein,

Argumente zu meiner Verteidigung zu liefern, und ich bekam es nicht gebacken. Immer noch nicht.

Die Staatsanwältin lehnte sich auf ihrem Drehstuhl nach vorn und stützte die Ellenbogen auf den Schreibtisch.

»Hören Sie mir mal genau zu, Frau Beelitz«, sagte sie in so scharfem Ton, dass ich mich unwillkürlich aufrichtete.

»Ich jubele auch nicht vor Freude, wenn ich ständig mit denen zusammenarbeiten muss, die am lautesten ›Hier!‹ schreien. Ich schätze Ihr Gespür für das Wesentliche und Ihr weitsichtiges, deeskalierendes Handeln in Stresssituationen durchaus.«

Was?

»Und ich würde gern weiterhin mit Ihnen zusammenarbeiten. Dabei wäre es hilfreich, wenn Sie sich nicht widerstandslos rausmobben lassen würden.«

Ich riss die Augen auf.

Röhmer lehnte sich in ihrem Chefsessel zurück. »Also sehen Sie zu, dass Sie die verschwundene Frau wiederfinden und den Fall aufklären.«

Zombie

Fuck! Er war im Landesboxverband der Amateure. Vorsitzender, logisch. Und amtierender Landesmeister im Schwergewicht.

Ich spürte den dringenden Impuls, das Notebook gegen die nächste Wand fliegen zu lassen. Beherrscht klappte ich das Ding zu.

Der Täter hatte Sigrid Funkes Hals von vorne umgriffen. Seine Finger hatten ihr Genick umschlossen, die Daumen hatte er in die *Fossa jugularis,* die kleine Mulde unterhalb des Kehlkopfes, gepresst. Dort verlief die Luftröhre. Vermutlich hatte sie dadurch das Bewusstsein verloren, war aber wieder zu sich gekommen. Marvin nahm an, dass die Blutergüsse an ihrem Hals mehrere Minuten vor ihrem Tod entstanden waren. Auch ihre Nase war zertrümmert worden, als sie noch lebte: Blut war in ihre Lunge geraten, als sie trotz des Knebels nach Luft gerungen hatte. Die übrigen Gesichtsverletzungen waren dadurch entstanden, dass der Täter ihr die Hände auf den Mund gepresst hatte, um zu verhindern, dass sie das Tuch herauswürgte, vermutete Marvin.

Sigrid Funke war qualvoll erstickt. Und sie hatte höchstwahrscheinlich gewusst, dass sie starb.

Offenbar hatte der Täter sadistisches Vergnügen daran gefunden, die Frau zu töten. Seltsam, dass Zombie das geahnt hatte …

Unter Funkes Fingernägeln hatten die Rechtsmediziner fremde DNA entdeckt, doch die Überprüfung in der Datenbank hatte keine Übereinstimmung ergeben. Außerdem hatten Erde und Partikel von verrotteten Ahornblättern an den Händen und an der Kleidung geklebt. Beides stammte vom Zechengelände.

Auf der Anlage hatten die Kollegen jede Menge Fußspuren gesichert. Neben den Abdrücken von schweren Arbeitsschuhen gab es haufenweise Turnschuhspuren, vermutlich von herumstreunenden Jugendlichen und Wohnungslosen wie Zimmermann, die die Halle wohl regelmäßig als Unterschlupf nutzten.

Die Beschreibungen im Bericht der Rechtsmedizin passten

zu den Verletzungen, die ich bei der verschwundenen Frau aus dem Brandhaus gesehen hatte. Außerdem waren beide Frauen recht korpulent. Ansonsten konnte ich allerdings keinen Zusammenhang zwischen der sechsundfünfzigjährigen Sekretärin mit der künstlichen Hüfte und der mutmaßlichen Prostituierten erkennen.

Waren die beiden Frauen Zufallsopfer eines Psychopathen? War es denkbar, dass Sigrid Funke Opfer eines Serientäters war? Der die Prostituierte auf ähnliche Art misshandelt hatte? Gab es womöglich noch weitere Opfer?

Oder ... weitere Leichen?

Um das herauszufinden, musste ich Roxi und Sue auftreiben. Die Namen waren höchstwahrscheinlich falsch. In der Internetanzeige war keine Adresse, sondern lediglich eine Handynummer angegeben. Die Ortung lief, den Verbindungsnachweis hatte ich angefordert.

Ich klappte die Akte zu und stand auf.

Das Büro von meinem Kollegen Sven Gericke befand sich auf der anderen Flurseite. Gericke brütete über einer Akte, als ich eintrat. Er war etwas kleiner als ich, trug mit Vorliebe Anzüge und rasierte seine Glatze spiegelnd glatt.

Er hob den Kopf und sah mich abwartend an.

»Ihr habt den Brand von heute Nacht auf dem Tisch, oder?«, kam ich gleich auf den Punkt.

»Kann ich noch nichts zu sagen«, blockte mein Kollege ab, noch bevor er wusste, was ich fragen wollte.

Ich zog mir einen Stuhl heran, setzte mich vor seinen Schreibtisch und sah ihn abwartend an.

»Die Feuerwehr löscht immer noch«, informierte mich Gericke mürrisch über den aktuellen Stand der Ermittlungen. »Das Gebäude ist einsturzgefährdet. Der Brand ist anscheinend in einer Wohnung im vierten Stock ausgebrochen. Ob wir den Bereich noch begehen werden können, ist fraglich.«

»Weißt du, wem die Wohnung gehört?«

Mein Kollege schob seine dicke Brille hoch und musterte mich kurz.

»Das ganze Haus gehört der Wohnungsbaugesellschaft. Sie sollen eine Liste mit den Namen der Mieter faxen. Ist aber noch nicht passiert.«

Verblüfft ließ ich die Schultern sinken. Das Haus in der Bethanienstraße gehörte der Wohnungsbaugesellschaft?

»Die SWBG?«, vergewisserte ich mich.

Gericke hob den Zeigefinger. »Genau.«

Zombie

Meine Mutter lächelte gedankenversunken. Sie saß hinter dem Empfangstresen meiner Firma und tickerte mit ihren langen, silbern glitzernden Krallen klackernd auf der Computertastatur herum. Wahrscheinlich saßen Chantal und Celine in den Büros hinter ihr, doch meine Mutter hatte die Verbindungstür geschlossen.

Wie immer hatte sie nicht bemerkt, dass ich hereingekommen war.

Einen Moment lang beobachtete ich sie. Sie hatte ihre Haare frisch blondiert. Zu einer schwarzen Leggings trug sie eine Bluse, auf der eine fauchende Raubkatze aufgedruckt war.

Ich atmete durch, weil ich mir denken konnte, was sie machte.

Einen Augenblick lang dachte ich daran, dass meine Mutter einen gar nicht mal schlechten Realschulabschluss besaß und eine Ausbildung zur Kinderkrankenschwester abgebrochen hatte, als sie mit mir schwanger geworden war.

»Hi, Joseph«, murmelte sie, als ich hinter sie trat. Dass sie auf einer Datingseite unterwegs war, hatte ich gewusst. Sie war auf allen entsprechenden Portalen angemeldet.

Ihr Profilbild ließ meine Wut brodeln. Es war ein bis zur Unkenntlichkeit retuschiertes Selfie, auf dem sie kokett und überschminkt – mit roten Lippen, lasziv zur Seite geneigtem Kopf und aufgebauschter, platinblonder Mähne – von unten in die Kamera blinzelte und der Bildausschnitt nicht erkennen ließ, ob sie überhaupt etwas anhatte.

Sah aus wie die Werbeanzeige einer Nutte. Für Fetischisten, die auf dicke Frauen standen.

Ich überflog die Zeilen des Chats. Sie flirtete gerade mit *Gerdheinz64*.

Gerdheinz64: Ein BMW. Cabrio. Und eine HArli. Habe auch n Haus. Kannst du kochen?

Hartz-IV-Empfänger ohne Schulabschluss und Kohle. Jede Wette.

SexyRia: Ich würde dich verwöhnen, Süßer.

Ich griff mir an die Stirn.

Wann genau war meine Mutter wohl auf die Idee gekommen, dass ihr Glück davon abhing, ob irgendein Arschloch bereit war, sie zu ficken? Nachdem sie zwei Kinder von einem Typ bekommen hatte, den sie nach dem Ende seines Auslandseinsatzes nie wiedergesehen hat? Oder erst während der Ehe mit dem gewalttätigen Alkoholiker?

Eine neue Nachricht erschien auf dem Bildschirm.

Gerdheinz64: Kannst du blasen?

Verdammte Scheiße, dem notgeilen, alten Sack würde ich die Eier abschneiden!

»Kennst du den Typ näher, Mama?« Ich selbst hörte meine Stimme vibrieren.

Meine Mutter nicht. »Natürlich, Herzchen. Wir schreiben uns schon seit fast einer Woche. Gerdheinz will mit mir eine Weltreise machen.«

»Gerdheinz will dich flachlegen, das ist alles!«, explodierte ich.

»Gerdheinz hat eben einen guten Geschmack!«, wurde meine Mutter ebenfalls laut.

»Mann, Mama! Wie oft hab ich dir schon erklärt, dass sich nur Arschlöcher melden, wenn du so ein Nuttenprofil ins Netz stellst? Wieso legst du es drauf an, immer die Typen aufzureißen, die dich verdreschen werden?«

Meine Mutter sprang auf. Sie war nicht viel kleiner und auch nicht leichter als ich. Sie holte aus, als wollte sie mir eine scheuern.

Na los, mach doch!

Trotzig hielt ich ihrem Blick stand.

Sie überlegte es sich anders.

»Dir konnten die Titten doch auch nie groß genug sein!«, schnauzte sie. »Blonde Mähne, kurze Röcke, Sex – was anderes hat dich noch nie interessiert! Und Fresse halten mussten deine Ischen.«

Fuck. Das hatte gesessen.

Meine Mutter merkte es sofort und schnappte noch mal nach: »Dass du es mit diesem grauen Mäuschen ernst meinst, kaufe ich dir im Leben nicht ab.«

EDDIE

Die SWBG war eine Schnittstelle zwischen dem Leben von Sigrid Funke und der verschwundenen Prostituierten aus dem Brandhaus. War das nur ein merkwürdiger Zufall? Immerhin lebten Tausende von Menschen in den Wohnungen der Immobiliengesellschaft.

Allerdings schienen mir die Verletzungen der beiden Frauen zu ähnlich, um zufällig zu sein.

Theoretisch könnte der Täter ebenfalls in dem Haus gewohnt haben, überlegte ich. Dann könnte er sowohl auf Roxi und Sue als auch auf Sigrid Funke, die für die Hausverwaltung tätig war, getroffen sein.

Die Abteilung für Mietangelegenheiten befand sich im Erdgeschoss der SWBG-Verwaltung.

Auch heute standen ausnahmslos junge Frauen hinter den Stehpulten, über denen ein großes Schild mit der Aufschrift *Vermietung* hing. Hier konnten sich potenzielle Kunden nach Wohnraum erkundigen. Die Dienstkleidung mit den kurzen, dunklen Röcken und himmelblauen Blusen erinnerte an die Uniformen von Stewardessen.

Im Eingangsbereich fiel mir ein weiteres transportables, weißes Schild mit himmelblauer Aufschrift auf:

Mieterfragen können nur schriftlich beantwortet werden.
Sie erreichen uns unter:
swbg-bochum.mieterservice.de

Ich trat an dem klobigen, gläsernen Aufzugschacht, der mitten in der Eingangshalle in die oberen Etagen des Gebäudes führte, vorbei. Der Empfangsbereich hatte eine ähnliche Wirkung wie eine goldene Rolex, fand ich. Oder ein Porsche. Oder ein Hummer H2.

Konnte eigentlich nur ein Mann entworfen haben. Möglicherweise der gleiche, der die Stewardessen eingestellt hatte. Jede Wette, dass im Chefbüro der Vermietungsabteilung, an das mich das Mädchen hinter dem Schalter verwiesen hatte, keine Frau saß.

Hm. Früher war ich weniger zynisch gewesen. Ich überlegte, ob mich der Scheidungsterror misstrauisch gemacht hatte oder Adrian. Oder registrierte ich heute einfach nur Dinge, die mir früher gar nicht aufgefallen waren?

Ich erreichte die Glastür im Verwaltungsflur, zu der mich die Empfangsdame geschickt hatte. *Harald Graf – Leitung Mietangelegenheiten*, las ich die Aufschrift und konnte mir ein böses, kleines Triumphgefühl nicht verkneifen.

Harald Graf saß wie sein Kollege von der Sanierungsabteilung vor einer himmelblauen Wand. Er war so korpulent, dass die Armlehnen seines Bürostuhls zwischen seinen Schichten verschwanden. Schweiß klebte seinen blonden Haarflaum an die Stirn und er hatte den Knoten seiner himmelblauen Krawatte gelockert. Der Anblick des gesundheitsschädlich Übergewichtigen war mitleiderregend. Dass ausgerechnet er so hohe optische Ansprüche an seine Mitarbeiterinnen stellte, konnte ich mir plötzlich doch nicht mehr vorstellen.

Graf blätterte in der dicken Akte, die ihm eine attraktive Assistentin auf den Schreibtisch gelegt hatte.

»Ah, hier ist es«, schnaufte er atemlos. »Die drei Zimmer sind vor einem halben Jahr vermietet worden. An einen Herrn … Radu. Marius Radu.«

Ich notierte mir den Namen.

»Wissen Sie, wer die beiden Frauen sind, die sich zum Zeitpunkt des Brandes in der Wohnung aufgehalten haben?«

Graf zuckte die Schultern. »Ich kann Ihnen nur sagen, was in den Unterlagen steht.«

»Können Sie mir sagen, wo sich die Leute aus dem abgebrannten Haus jetzt aufhalten?«

»Soweit ich weiß, sind einige Bewohner vorübergehend in der Turnhalle der Schule gegenüber untergebracht worden. Andere kamen bei Verwandten unter. Was mit Herrn Radu ist, weiß ich nicht. Wir bemühen uns, schnellstmöglich Ersatzwohnraum für die Betroffenen zu finden. Das Gebäude in der Bethanienstraße wird abgerissen werden müssen.«

Zombie

Meine Fresse! Meine Mutter schaffte es, mich so aggro zu machen, dass ich ihr am liebsten eine reinhauen würde.

Aber sie wusste genau, dass ich das nicht brachte. Zumindest ihr gegenüber besaß ich zum Glück so was wie eine Beißhemmung. Aber feuern könnte ich sie …

Dann würde sie zumindest nicht mehr in meiner Firma herumlungern und versuchen, mir meine Freundin auszureden. Meine Mutter weigerte sich stur, Eddie zu akzeptieren. Dabei ging es nicht nur um Eddie selbst, sie wollte einfach nicht wahrhaben, dass ich mich verändert hatte.

Verdammte Scheiße! Das war total krank: Meine eigene Mutter wollte, dass ich weiter den Bad Boy spielte und oberflächliche Fickbeziehungen mit Tussis führte, die mich für ihren getunten Körper bezahlen ließen.

Ich hielt inne. Mir fiel auf, dass ich die Fäuste geballt hatte. Ich löste die Spannung und bewegte die Schultern.

War das echt ihr Problem? Ertrug meine Mutter nicht, dass ich nicht wegen einer gepimpten Optik auf Eddie abfuhr? Und dass ich eine Frau attraktiv fand, die mehr Gehirn besaß als ich?

Machst du schon wieder Feierabend? Musst du dir jetzt deine Schürze umbinden und kochen?

Tatsächlich machte sich meine Mutter lustig darüber, dass ich zum Elternabend ging und mit den Kids zum Schwimmen. Das war so asi!

Lässt du dich echt von einer Tussi an die Leine legen, die nicht mal Titten hat?

Das stellte wohl das komplette Leben meiner Mutter infrage.

EDDIE

Auch wenn ein Stockwerk höher, in der Sanierungsabteilung, ebenfalls ein Mann auf dem Chefsessel saß, fiel mir positiv auf, dass der magere Herr Schmittke keinen Wert auf Röckchen zu legen schien.

Die blonde Frau, die nun auf dem Platz der toten Sigrid Funke im Vorzimmer saß, trug Jeans und Rollkragenpulli und ihre Fingernägel leuchteten in grellem Pink. In ihre Wangen hatten sich Falten gegraben, die vermuten ließen, dass sie ziemlich oft schlechte Laune hatte.

Weil ich durch die Glastür des Chefbüros sehen konnte, dass Schmittke telefonierte, trat ich an ihren Schreibtisch.

»Beelitz, Kriminalpolizei«, stellte ich mich vor. »Ich ermittele die Todesumstände Ihrer Kollegin Frau Funke.«

Die Sekretärin hob misstrauisch den Blick.

»Können Sie mir sagen, ob Sigrid Funke in letzter Zeit in dem Gebäude, das gestern abgebrannt ist, zu tun gehabt hatte, Frau …?«, ich warf einen Blick auf das Namensschild über ihrem Busen, »… Frau Welling?«

Die Vorzimmerdame erhob sich leicht genervt, zog einen

Ordner aus dem Aktenschrank und wuchtete ihn auf den Schreibtisch. Sie warf einen Blick auf das Datum auf dem Aktendeckel. »Das hier sind die Unterlagen der letzten Monate.«

Als ich sie abwartend ansah, fing sie an zu blättern.

»Ja.« Welling verzog das Gesicht, als hätte sie zwischen den Seiten eine zerquetschte Spinne entdeckt. »Wegen Klempnerarbeiten im zweiten Stock war Frau Funke seit beinahe einem halben Jahr regelmäßig im Haus. Der Fliesenleger war auch mehrmals da, aber es lief weiter Wasser durch die Decke. Es gab Reklamationen ohne Ende.«

Mir gingen die Worte des bankrotten Klempners Kalle Pflog durch den Kopf.

Die Funke will nicht hören, dass die ganzen Leitungen in der Hütte marode sind. Würde ja auch ein Vermögen kosten, alles zu sanieren. Aber nur die Badezimmer aufzuhübschen, nutzt nichts.

Ich trat um den Tresen herum, um in die Akte sehen zu können. Die schlecht gelaunte Sekretärin benutzte ein süßliches Parfüm, das nicht so recht zu ihrem Gesichtsausdruck passen wollte.

Firma Pflog, las ich tatsächlich auf einer abgehefteten Mängelliste. Das waren die Klempnerarbeiten, wegen denen es Streit zwischen Pflog und Funke gegeben hatte. Der Auftrag, wegen dem Pflog pleitegegangen war.

Erstaunt richtete ich mich auf.

Nicht nur die Mieter, die in dem Haus in der Bethanienstraße gelebt hatten, konnten beiden Frauen begegnet sein, fiel mir ein, sondern auch der Handwerker, der ja regelmäßig in dem Gebäude gearbeitet hatte.

Mein Puls beschleunigte spürbar.

Die Sekretärin blätterte weiter.

»Außerdem wurde nach dem Auszug der Mieter eine Wohnung in der dritten Etage saniert.« Sie tippte eine grellpinke Kralle auf den nächsten Zettel. »Eine Malerfirma war da …«, sie schlug die Seite um, bevor ich den Zettel genauer betrachten konnte, »… ein Fußbodenleger … und ein Elektroinstallateur.«

Sie alle waren in dem Haus gewesen, begriff ich. »Ich brauche Kopien dieser Unterlagen«, erklärte ich hastig.

Welling guckte mich an, als hätte ich nach Briefen ihres heimlichen Liebhabers gefragt.

»Steht in den Unterlagen auch, ob es Streit mit diesen Firmen gab?«, wollte ich wissen.

»Pffft!« Jetzt hatte ich sie unabsichtlich zum Lachen gebracht. »Streit war Sigrids Job. Ihre Aufgabe war es, den Firmen Feuer unterm Hintern zu machen, damit Bauarbeiten zügig erledigt und Mängel beseitigt wurden. Der Chef hat sie immer seinen Dobermann genannt.«

Sie deutete mit einem grellpinken Fingernagel auf die Glastür von Schmittkes Büro. Ich konnte den dünnen Abteilungsleiter mit dem Telefon am Ohr an seinem Schreibtisch sitzen sehen. Während er telefonierte, sah er zu Welling und mir herüber.

»Sigrid hatte jeden Tag Streit mit irgendwem.« Die mollige Sekretärin senkte verschwörerisch die Stimme. Sie vergewisserte sich mit einem kurzen Blick, dass ihr Chef sie nicht hören konnte und lehnte sich etwas zu mir herüber.

»Die als Vorgesetzte zu haben, war kein Vergnügen, das können Sie mir glauben. Und die wusste genau, dass sie die Firmen in der Hand hatte«, lästerte Welling. »Es machte ihr Spaß, die Leute zu drangsalieren. Sie konnte Existenzen vernichten, wenn sie wollte, und hat das auch gemacht. Wenn die einen auf dem Kieker hatte, hat sie so lange reklamiert, bis der Konkurs anmelden musste.«

Meine Mutter hat … hatte einfach gern das Sagen, gingen mir die Worte von Funkes Tochter Lea durch den Kopf.

Ich ahnte, dass das wohl eine sehr verharmloste Beschreibung der Schwierigkeiten zwischen Mutter und Tochter gewesen war.

Zwischen uns lief es besser, seit ich ausgezogen bin.

Sigrid Funke hatte Menschen drangsaliert, wenn sie die Gelegenheit dazu gehabt hatte. Ihre Tochter, die von ihr abhängig gewesen war. Die jungen Männer, die das Geld brauchten, dass Funke für Sex bezahlte. Die Firmen, deren Existenz von den Aufträgen der SWBG abhing.

Sigrid Funke war keine nette Frau gewesen.

»Das hier sind die Reklamationen an den Fliesenleger und den Fußbodenleger. Und hier, mit der Malerfirma gab es richtig Zoff.« Welling tippte einen lackierten Fingernagel auf ein Blatt Papier. »Die hat vor Jahren die Fassade gedämmt und sollte das jetzt den neuen Brandschutzrichtlinien entsprechend komplett austauschen – ohne Bezahlung versteht sich. Das hätte dem Betrieb natürlich das Genick gebrochen.«

Ich überflog das Schreiben an die Firma *Farben-Froh*. Inhaberin war eine gewisse Nadine Froh, die bei einer Fassadenerneuerung vor zwei Jahren irgendwelche Brandriegel nicht vorschriftsmäßig eingefügt hatte. Nun sollte Froh die gesamte Fassade auf eigene Kosten erneuern.

»Na ja, nach dem Feuer ist die Firma sowieso dran«, vermutete Welling und schob mir die Unterlagen hin.

Ein spontaner Gedanke ging mir durch den Kopf.

»Sind in der Wohnung im vierten Stock, in der der Brand ausgebrochen ist, in letzter Zeit auch irgendwelche Arbeiten durchgeführt worden?«

»Da müsste ich im Computer nachsehen.«

»Danke«, lächelte ich.

Welling fing mit mürrischer Miene an, auf der Tastatur zu klimpern.

»Nein«, sagte sie gleich darauf. »Es gab zwar bereits drei E-Mails, in denen ein Problem mit der Küchenelektrik gemeldet wurde, aber ein Auftrag ist da noch nicht rausgegangen.«

Zombie

Die qualmende Ruine sah aus, als würde eine riesige, stinkende Leiche mitten in der Stadt liegen. Die oberen beiden Etagen waren völlig abgefackelt. Die Restbalken des Dachstuhls ragten wie verkohlte Knochen eines Skeletts in die Luft.

Die Straße war großräumig abgesperrt. Feuerwehrleute, Polizisten und Spurensicherer kraxelten um die Überreste herum. Ein mit Bauzaunelementen beladener Lkw der Abrissfirma parkte vor der Absperrung.

Auf dem weißen Lack des Wagens klebte das orangefarbene Logo. Der Teufel mit dem Vorschlaghammer.

Für den blöden Wichser war das heute ein Glückstag. Durch den Brand hatte der Dreckskerl Arbeit für Wochen. Wenn die SWBG zigtausend Wohnungen verwaltete und ihn bei allen Sanierungen und Umbauarbeiten den Schutt wegfahren ließ, dann hatte er allein durch diesen einen Großkunden ausgesorgt. Dann war das blöde Arschloch stinkreich.

Du wirst keine Prügeleien anzetteln, hatte Eddie gesagt. Dass ich trotzdem gerade um die am Straßenrand parkende Karre herumschlich, war eindeutig kontraproduktiv. Noch ein bisschen mit meiner Mutter zu zanken, wäre vernünftiger.

DEMON-GmbH, las ich die Beschriftung der Fahrertür.

Abriss, Entsorgung, Demontage, Rückbau, Entkernung,
Entrümplung, Brandsanierung, Erdarbeiten –
Inh. J. Lokow

Mein Blick wanderte zu der verkohlten Ruine hinüber. Der bullige Typ mit dem orangefarbenen Bauhelm überragte meinen Kumpel Grisu, den Feuerwehrhäuptling, deutlich.

An der Absperrung entlang näherte ich mich. Fühlte sich an, als wäre der Wichser magnetisch. Ich erkannte ihn an der Art, wie er den Kopf hielt. Zwischen den breiten Schultern eingezogen, wie eine Schildkröte. Das machte es fast unmöglich, ihm das Genick zu brechen.

Seine unmittelbare Nähe stellte mir die Nackenhaare auf, die Spannung ließ meine Schultern zittern. Drehte er sich um, würde er mich entdecken.

Früher, als wir uns in einer düsteren Parallelwelt im Ring gegenübergestanden hatten, hatte er mehrmals versucht, mich mit einem Kopfstoß auszuknocken, als ob einem ein Widder mit Anlauf die Hörner in die Fresse rammt.

Hatte nie geklappt, ich war immer schneller gewesen.

Und wütender.

Ich bildete mir ein, Blut zu riechen. Meine Atmung hatte sich beschleunigt, meine Fäuste schmerzten.

Verflucht, ich baute Scheiße. Ich musste Abstand halten.

Mich loszureißen, kostete Kraft.

Weil ich die Wut nicht mit nach Hause nehmen durfte, beschloss ich, noch eine Runde zu trainieren.

EDDIE

»Meine Schwestern. Zu Besuch.«

Es knackte in der Leitung. Doch auch ohne die schlechte Verbindung hätte ich Schwierigkeiten gehabt, das stark gebrochene Deutsch des Mannes am anderen Ende der Leitung zu verstehen.

»Ich muss mit Ihren Schwestern sprechen«, hakte Adrian hastig nach. »Wie kann ich Sie erreichen?«

»Zurückgefahren nach Rumänien. Sprechen nicht.«

Es knackte in der Leitung.

»Herr Radu?«

Aufgelegt.

Ich knirschte mit den Zähnen. Denkbar, dass der Typ wirklich der Bruder von Roxi und Sue war. Vor allem aber war er wohl ihr Zuhälter. Und dann waren die beiden Mädchen nicht nach Rumänien zurückgekehrt, sondern saßen jetzt in einer anderen Wohnung und warteten auf Kundschaft.

Adrian hatte einfach die Nummer angerufen, die mir der übergewichtige Herr Graf von der SWBG aus den Unterlagen herausgesucht hatte. Das Handy war in der Duisburger Innenstadt geortet worden. Mitten in einem Wohnviertel. Der genaue Standort würde in den umliegenden Hunderten von Wohnungen schwer zu ermitteln sein – es sei denn, der ›Bruder‹ war dämlich genug, in der nächsten kostenlosen Kleinanzeige wieder die Namen Roxi und Sue zu verwenden.

Zombie

Ich lag schwer atmend auf dem Rücken, unfähig, mich zu bewegen. Über mir pendelte der schwere Sandsack hin und her.

Daneben tauchte Lars' rundes Gesicht mit den markanten roten Haaren auf. Nachdenklich runzelte der Geschäftsführer meiner Boxbude die Stirn.

Sie stecken fest in dieser Spirale aus Aggression und Gewalt, diagnostizierte mein imaginärer Seelenklempner, obwohl ich da längst selbst draufgekommen war.

Ich war wieder da, wo ich vor einem Jahr erst gewesen war. Letztes Mal hatte das geradewegs in die Katastrophe geführt.

EDDIE

»Du meinst die beiden Mädchen aus dem vierten Stock? Das sind doch … na, du weißt schon …«

Die buschigen, weißen Brauen des älteren Herrn zuckten vielsagend ein paarmal nach oben. Seine blauen Augen blitzten verschmitzt.

»Nein, weiß ich nicht.« Ich ignorierte, dass er mich duzte. Entweder nahm er sich das heraus, weil er ein achtzigjähriger Mann und ich eine Frau Anfang dreißig war, oder er war senil.

»*Was* sind das denn?«, stellte ich mich dumm.

»Na, leichte Mädchen.«

»Nutten, Hans«, mischte sich sein Tischnachbar hilfsbereit ein. »Aber welche Sie meinen, weiß ich auch nicht. Die Kanaken sehen ja alle gleich aus.«

Die Bemerkung traf mich unvorbereitet ins Herz.

Auf den ersten Blick sahen die beiden Rentner wie die netten Opas aus der Karamellbonbonwerbung aus. Tatsächlich gehörten sie aber einer Generation an, die von ihren Eltern noch gelernt haben konnte, dass blond und blauäugig das Zuchtziel war.

Mit wurde schlecht bei dem Gedanken, dass irgendein alter Mann über Jaz und Jo – über *meine* Kinder – sagen könnte: Die Kanaken sehen ja alle gleich aus.

Ich ließ die Rassisten ohne Verabschiedung sitzen.

Die Menschen, die in der Turnhalle an einer Bierzeltgarnitur Gulaschsuppe löffelten, waren meine letzte Hoffnung gewesen, etwas mehr über Roxi und Sue herauszufinden. Das Internet nach einer neuen Kontaktanzeige abzusuchen, hatte mich bisher nicht weitergebracht.

In der provisorischen Unterkunft waren hauptsächlich ältere Leute untergebracht worden. Ein paar von ihnen hatten Roxi und Sue wahrgenommen, aber keiner der Nachbarn kannte auch nur die Namen der jungen Frauen.

Mir gingen die Ideen aus, wie ich sie auftreiben sollte.

Außerdem deutete alles daraufhin, dass Adrian und Gregor bei Klempner Kalle Pflog auf einer richtig heißen Spur waren. Pflog hatte in den letzten Monaten häufig in dem Haus in der Bethanienstraße zu tun gehabt. Er war von Sigrid Funke in den Ruin getrieben worden und er konnte auch Roxi und Sue begegnet sein. Er konnte sogar in der Mittagspause ihre Dienste in Anspruch genommen haben.

Wenn Bussis kriminaltechnische Untersuchung von Pflogs Firmenwagen ergab, dass Sigrid Funkes Leiche in dem Auto transportiert worden war, war der Fall gelöst, wenn ich morgen ins Büro kam.

Zombie

Meine Arme waren bleischwer, mein Nacken schmerzte. Ich war müde. Ich wollte nicht wieder gegen die Wut kämpfen müssen.

Es gibt Gefühle jenseits von Wut, dozierte mein innerer Psycho-Doc. *Wann denken Sie endlich darüber nach, was Ihre Wut überhaupt auslöst?*

Na klar, das hatte ich mittlerweile kapiert. Und dieses Mal wusste ich zufällig ganz genau, was meine Wut auslöste: der orangefarbene Dämon.

Aber es gab keine mysteriösen, anderen Emotionen hinter der Wut, mit denen ich mich nicht auseinandersetzen wollte und sie deshalb mithilfe der Aggression verdrängte. Ich wollte Lokow noch immer töten, so einfach war das. Bei mir brannten sämtliche Sicherungen durch, sobald ich den Teufel mit dem Vorschlaghammer sah.

EDDIE

Den Lärm und das Babyweinen registrierte ich, bevor ich an die Tür anklopfte.

Irre, wie ich auf das schrille Wimmern reagierte. Ich hörte es aus dem Stimmengewirr im Zimmer heraus wie eine Alarmsirene.

Ich atmete durch.

Das war nicht meine Aufgabe.

Ich klopfte an Zimmer 154 auf der gynäkologischen Station und öffnete vorsichtig die Tür.

Wow.

In dem Dreibettzimmer herrschte Chaos. Es hielten sich acht – neun – zehn – elf Personen darin auf. Und das, obwohl nur ein Bett besetzt war. Im vordersten der drei Betten, direkt an der Tür, lag eine junge Frau mit einem Kopftuch und einem in eine Decke gewickelten Babybündel mit schwarzen Locken im Arm.

Ihre engere und weitere Verwandtschaft hatte sich in das Zimmer gequetscht. Zwei Kleinkinder schoben das leere Babybettchen, das aussah wie ein Aquarium auf Rollen, durch den Raum. Zwei ebenfalls kopftuchtragende Tanten hatten sich mit einer Tasse Tee am Tisch niedergelassen. Der stolze Vater und die Schwestern saßen auf dem Bett und schossen ein Selfie von der Mutter, dem Neugeborenen und sich selbst.

Ich wich noch einmal in den Flur zurück und warf einen prüfenden Blick auf die Zimmertür.

154 – das war doch die Nummer, die mir die Pflegerin genannt hatte?

Zögernd trat ich ein und grüßte mit einem knappen Nicken die vielen Menschen. Die beiden anderen Betten waren leer. Das mittlere offenbar gar nicht belegt, eine durchsichtige Plastikschutzfolie verhüllte die frische Bettwäsche.

Das Babyweinen wand sich erneut durch das Stimmengewirr in mein Bewusstsein. Ich warf einen Blick auf das Kind mit dem dichten, schwarzen Haar – aber das guckte sich mit großen, schwarzen Augen um wie ein Monchichi. Es weinte gar nicht?

Meine Hände wurden feucht, als ich das zweite Babybett am Fenster entdeckte. Unter dem orangegelben Himmel zuckten winzige Ärmchen hoch.

Scheiße.

Mein Blick wanderte zur Badezimmertür. Die stand offen. Der Waschraum war leer.

Ich drängelte mich zwischen den ganzen Leuten hindurch zum Bettchen. Das Baby im blauen Strampelanzug war dunkelrot im Gesicht, seine Fäustchen geballt, seine Arme und Beinchen ruderten unkontrolliert hin und her. Es schrie bestimmt schon eine ganze Weile, aber durch den Tumult im Zimmer hatten die Schwestern auf dem Flur davon offenbar nichts mitbekommen.

Matteo Alessandro Daniele Neri stand auf dem blauen Pappkärtchen mit dem aufgedruckten Storch, das am Bettchen angeklippt war.

Wo zum Teufel steckte Flo?

Weil Flo definitiv nicht im Raum war, trat ich an das Bett –

eine Sekunde lang zögerte ich, meine Hände zitterten, mein Herz klopfte. Es war sechs Jahre her, dass ich ein Neugeborenes hochgehoben hatte. Das Köpfchen festzuhalten war wichtig, erinnerte ich mich. Vorsichtig schob ich die Finger unter den winzigen Körper, griff den kleinen Jungen unter den Achseln und stützte mit den Fingerspitzen seinen Kopf ab, als ich ihn aus dem Bett nahm und ihn an meine Schulter legte.

»Schschsch«, versuchte ich, das Baby zu beruhigen, was ziemlich aussichtslos war, weil es mich natürlich erstens nicht kannte und zweitens spürte, dass ich Panik hatte, irgendwas falsch zu machen.

Sein Geschrei schrillte in meinen Ohren.

Langsam fing ich an, Flos kleinen Jungen hin und her zu wiegen. Er kam mir sehr zerbrechlich vor.

Nach einer Ewigkeit verwandelte sich das verzweifelte Kreischen in ein erschöpftes Schluchzen.

Wo steckte Flo?

Der kleine Körper lag warm an meiner Schulter. Vorsichtig strich ich über den bebenden Rücken, den meine Hand komplett bedeckte.

Nach zehn Minuten, die mir wie zehn Stunden vorkamen, war das Baby auf meinem Arm eingeschlafen. Ich war klitschnass geschwitzt, hatte mich aber zumindest wieder an das Gefühl, einen Säugling zu halten, gewöhnt.

In dem Augenblick ging die Tür auf und Flo schlurfte zwischen den im Raum versammelten Leuten hindurch.

Als sie mich sah, grinste sie. »Ey! Sag bloß, du hast ihn zum Schweigen gebracht?«

Wie bitte? Sollte das bedeuten, er hatte schon geschrien, als sie das Zimmer verlassen hatte?

Ohne ein Wort drehte ich mich mit dem schlafenden Säugling zum Babybett und legte ihn so vorsichtig wie möglich hinein, mit klopfendem Herzen, weil ich befürchtete, er könnte wieder aufwachen.

»Wo warst du?«, zischte ich Flo dann an. Ich konnte meine Zähne knirschen hören.

»Na, eine quarzen«, entgegnete Flo, als hätte ich mir das denken müssen. »Den Terror hier hält ja kein normaler Mensch aus.«

Ich schluckte.

Das Krankenhausbettchen mit den hohen Seiten aus Plastik, in dem das Baby im hellblauen Strampler sicher liegt, verwandelt sich in den brusthohen Wickeltisch mit der mit Bärchen bedruckten Auflage, den Oleg und Zombie in Flos Wohnung an die Wand geschraubt haben. Ich sehe, wie das Baby gefährlich nah an der Kante strampelt und höre Flo sagen: Den Terror hält ja kein normaler Mensch aus! Dann wendet sie sich ab und lässt das Baby liegen, um auf dem Balkon eine zu rauchen.

»Die Tante vom Jugendamt schlägt morgen Nachmittag hier auf«, holte Flo mich aus der schrecklichen Vision zurück ins Krankenhauszimmer. »Die hat was von einer Pflegefamilie gefaselt. Du musst mir da helfen und die vollschleimen. Dir kaufen die doch alles ab.«

Ich drehte mich um und ging, ohne ein einziges Wort dazu zu sagen.

Zombie

Oma Edith war mir unheimlich.

Das war eigentlich witzig, denn sie war zweiundsiebzig Jahre alt, nur halb so groß wie ich, sie pflanzte Hanf zwischen ihren Geranien an und behauptete, Warzen verschwinden lassen zu können, indem sie bei Vollmond dreimal draufspuckte.

Jo und Lotti hingen in dem riesigen Kirschbaum über dem welken Dschungel im Schrebergarten und Jaz spielte mit dem großen, schwarzen Hund eines Obdachlosen, um den Edith sich kümmerte, solange der Typ im Krankenhaus war. Edith peppelte ständig irgendwelche kranken oder herrenlosen Viecher auf. Und seit Jaz mit ihr abhing, wollte sie plötzlich Tierärztin werden.

Eddie und ich folgten ihrer Oma in die Hütte. Ich musste mich bücken, um Ediths Hexenhäuschen überhaupt betreten zu können. Drinnen roch es noch Feuerholz und Kräutergarten.

Als wir uns das erste Mal begegnet waren, hatte Eddies Oma prüfend meinen Oberarmumfang abgetastet, durch die Zähne gepfiffen und gemeint, wenn wir uns vor zwanzig Jahren begegnet wären, hätte sie sich die Sache mit den Männern vielleicht auch noch mal überlegt.

Heute jedoch war eine Falte zwischen ihren Augenbrauen erschienen, als sie mich begrüßt hatte. Und jetzt ließ sie mich nicht aus den Augen.

»Dana und Mütze haben Flos Wohnung aufgeräumt. Vielleicht kann ich die Leute vom Jugendamt überzeugen, Flo eine Chance zu geben«, erklärte Eddie. Sie hielt die Nase in ihren Baldriantee.

Ich hasste den Gestank von dem Zeug.

»Aber was, wenn ich dafür sorge, dass sie das Baby behalten darf und sie es dann doch nicht schafft, sich darum zu kümmern?« Eddie raufte sich die Haare.

Ihre Oma fädelte nachdenklich einen schwarz glänzenden Stein mit einem vorgebohrten Loch darin auf ein Lederband. Wirre, weiße Haare fielen ihr ins Gesicht, und obwohl sie Eddie zuzuhören schien, wusste ich, dass sie mich beobachtete.

»Diese Entscheidung kann ich dir nicht abnehmen«, schüttelte sie schließlich den Kopf. »Und eigentlich ist das auch nicht nötig, oder?«

Eddie sah verwirrt auf.

»Du weiß doch längst, was du tun wirst.«

Über diese Worte musste Eddie anscheinend nachdenken. Unterdessen trat ihre Oma hinter meinen Stuhl. Ich zuckte zusammen, als sie mir die Hände auf die Schultern legte. Selbst durch den Stoff meines Kapuzenpullis hindurch spürte ich ihren Griff unnatürlich heiß auf meinen Nackenmuskeln.

»Lass mal locker, Junge«, brummte Edith und drückte die Daumen zwischen meine Schulterblätter. Tatsächlich sackten meine Schultern herunter. Eddies Oma legte mir das Band mit dem daran baumelnden, schwarzen Stein um den Hals und hatte keine Skrupel, ihre Finger in den Ausschnitt meines Kapuzenpullis zu schieben, um den Kiesel darin verschwinden zu lassen.

Ihre Hand auf meiner Brust fühlte sich an, als würde sie glühen.

»Trag ihn direkt auf der Haut, dann verbannt er böse Gedanken«, flüsterte sie mir zu.

Ich erstarrte.

Edith zog ihre Finger aus meinem Pulli, doch den winzigen Stein spürte ich weiterhin glühend heiß auf meiner Brust. Unsere Blicke kreuzten sich. Sie hatte die gleichen unnatürlich grünen Augen mit den dunklen Sprenkeln in der Iris wie Eddie und Lotti. Und sie konnte direkt in meinen Kopf sehen. Sie sah die Dämonen, die bösen Geister, die seit Tagen versuchten, sich wieder in mein Gehirn zu fressen.

Ich tastete nach dem Stein auf meiner Brust.

Mein Blick wanderte zu Eddie, die etwa genauso erschrocken guckte wie ich selbst.

Obwohl Eddie selbst auch gern ihre Oma um Rat fragte,

belächelte sie, dass Edith den Leuten die Zukunft mithilfe eines Kaffeesatzes vorhersagte oder Magenprobleme durch um Mitternacht gepflückte Pilze kurierte.

Ich hingegen würde, ohne zu zögern, auf Ediths Kristallkugelwahrsagerei hören, wenn ich nicht zufällig eine eigene Hexe zu Hause hätte.

Eddie

Du weißt doch längst, was du tun wirst.

Die Kids waren in ihren Zimmern verschwunden. Auf der Fensterbank in der Küche stand ein Vogelkäfig, der heute Morgen definitiv noch nicht da gewesen war. Darin hockte ein dickes schwarz-weißes Nagetier, bei dem es sich ziemlich sicher um eine Ratte handelte.

Ich fragte nicht nach.

Mir war zum Heulen zumute. Im Augenblick schien einfach alles schiefzugehen. Beruflich hatte ich völlig versagt und wie ich Flo helfen sollte, wusste ich auch nach dem Besuch bei meiner Oma nicht.

Zombie schob mir den aufgewärmten Rest vom Mittagessen unter die Nase. Nudeln mit Lachs.

Er wartete darauf, dass ich irgendetwas sagte.

Aber wie sollte ich ausgerechnet ihm erklären, dass ich Flo nicht helfen konnte? Er selbst hatte nicht nur seiner Mutter eine Arbeit verschafft und seiner Schwester ein Studium finanziert, er gab so ziemlich jedem einen Job und hatte so manchen hoffnungslosen Fall von Langzeitarbeitslosigkeit von der Straße bekommen.

Ich spürte die Träne in meinem Augenwinkel. Zombie griff über den Tisch und wischte sie mit dem Daumen weg.

»Scheißtag«, sagte ich.

»Hast du auch mit meiner Mutter gesprochen?«, erkundigte er sich ironisch, aber mir war nicht nach Lachen zumute.

»Oder hast du Adamkowitsch endlich gekillt?«, riet er weiter. »Brauchen wir Flugtickets? Müssen wir uns nach Panama absetzen?« Er nahm meine Hand.

Ich holte tief Luft. »Ich werde Flo bei dem Termin mit dem Jugendamt nicht helfen.«

Er ließ meine Hand wieder los. »Aber ohne dich wird sie jede Menge Scheiße labern. Dann nehmen sie ihr das Kind weg.«

Ich nickte.

»Wenn du dir was Seriöses anziehst, dich neben Flo setzt und denen erklärst, dass Mütze, Dana und du nach Flo und dem Baby seht, dann nicken die das doch garantiert ab.«

Ja. Das könnte klappen. Auf diese Art würde Flo die Chance bekommen, sich um ihr Kind zu kümmern. Hing es wirklich von mir ab, ob sich Flos Welt weiterdrehen würde oder nicht?

In Gedanken spielte ich die Möglichkeiten ein weiteres Mal durch. Ich könnte morgens vor der Arbeit rübergehen und nachmittags Dana, wenn sie Zeit hatte. Und auch Mütze würde sich kümmern.

Falsch, Mütze würde den Säugling morgens abholen und abends zurückbringen. Obwohl sie schon den ganzen Tag hinter zwei Zweijährigen herrennen und mit zwei Grundschulkindern Hausaufgaben machen musste.

Flo hingegen würde Mützes Hilfe ohne schlechtes Gewissen in Anspruch nehmen. Damit wäre Mütze diejenige, an der die Arbeit hängen bleiben würde. Und dann würde sie in spätestens einem halben Jahr mit einem Burnout auf der Seite liegen.

»Ich kann nicht den ganzen Tag neben Flo stehen«, sagte ich. »Ich habe einen Job und auch wenn es gerade richtig mies läuft, will ich nicht wieder ohne Arbeit auf der Straße stehen. Und Mütze hat selbst vier Kinder. Plus unsere, wenn es nötig ist. Die ist schon am Limit.«

»Na ja, irgendwas wird Flo ja auch allein geregelt kriegen«, meinte Zombie.

An diese Hoffnung hatten wir uns alle während der Schwangerschaft geklammert. Dass Flo automatisch so was wie Mutterinstinkt entwickeln würde, wenn das Kind erst da war.

»Wenn ich die Augen schließe, sehe ich das Baby auf dem Wickeltisch«, sagte ich. »Es weint, aber Flo ist nicht da. Weil sie erst mal eine raucht. Oder einfach Party machen gegangen ist. Mal abschalten, bei dem ganzen Babystress.«

Zombie starrte mich an, als wäre mir ein zweiter Kopf gewachsen und hätte angefangen, Feuer zu spucken.

»Hat Flo dir davon erzählt?«, fragte er tonlos.

»Natürlich nicht. Soweit denkt sie doch noch gar nicht. Im Augenblick ist ihr wohl nicht mal bewusst, dass sie das Krankenhaus bald verlassen muss und dann mit dem Kind allein zu Hause sein wird.«

»Ich meine, die Sache mit ihrer Mutter«, antwortete Zombie zusammenhangslos. »Hat Flo dir das erzählt?«

Häh?

Er beobachtete mich scharf. »Wirklich nicht?«

Was hatte Flo mir nicht erzählt?

»Sorry.« Ich schüttelte den Kopf. »Worüber sprechen wir gerade?«

Zombie sank auf seinen Stuhl zurück und betrachtete mich mit herunterhängenden Armen. »Flos Mutter hat das damals gemacht«, sagte er schließlich.

Ich schaffte den Gedankensprung noch immer nicht.

»Sie wohnte im zweiten Stock.« Er deutete auf den Fußboden. »Ich war … neunzehn oder zwanzig. Ich wohnte hier schon eine Weile, weil ich ja wegen dem Alten zu Hause raus musste. Damals waren das hier noch zwei Zimmer zur Miete.« Er machte eine Handbewegung, die unsere Wohnung, die heute vier Zimmer besaß und ihm gehörte, einschloss.

»Mitten in der Nacht hat das Baby nicht aufgehört zu brüllen. Die Nachbarn haben geklingelt und geklopft, aber keiner hat aufgemacht. Schließlich hab ich das Schloss geknackt. Danielle war verschwunden, sie hatte Flo einfach allein in der Wohnung gelassen.«

Mir wurde schwindelig.

»Die Polizei kam und das Jugendamt, nur Flos Mutter nicht. Als sie irgendwann besoffen auftauchte, hatten sie Flo bereits bei ihrem Vater abgeliefert.«

Ich wusste nicht, was ich sagen sollte.

Zombie neigte den Kopf zur Seite. »Mach doch mal die Augen zu und stell dir vor, was passieren wird, wenn du Flo *nicht* hilfst«, schlug er dann vor.

Ich zuckte zusammen.

In die Richtung zu denken, hatte ich bisher nicht gewagt.

Zombie wartete auf meine Antwort.

Ich pustete die Wangen auf.

»Wahrscheinlich käme der Kleine erst mal in die Kurzzeitpflege.« Nachdem Flos Betreuerin ihre Einschätzung zu Protokoll gegeben hatte, wäre jede andere Jugendamtsentscheidung wohl fahrlässig.

»Vielleicht versucht Flo dann, ihr Leben geregelt zu bekommen. Oder … glaubst du, sie würde doch noch ins Mutter-Kind-Wohnheim gehen?«

Obwohl ein Platz in Bochum vorhanden war, hatte Flo sich bisher strikt geweigert – in der Einrichtung gab es nämlich strenge Regeln und ein Alkoholverbot.

Zombie verschränkte die Arme vor der Brust und musterte mich nachdenklich.

Wenn Flo sich keine Mühe gab, würde der kleine Matteo in einer Pflegefamilie aufwachsen. Ich dachte daran, dass ich quasi Lottis gesamtes erstes Lebensjahr nicht geschlafen hatte, weil der plötzliche Kindstod drohte und ich aufgepasst hatte, dass meine Tochter weiteratmete.

Wäre Flos Kind ein Pudel, würde ich es einfach mitnehmen.

Natürlich ging das nicht, trotzdem wurde mir warm bei dem Gedanken. Zombie und ich waren noch kein Jahr zusammen, aber genauso sicher, wie er die Flugtickets nach Panama tatsächlich besorgt hätte, würde er mit mir ein weiteres Kind großziehen.

Wahnsinn.

Allerdings litt mein Freund unter einem schlecht kontrollierbaren Superman-Syndrom. Zur Not würde er die halbe Nachbarschaft adoptieren, aber unter der Verantwortung für seine Mutter, seine Schwestern, seine Kinder und seine Firma war er schon einmal zusammengebrochen.

Bei mir sorgte der Gedanke an ein weiteres Kind für mittelschwere Panik. Ich müsste meinen Job aufgeben, bevor ich den Wiedereinstieg wirklich geschafft hatte. Ich müsste mich noch mal von einem Mann abhängig machen, und das wollte ich nie wieder sein.

»Du hast recht. Flo muss die Verantwortung für das Kind übernehmen, nicht Mütze oder du«, nickte Zombie langsam. »Schreib ihr eine SMS, dass sie den Jugendamtstermin allein auf die Reihe kriegen muss. Dann kann sie bis morgen überlegen, was sie macht.«

ZOMBIE

Der Stein, den mir Oma Edith um den Hals gehängt hatte, war laut Wikipedia ein Hämatit. Ein Mineral, eine häufig vorkommende, natürliche Form von Eisenoxid.

Die Esoterikfreaks behaupteten, er würde die Lebensfreude steigern und den Schlaf verbessern, indem er böse Gedanken verbannte. Mithilfe des Kiesels sollte seelischer Stress besser abgebaut und Spannungen, die zu innerer Unruhe führten, gelöst werden.

Außerdem gab es offenbar wirklich Leute, die glaubten, er würde Blutungen stoppen und Wunden schneller heilen lassen.

Ich drehte den kleinen, schwarzen Stein, der an dem Lederband auf meiner Brust lag, zwischen den Fingern.

Er fühlte sich immer noch warm an.

Na ja, schaden konnte es jedenfalls nicht, das Ding dabeizuhaben.

EDDIE

16 qm / 3.768 Euro / Mo
Pflegenote: 1,2
Essen: MeyerMenü (Lieferung aus Magdeburg) (-)
Personal: 2 exam. Krankenpfleger, 3 Pflegehelfer Frühschicht / 1 exam. Krankenpfleger, 1 Pflegehelfer Spätschicht, für eine Station mit 21 Pat. / Nachtschicht: 1 exam. Pfleger + 1 Helfer: 4 Stationen mit 84 Pat.
Reinigung: Fremdfirma (-)
Physiotherapie: auf Rezept
Alter Wasserschaden im Flurbereich (-), alte Bausubstanz

Sigrid Funke hatte sich Notizen zu den unterschiedlichen Pflegeeinrichtungen gemacht und auf Zetteln hinter den entsprechenden Flyern abgeheftet. Offensichtlich hatte sie Plus- und Minuspunkte verteilt.

Ich war eine Stunde früher aufgestanden, um noch mal in der Akte blättern zu können. Neben meiner Teetasse lagen der Pflegeordner und der Ordner mit den Reklamationen, die Sigrid Funke in den letzten Wochen bearbeitet hatte, auf dem Esstisch. Funkes Nachfolgerin hatte mir die komplette Akte kopiert.

Den Pflegeordner hatte ich mir zuerst vorgenommen, jetzt blätterte ich zielstrebig nach hinten, zum Flyer der Wachkoma-WG. Dahinter war der Termin notiert. Es folgte die Rechnung einer Abrissfirma, die offenbar einige Wände und Asbest entfernt hatte. Das Logo mit dem orangefarbenen Teufelchen hatte ich schon mal gesehen.

Dahinter entdeckte ich wieder einen Notizzettel.

Zweibettzimmer
12 qm / Pflegeversicherung + 650 Euro Miete (+)
Pflegenote: ?
Essen: frisch zubereitet / Präsenzkraft
Personal: 1 Präsenzkraft + ambulanter Pflegedienst / 12 Bew.
Reinigung: Präsenzkraft
Physiotherapie: auf Rezept
Umbaumaßnahmen, Aufstockung auf 16 Pat.
Dekubitus! Pflegerückstau!

Das Wort ›Präsenzkraft‹ hatte Funke jedes Mal, wenn es auftauchte, mit Textmarker neongelb markiert. Es tauchte ziemlich oft auf.

Die Information, dass Sigrid Funke eine notorische

Nörglerin gewesen war, ließ die Akte in neuem Licht erscheinen.

Ich wusste zwar nicht, was ›Dekubitus‹ bedeutete, aber das ebenfalls neonfarbene Ausrufezeichen hinter dem Wort ließ mich ahnen, dass es doch Ärger in der WG gegeben haben könnte. Nur war Iwan Stepanovic nicht gewillt, der Polizei davon zu berichten.

Große Lust auf einen zweiten Befragungsversuch bei dem WG-Türsteher hatte ich nicht. Dass der Typ über genug Kampfsporterfahrung verfügte, um unangenehm werden zu können, wusste ich ja mittlerweile.

Mein Blick wanderte zu Zombie, der den Hausmeister der Wachkoma-Wohngemeinschaft ›Iwan den Schrecklichen‹ nannte.

Mein Freund war eben von seiner Nachtschicht zurückgekommen. Nach dem Duschen trug er lediglich schwarze Boxershorts, auf seiner Brust baumelte der Heilstein meiner Oma und er duftete nach meinem Rosenblätter-Lavendel-Shampoo. Seine schwarzen Locken hingen ihm ins Gesicht und seine Tätowierungen passten thematisch hervorragend zu unserem neuen Haustier. Offenbar ließ er die Ratte nicht zum ersten Mal seinen muskelbepackten, nackten Arm hinaufklettern, um sie auf seiner Schulter mit Schinkenwürfeln zu füttern, denn das Tier machte einen ziemlich zutraulichen Eindruck.

Ich musste mir auf die Zunge beißen, um nicht zu grinsen. Das Gruselmonster kaufte Zombie niemand mehr ab.

Die Kinder lärmten im Bad.

Ich schob den Pflegeordner zur Seite und zog die zweite Mappe heran. Orientierungslos blätterte ich in den Auflistungen von Reklamationen herum.

Auffallend oft hatte Funke tatsächlich bei Gas- und Wasserinstallateur Kalle Pflog auf der Matte gestanden. Der Streit um die Arbeiten in dem abgebrannten Mietshaus in der Bethanienstraße hatte sich über Monate hingezogen. Pflog hatte unzählige Male nachgebessert, doch Funke hatte sich immer wieder geweigert, die Arbeit abzunehmen und zu bezahlen. So hatte Pflog in den letzten Monaten regelmäßig in dem Brandhaus gearbeitet. Allerdings traf das auch auf eine Reihe weiterer Handwerker zu.

Ich blätterte weiter.

Ein Fliesen- und ein Fußbodenleger hatten ebenfalls oft Ärger mit Funke gehabt. Der Streit mit der Malerfirma drohte sogar, vor Gericht zu gehen, weil die Inhaberin sich weigerte, die Fassade zu erneuern.

Eine Elektrofirma hatte eine nicht funktionierende Flurlampe austauschen müssen. Und die Abrissfirma hatte eine Wohnung entrümpelt und dabei offenbar den Müll rund um den Container herum nicht sorgfältig genug aufgesammelt.

Jeder Mitarbeiter der Firmen, die in dem Brandhaus gearbeitet hatten und bei denen irgendwann mal etwas reklamiert worden war, konnte sowohl Sigrid Funke als auch Roxi und Sue gekannt haben. Im Prinzip waren sie alle verdächtig. Damit kamen plötzlich jede Menge Personen als Täter infrage …

Zombie war hinter mich getreten und lenkte mich ab, indem er die Ratte auf den Tisch setzte. Er streute ihr ein paar Haferflocken vor die Füße. War ganz schön moppelig, das Tier. Lotti und Jo kamen hereingelärmt und streichelten begeistert unseren neuen Mitbewohner. Die Katze hatte Küchenverbot.

Während ich kopfschüttelnd die Ratte beobachtete, die zufrieden zwischen den Müslischüsseln herumtrippelte, blätterte Zombie in der Akte.

Jaz schlurfte herein, ein Buch unter der Nase, und setzte sich hin, ohne aufzusehen.

Zombies zwölfjährige Tochter war bereits genauso groß wie ich – also etwa eins siebzig – und sah aus wie ein Supermodel. Weil sie sich nicht mehr schminkte, waren die Sommersprossen auf ihrer dunklen Haut zu sehen. Ihre großen Augen mit den dunklen Wimpern und der erblich bedingten, spöttisch hochgezogenen rechten Braue wurden von aufsehenerregenden schwarzen Locken umrahmt.

Als sie merkte, dass ich starrte, konzentrierte ich mich rasch wieder auf die Unterlagen.

Zombie hatte einen Finger auf den aufgeschlagenen Brief getippt, sodass ich nicht weiterblättern konnte.

Sehr geehrte Frau Funke,
wie besprochen, wurde der zurückgebliebene Restmüll nach der Entrümplung der Wohnung im zweiten Obergeschoss im Gebäude in der Bethanienstraße entfernt. Wir hoffen, der Auftrag ist nun im Sinne der SWBG zufriedenstellend erledigt, und freuen uns auf eine weiterhin gute Zusammenarbeit.
Mit freundlichen Grüßen,
J. Lokow

Rechts oben in der Ecke war das orangefarbene Logo abgebildet. Ein Teufelchen holte mit einem Vorschlaghammer aus.

Das gleiche Logo hatte ich gerade eben schon in Sigrid Funkes Pflegeakte gesehen. Dieselbe Abrissfirma hatte auch in Iwan Stepanovics Wachkoma-WG Asbest entfernt.

Verwirrt sah ich zu Zombie hoch.

»Schick da mal die Wirtschaftskriminalität vorbei«, riet er mir. »Wenn die nichts finden, fresse ich meine Sportsocken.«

Stirnrunzelnd blätterte ich die Akte noch einmal durch.

Die Abrissfirma schien eins von den sorgfältigeren Unternehmen zu sein, die für die SWBG im Einsatz waren. Sigrid Funke hatte nicht viel zu meckern gehabt. In der gesamten Mappe tauchten nur zwei Briefe mit dem orangefarbenen Logo auf, bei denen es um Nachbesserungen ging. In beiden Fällen handelte es sich um Reinigungsarbeiten, die nach Abriss- oder Entrümplungstätigkeiten vergessen worden waren.

Und wenn ich die gigantische Summe betrachtete, die sie für die Umbauarbeiten in der Wachkoma-WG kassiert hatten, konnte die Firma auch nicht vor dem Ruin stehen. Die teure Asbestentsorgung schlug mit sechzigtausend Euro zu Buche, insgesamt hatte der Abriss fast hunderttausend Euro gekostet.

Kalle Pflog hatte sehr viel mehr Ärger mit Funke gehabt. Die Malerfirma *Farben-Froh* ebenfalls.

»Wieso soll ich ausgerechnet die überprüfen?«, wollte ich von Zombie wissen.

Der winkte ab. »War ein Witz. Vergiss es.«

Er setzte die Ratte zurück in den Käfig.

Gedankenverloren kaute ich an meiner Unterlippe. Die DEMON-GmbH hatte ihren Firmensitz laut der Adresse im Briefkopf in einem Gewerbegebiet in Grumme. Das musste irgendwo in der Nähe der Kletterhalle sein, in der wir mit den Kids neulich gewesen waren. Mit dem Auto war das etwa eine Viertelstunde von unserer Wohnung entfernt.

Einen Moment lang betrachtete ich das Teufelchen, das mir bekannt vorkam. Wo hatte ich das noch gesehen?

Einem spontanen Impuls folgend, riss ich das Schreiben aus der Akte, faltete es zusammen und klemmte den Zettel in mein Notizbuch.

Zombie starrte mich an, als hätte ich kein Stück Papier, sondern eine Handgranate eingesteckt.

»Das hat rein gar nichts mit deinem Fall zu tun. Ich konnte den Wichser schon in der Schule nicht leiden und würde ihm einfach gern eine reinwürgen«, beantwortete er meine schon fast vergessene Frage widerwillig.

»Mami! Jo hat Wichser gesagt!«, meldete Lotti prompt.

»Das war Verleumdung, üble Nachrede, eine falsche Anschuldigung. Wahrscheinlich strafbar. Jedenfalls absolut keine Ermittlungsgrundlage«, erklärte mir Zombie. »Hält dich das irgendwie davon ab, dahin zu fahren?«

Wenn ich ehrlich war, machte mich das noch neugieriger.

ZOMBIE

Verdammt, wieso konnte ich meine Fresse nicht halten? Jetzt saß ich in der Scheiße. Ich konnte Eddie da unmöglich allein reingehen lassen. Aber wie sollte ich cool bleiben, wenn mir der Dreckskerl tatsächlich über den Weg lief?

Ich spreizte meine Finger auf dem Lenkrad, bis die Gelenke knackten, während ich den Hummer ins Dämonenland lenkte.

Um sieben Uhr morgens herrschte Hochbetrieb auf dem Firmengelände. Eddie neben mir stieg bereits aus.

Ich kam mir vor, als wären wir an einer Bohnenranke hochgeklettert und würden nun das Riesenreich betreten, als ich ihr folgte. Alles hier schien zu groß zu sein. Die Bagger, die Lkw, sogar die lang gestreckte Lagerhalle mit den fünf Rolltoren schien überdimensioniert.

Ich zog mir die Kapuze meines Parkas über den Kopf und drückte mich dichter an die Hallenwand, als die Zugmaschinen aus der Halle dröhnten. Große Lust, dem Feind in die Hände zu fallen, hatte ich nicht.

Eddie war vor der Halle stehengeblieben und studierte mit gerunzelter Stirn ein orangefarbenes Firmenschild.

Ich ließ meinen Blick über die bunten Stahlwände aus übereinandergestapelten Containern wandern. Das war das reinste Labyrinth. Und hinter dem Gebäude erstreckte sich eine Landschaft aus haushohen Schutthügeln.

Alles, was beim Abriss von Häusern, Straßen, Brücken in Containern abtransportiert werden musste, wurde anscheinend dort hinten abgekippt: Bauschutt, Asphalt, Betonteile, sogar ganze Hauswände. Auf einem Schuttberg stand ein riesiger Bagger, er war über die Halle hinweg zu sehen.

Ein ohrenbetäubendes Dröhnen, das unmöglich der Bagger allein verursachen konnte, ließ die Luft vibrieren und den Boden zittern.

Ich schlenderte auf einen Durchgang zwischen den Schuttbergen zu. Ein festgefahrener Weg, breit genug für einen Lkw. Wie ein Talkessel tat sich dahinter ein großer Platz auf. Inmitten haushoher Geröllhalden saß eine gigantische orangefarbene Maschine mit unzähligen, ratternden Förderbändern wie eine riesenhafte Roboterspinne.

Mehrere Arbeiter bedienten den Koloss, der Bagger schaufelte von oben Betonbruchstücke in einen eckigen Schacht. Die Maschine zermalmte den Schutt und spie ihn auf die vielen Kieshaufen, die um das Gerät herum in die Höhe wuchsen. Eine Betonbrechanlage. Eine Luxusausführung, die Bauschutt zu Schotter in verschiedenen Stärken recyclte.

Ich knirschte mit den Zähnen. Dieses Ding war ein Vermögen wert. Der Dreckskerl musste stinkreich sein. Ich wippte auf den Fußspitzen, kreiste die Schultern nach hinten.

Die bösen Flaschengeister hopsten in ihren Glaspullen hin und her. Zerplatzten ihre Gefängnisse, fackelte ich seine Goldgrube höchstwahrscheinlich ab.

Ein paar Sekunden lang hatte meine hochkochende Wut mich vergessen lassen, warum ich eigentlich hier war. Hastig fuhr ich herum und – erstarrte!

Eddie war weg!

Was? Scheiße!

Sofort packte mich kalte Panik am Nacken. Die Erinnerungen blitzten auf.

Meine auf den Rücken gedrehten Arme …

Ich rannte zur Halle zurück.

Die Rolltore standen offen, doch die Zugmaschinen waren längst vom Hof gerumpelt. Keine Spur von Eddie, nur ein dünner Typ mit einem struppigen, dunklen Pferdeschwanz fegte im Halbdunkel zwischen Gerüststapeln und einem kaputten Radlader die Halle aus.

»Hey!« Mein Puls raste, als ich auf ihn zu trat. »Wo ist die Frau hin, die hier eben noch stand?«

Er reagierte nicht.

»Ey!«, schrie ich den Mann an.

Er hob den Kopf.

Ich prallte zurück.

Seine Augen schienen ungleichmäßig groß zu sein, der Mund schief, die Wangen so hohl, dass seine Jochbeine scharfe Kanten bildeten. Sein Körper war verkrümmt, die linke Schulter hing viel tiefer als die rechte. Er sah völlig anders aus, als früher. Trotzdem erkannte ich Basti sofort.

Noch mal Scheiße.

Sekundenlang starrten wir uns an.

Dann begann Basti wieder zu fegen, als wäre ich gar nicht da. Er zog das linke Bein nach. Mit dem aggressiven Irren, dem ich im Ring mal die Nase gebrochen hatte, hatte Basti nichts mehr gemeinsam. Ich würde keine Antwort von ihm bekommen, ich war mir nicht mal sicher, ob er mich überhaupt erkannt hatte.

Ich hatte auch keine Zeit darüber nachzudenken. Ich musste Eddie finden!

Ich rannte zurück auf den Hof. Mein Blick suchte das Gelände ab, die meterhohen Schuttberge, das Containerlabyrinth, die Stapel aus Bauzaunelementen und Gerüsten. Die Panik senkte sich wie eine schwarze Decke über meine Gedanken. Wenn Eddie bewusstlos in einem der Container lag, hatte ich keine Chance, sie zu finden.

»Vielen Dank, Frau Konieczpolski«, hörte ich in dem Moment ihre Stimme hinter mir. Sie trat aus einer unscheinbaren Stahltür.

Ich bekam wieder Luft. Hastig atmete ich ein, während ich eine unbewegte Miene aufsetzte, damit Eddie mir nicht ansah, dass ich kurz vorm Durchdrehen gewesen war. Ich war echt ein Spitzenbodyguard.

»Der Chef ist auf dem Weg zur Baustelle«, erklärte mir Eddie, als ich schwieg. »Musst du dich in deinen Sarg legen, bis die Sonne untergeht, oder fährst du mich hin?«

Kurz darauf kurbelte ich meinen Hummer an der Brandruine in der Bethanienstraße auf den Gehweg.

Meine Hände krampften sich um das Lenkrad, mein linker Fuß wippte im Fußraum. Eddie kletterte aus dem Wagen, noch bevor ich den Motor ausgestellt hatte. Zielstrebig näherte sie sich den beiden DEMON-Fahrzeugen, die ein Stück entfernt am Straßenrand parkten.

Ich hatte noch immer keine Ahnung, wie ich die Kontrolle behalten sollte, wenn ich ihm wirklich wieder gegenüberstehen würde.

Trotzdem stieg ich aus.

Mein Blick wanderte zu dem vom Feuer zerfressenen Gebäude. Wie viel der Abriss dem Sack einbringen würde, konnte ich nicht mal schätzen. Eindeutig spielte er in einer anderen Liga als ich. Wäre früher keiner drauf gekommen, dass der mal millionenschwer werden würde.

Aus dem Augenwinkel registrierte ich, dass ein weiterer DEMON-Lkw neben meinem Hummer abbremste. Auf der Ladefläche stand ein Minibagger.

Sofort schoss Adrenalin in meinen Körper. Ich straffte die Schultern und wippte auf die Zehenspitzen. Die Beifahrertür des Lkw ging auf und der Dämon persönlich sprang heraus.

Okay, jetzt gab es Ärger.

Geschmeidig federte er die Landung ab.

Ab heute leckst du meine Stiefel, wenn ich das will, kapiert?

Grellrot flackerte der Wunsch zu töten in mir hoch. Die Straße, der Lkw, die Ruine verschwammen vor meinen Augen. Meine Welt verengte sich. Auf mich und ihn. Als stünden wir uns wieder im Ring gegenüber.

Seinen Kopf hielt er zwischen die Schultern gezogen. Er hatte mit den Shrugs und dem Seitheben übertrieben, war unnatürlich breit. Reflexartig atmete ich ein und pumpte ebenfalls auf. Sein schneeweißes Zähnefletschen verriet mir, dass er in ein neues Gebiss investiert hatte.

»Rheinhart.« Sein Blick wanderte abschätzend an mir herunter. »Sieh zu, dass du Land gewinnst. Da steht groß und breit, wessen Revier das hier ist.«

Er deutete auf das Teufelsemblem am Bauzaun.

Fick dich, du Ratte! Das hier ist mein Revier, das weißt du genau. Du hast hier rein gar nichts verloren. Egal, ob du Bauzäune benutzt oder Spraydosen.

»Lokow«, entgegnete ich kühl. »Was hat deine hässliche Fresse gekostet?«

Prompt ging er auf mich los. Wut verzerrte sein Gesicht.

Ich hielt seinem Blick stand. Vor dir weiche ich keinen einzigen Millimeter zurück, du Wichser. Komm schon, trau dich und ich breche dir das Genick.

Seine breite Stirn zuckte auf meine zu. Er gehörte zu den wenigen Typen, die überhaupt groß genug waren, um mir einen Kopfstoß zu verpassen.

Sein Gesicht stoppte wenige Zentimeter vor meinem. Ich verzog keine Miene, schaffte es, nicht zu blinzeln.

Eins zu null, Arschloch.

»Entschuldigen Sie, gehören Sie zu der Abrissfirma – ähm, zu der DEMON-GmbH?« Eddie brachte es fertig, ihm auf die Schulter zu tippen.

Er zuckte zusammen und sah auf sie hinunter, als hätte ihn ein Alien mit einem mit Saugnäpfen gespickten Tentakel berührt.

Eddie hielt ihm ihren Dienstausweis hin.

»Polizei?«, grollte er irritiert. »Haben wir falsch geparkt, oder was?«

»Ich benötige ein paar Informationen über die Firma. An wen kann ich mich wenden?«

Sein Blick glitt an ihr herunter und sein Ton wurde sofort ein anderer. Einer, der mir noch weniger gefiel.

»Sie sprechen mit dem Boss.«

Er ließ mich stehen, als wäre ich gar nicht da, schob Eddie von mir weg und entfernte sich mit ihr zusammen ein paar Schritte.

»Sie sind Herr Lokow?«, schlussfolgerte Eddie.

»Messerscharf kombiniert. Was wollen Sie wissen?«

Lass meine Frau in Ruhe, Arschloch! Grapsch einmal hin und du bist so schnell tot, dass du es gar nicht mitkriegst! Dafür geh ich gern lebenslang in den Bau! Das ist es mir wert, verlass dich drauf!

»Ich benötige eine Aufstellung über alle Aufträge, die Sie für die SWBG Bochum in den letzten – sagen wir sechs Monaten erledigt haben. Es wäre schön, wenn mir Ihre Sekretärin die nötigen Unterlagen zusammenstellen könnte.«

Sein Unterkiefer zuckte.

»Das ist doch kein Problem, oder?«, fügte Eddie freundlich hinzu, doch Lokows Miene verriet, dass er die Spitze bemerkt hatte.

»Für Sie mach ich alles möglich.« Er zog ein iPhone aus der Tasche. »Wie war noch mal Ihr Name?«

»Beelitz.«

»Merke ich mir.«

Das war eine Drohung! Ich stellte mir vor, ihn von hinten anzuspringen, ihm den Hals durchzubeißen und sein Gehirn zu fressen.

Lokow wandte sich ab und schlenderte zu seinen Leuten hinüber, die schon den Minibagger abluden.

»Ach, und Rheinhart?« Lokow hielt inne, drehte sich noch mal um und fletschte seine unnatürlich weißen Zähne. »Grüß deine Schwester von mir.«

EDDIE

Es war kurz vor neun, als Zombie seinen Wagen wieder vor unserem Wohnblock parkte.

Eigentlich sollte ich langsam mal im Büro auftauchen, wenn ich mir nicht gleich den nächsten Ärger einhandeln wollte. Stattdessen folgte ich meinem Freund in unsere Wohnung. Irgendwas stimmte nicht mit ihm. Ganz und gar nicht. Das konnte ich schon an der Art sehen, wie er vor mir die Treppe hinauflief. Er nahm drei Stufen auf einmal, als wäre das eine Trainingseinheit. Außerdem hatte er seit dem Zusammentreffen mit dem Abrissunternehmer – bei dem es sich dann ja wohl um den alten Feind aus Schulzeiten handelte – nicht mehr gesprochen. Und sein linkes Bein hörte seitdem nicht mehr auf zu wippen. Zombie stand unter Spannung wie eine Starkstromleitung. Es hätte mich nicht gewundert, wenn er im Vorbeigehen die Wohnungstüren von ein paar Nachbarn eingeschlagen hätte.

Mit »Ich konnte den Wichser schon in der Schule nicht leiden« hatte das nichts zu tun, die Begegnung mit dem Typ ließ ihn völlig ausflippen.

Als ich unsere Wohnung im vierten Stock erreichte, hatte Zombie bereits seine Trainingshose an und zog sich mit einer wütenden Bewegung das Shirt aus. Sein Haarknoten sprang auseinander, seine Oberarme bebten.

Ich drückte die Eingangstür hinter mir zu.

»Wovor rennst du eigentlich weg?«, wollte ich wissen.

In Zeitlupe hob er den Blick. Seine Mähne fiel ihm ins Gesicht, seine Muskeln spannten sich unter den Gruseltattoos und in seinen tiefschwarzen Augen flackerte die Wut.

Horrorfilmmonster-Modus.

Na toll.

Ich lehnte mich mit dem Rücken gegen die Tür. Solange er sich nicht wieder eingekriegt hatte, ließ ich ihn nicht raus. Amok laufen kam nicht infrage.

»Was ist passiert zwischen dir und Lokow?«

»Wir sind keine Kumpel, das ist alles.«

Drohender Unterton. Dass er, statt mit mir zu reden, lieber auf altbewährte Problemlösungsstrategien zurückgreifen wollte, war offensichtlich.

»Dafür rastest du aber ganz schön aus«, ließ ich die Antwort nicht gelten.

Zombies Miene veränderte sich abrupt. Er neigte den Kopf zur Seite und ließ seinen Blick provokant an mir herunterwandern.

Bevor ich begriff, was passierte, machte er einen schnellen Schritt auf mich zu und stieß mich mit der flachen Hand rückwärts gegen die Tür. Mein Hinterkopf schlug gegen das Holz, es polterte dumpf. Im gleichen Moment hatte er schon meine Arme gepackt und zog sie über meinen Kopf.

Ich hatte keine Chance, mich aus dem Griff zu winden. Mit der Rechten hielt er meine Handgelenke fest. Als er mit der Linken meinen Hals umgriff, erstarrte ich.

Das hatte er schon mal gemacht.

Das war genau das, wonach es sich anfühlte: Aggression.

Gewalt.

Mit dem Oberschenkel stieß er meine Beine auseinander.

»Jo!«, fuhr ich ihn an. Ich versuchte, meinen rasenden Herzschlag zu ignorieren und meine Stimme bestimmt klingen zu lassen. »Es wäre mir lieber, wenn du mir eine reinhauen würdest.«

Zombie ließ meinen Hals los. Er prallte zurück, als hätte ich ihn geohrfeigt.

Uff.

Meine Hände waren frei. Hastig verschränkte ich die Arme vor der Brust.

Sein Nacken zitterte vor Anspannung, seine Atmung ließ seinen Brustkorb beben, seine Locken kringelten sich vor Schweiß. Die Gruselfilmmiene flackerte. Sah aus, als würde Doktor Jekyll gegen Mister Hyde kämpfen. Plötzlich war der Spuk vorbei.

»Fuck«, flüsterte er. »Scheiße ... ich wollte nicht ...«

Er wich zurück, bis er mit dem Rücken gegen das Schuhregal stieß. High Heels, die Jaz schon lange nicht mehr trug, polterten zu Boden. Seine Hand zitterte, als er sich an die Stirn griff.

»Hau ab!«, sagte er dann plötzlich tonlos. »Wir können nicht zusammenbleiben, du musst gehen. Sofort!«

Wie bitte?

»Verpiss dich!«

Moment. Nicht so schnell.

»Kannst du mir erst mal erklären, was überhaupt los ist?«

»Ich bin gefährlich für dich, schnallst du das nicht?«, explodierte Zombie. »Ich werde dir wehtun, wenn du nicht verschwindest. Glaubst du im Ernst, dass ich, bevor du aufgetaucht bist, schon mal mit einer Tussi stundenlang im Flur rumgeknutscht habe?«

Was? Ich konnte nicht folgen.

»Ich hatte Sex, wenn ich aggro war. Auf die harte Tour. Zum Abreagieren.«

Ich runzelte die Stirn.

»Du willst mir also wehtun, um dich abzureagieren?«, versuchte ich, die wirre Argumentation auf den Punkt zu bringen.

»Lieber springe ich von der Brücke«, stieß er tonlos hervor. »Aber ich habe keine Kontrolle darüber. Immer noch nicht, verdammte Scheiße!«

Ich registrierte, dass sich seine Fäuste ballten.

Mein Herz klopfte. Er war wegen schwerer Körperverletzung vorbestraft. War es total naiv, dass ich glaubte, dass er mir nichts tun würde, obwohl er mich unmissverständlich warnte?

Aber mein Nein hatte er doch sofort ernst genommen. Dass das nicht selbstverständlich war, hatte ich oft genug erlebt. Als ich mit Adrian Adamkowitsch im Bett gelandet war, zum Beispiel. Oder in den letzten paar Jahren meiner Ehe.

Verdammt, Zombie adoptierte sogar eine *Ratte!*

»Meine Mutter hat völlig recht«, fuhr Zombie mich an. »Ich habe Frauen mein Leben lang wie Dreck behandelt und das beschissene Muster steckt einfach in meinem Kopf!«

Er schlug seine Fingerknöchel so hart gegen seine Stirn, dass ich zusammenzuckte.

Deine Mutter?

»Das waren Vergewaltigungen«, sagte er heiser. »Also sieh zu, dass du endlich wegkommst. Jetzt.«

Vergewaltigungen?

Fassungslos starrte ich ihn an. »Du hattest gegen den Willen der Frauen Sex mit ihnen?«

Er stutzte. »Nein.«

Häh?

Er atmete tief ein. Die Frage schien ihn abzulenken.

»Das war vorher abgesprochen«, erklärte er. »Ich hab mir immer Weiber ausgesucht, die auf harte Jungs und harten Sex stehen.«

Ich rieb mir die Stirn. Womit der Tatbestand einer Vergewaltigung nicht erfüllt war, du Hirn.

Ich musste Ruhe bewahren, denn Zombie gelang das im Augenblick definitiv nicht. Aus irgendeinem Grund – über den er auf keinen Fall sprechen wollte – hatte die Begegnung mit Lokow ihn völlig aus dem Gleichgewicht gebracht.

Ich versuchte, die wenigen Informationen, die ich hatte, zu addieren: Der Abrissunternehmer musste Zombie an die gemeinsame Schulzeit erinnert haben. Die war ziemlich hart gewesen, zumindest so viel wusste ich.

Und jetzt kam es mir beinahe vor, als würde ich nicht mit einem vierzigjährigen Familienvater und Firmenchef sprechen, sondern mit dem verwirrten Teenager von damals, der von seinen Mitschülern gemobbt wurde und dem der rassistischer Stiefvater prophezeite, dass er im Knast enden würde.

Ich straffte die Schultern. »Du brauchst mir nicht erzählen, was zwischen dir und Lokow vorgefallen ist.« Vorsichtig streckte ich meine Hand nach Zombie aus. »Das alles ist lange vorbei.«

Er zuckte zurück und rempelte wieder mit dem Rücken gegen das Regal. Schuhe, Mützen und Taschen polterten um ihn herum zu Boden.

Eine gefühlte Ewigkeit starrte Zombie mich an.

Schließlich hob er den Arm und berührte zögernd meine Finger.

Sanft zog ich ihn zu mir heran, schlang die Arme um ihn und legte den Kopf auf seine schweißnasse Brust. Sein Herz klopfte hart und schnell an meiner Wange. Nach ein paar Sekunden legte er sein Kinn auf meinen Kopf und hielt mich fest.

Unendlich lange standen wir so im Flur.

Zombie

Wie betäubt lag ich auf dem Rücken. Ich fühlte mich wie nach einer völlig außer Kontrolle geratenen Trainingseinheit. Eddie hatte mir den Rücken gestreichelt wie Lotti und Jo, wenn sie sich beim Spielen die Knie aufgeschürft hatten, und meine Wut war einfach verpufft.

Dass das funktionierte, war absurd. Mein Leben lang hatte es genau zwei Möglichkeiten gegeben, meine Aggressionen abzureagieren: Prügel oder Sex.

Beides war Gewalt. Total krank.

Nachdem ich mit vierzehn beschlossen hatte, nicht länger das Opfer zu sein, hatte ich angefangen zu trainieren und war zum Täter mutiert.

Erst hatte ich mich geprügelt, dann hatte ich für Geld Leute zusammengeschlagen. Nachdem mir bewusst geworden war, wie dicht ich davor stand, jemanden zu töten, war ich nie wieder in den Ring gestiegen. Stattdessen hatte ich meine Wut im Bett abreagiert. Und das hatte ich nicht nur von meiner Mutter gelernt, auch wenn es schön wäre, ihr die Schuld in die Schuhe schieben zu können.

Aber ich selbst hatte mir jahrelang die richtig harten Pornos reingezogen. Um mir zu bestätigen, dass es alle machten. So hatte ich es hingekriegt, vor mir selbst als Sex zu verbuchen, was ohne Frage Gewalt war. Instinktsicher hatte ich die Frauen aufgerissen, die auf dominante Arschlöcher abfuhren.

Dabei hatte ich eigentlich immer gewusst, dass ich große Scheiße baute. Schließlich hatte ich lange genug versucht, meine Mutter vor meinem Stiefvater zu beschützen, ich war mit zwei Schwestern aufgewachsen und hatte zwei Töchter. Die Vorstellung, dass jemand mit Jaz machte, was ich mit meinen Freundinnen tat, hatte mich jahrelang in den Wahnsinn getrieben.

Aber sie existierte immer noch, die kranke Verbindung zwischen Aggression und Sex in meinem Kopf. Und im Gegensatz zu mir selbst hatte Eddie sofort begriffen, was abging.

Es wäre mir lieber, wenn du mir eine reinhauen würdest.

Und genauso hatte sie erkannt, dass ich meine Wut schon wieder benutzte, um zu verdrängen.

Wovor rennst du eigentlich weg?

Tja, das war die Frage, vor der ich so viel Schiss hatte, dass ich lieber auf meine Freundin losging, als sie zu beantworten. Ich schloss die Augen, aber weil der Seelenklempner in meiner Erinnerung sprach, hörte ich ihn trotzdem.

Es gibt Gefühle jenseits von Wut, wiederholte er noch mal, was ich wohl nie schnallen würde. *Trauer. Hilflosigkeit. Angst. Aber Sie schlagen lieber wahllos zu, statt sich mit unangenehmen Emotionen auseinanderzusetzen.*

Das alte Muster. Schon wieder.

Es gibt keine mysteriösen, anderen Emotionen hinter der Wut, hatte ich mir eingeredet. *Ich will Lokow noch immer töten, so einfach ist das.*

Schwachsinn.

Natürlich war ich auch dieses Mal wieder aggressiv geworden, um mich nicht erinnern zu müssen. Ich spürte meine Hände schwitzig werden, meinen Nacken verkrampfen, als die Bilder zurückkehrten.

Meine auf den Rücken gedrehten Arme, die sich anfühlen, als hätten mir die Arschlöcher die Schultern ausgerenkt …

Ich blieb liegen.

Ich wurde nicht wütend.

Ich würde niemandem mehr wehtun, bloß weil ich Schiss hatte, an etwas zu denken, was seit fünfundzwanzig Jahren vorbei war.

Ich ließ die Erinnerungen zu und wartete ab, was passierte.

EDDIE

Mein Handy summte in meiner Hosentasche. Adrian wurde ungeduldig. Trotzdem war ich um halb zehn immer noch nicht im Büro, sondern stand im vierten Stock des alten Wohnhauses, nur ein paar Straßen von unserem Block entfernt.

Ich musste erst dieses Gespräch führen, auch wenn ich nicht wusste, wie ich das anstellen sollte.

Aus den Treppenhausfenstern blickte ich auf die Kleingartenanlage. In der Ferne konnte ich den Kirschbaum meiner Oma erkennen.

Dana öffnete mir in einem karierten Flanellpyjama. Offensichtlich hatte ich sie nach ihrer Nachtschicht aus dem Bett geklingelt.

»Eddie, hi?« Verwirrt ließ sie mich herein.

In der kleinen Wohnung von Zombies Schwester herrschte kreatives Chaos. Sie schob ein paar Unterlagen auf dem kleinen Tisch am Fenster zur Seite.

»Sorry, ich brauch 'n Kaffee«, murmelte sie dann und verschwand in der Küche.

Ich überlegte fieberhaft, wie ich anfangen sollte, während ich mich hinsetzte.

Dana kehrte mit einer alten Thermoskanne und einer Tasse zurück ins Wohnzimmer. Abwartend sah sie mich an, während sie die saubere Tasse neben ihre eigene, bereits benutzte stellte.

»Dein Bruder und die Frauen«, kam ich ohne Vorwarnung auf den Punkt. »War da mal häusliche Gewalt ein Thema?«

Die Kaffeekanne rutschte Dana aus der Hand, rumste auf den Tisch, die Tassen klirrten, die braune Brühe schwappte über die Akten, die Kanne rollte über die Kante. Ich fing sie auf, bevor sie zu Boden schepperte. Die blanke Panik in Danas Gesicht war nicht zu übersehen.

»O mein Gott«, flüsterte sie. »Hat er dir was getan?«

Ihr Blick scannte meinen Körper hektisch nach Verletzungen ab.

»Nein. Aber du hältst es anscheinend für denkbar«, schlussfolgerte ich. Ich konnte zusehen, wie sich Danas erschrockener Gesichtsausdruck erst in Verwunderung verwandelte und dann in Wut.

»Nein, das ist nicht denkbar!«, fauchte sie mich an. Ihre Hände zitterten, als sie nach der Tischkante tastete und sich mir gegenüber auf den Stuhl gleiten ließ.

»Sicher?« Ich stellte die Kaffeekanne zurück auf den Tisch.

»Ganz sicher!« Ihre Stimme quietschte.

»Und warum lässt du dann den Kaffee fallen?«, ließ ich nicht locker.

Dana explodierte. »Wenn du jahrelang mitten in der Nacht Anrufe von deiner hysterischen Mutter gekriegt hättest, weil entweder deine kleine Schwester am Heroin zu krepieren droht oder dein großer Bruder irgendjemanden zusammengeschlagen hat, wärst du bei solchen Fragen auch empfindlich.«

Ich nickte nachdenklich. Ich erinnerte mich noch, wie Dana Lars Bleier fast schon selbstverständlich zusammengeflickt hatte, nachdem Zombie ihn zusammengeschlagen hatte.

»Aber selbst wenn Zombie total durchknallt, würde er nie auf eine Frau losgehen«, zischte Dana.

Nun ja.

Einen Augenblick lang sah ich schweigend zu, wie meine Freundin nervös ihre langen, schlanken Finger knetete.

»Gibt es dafür irgendwelche schlüssigen Argumente?«, hakte ich dann nach.

Auch ich wollte unbedingt glauben, dass es kein Zufall war, dass Zombie mein ›Nein‹ eben dem akuten Aggressionsschub zum Trotz verstanden hatte. Ich wollte auf die Bauernweisheit meiner Oma vertrauen, dass man gute Menschen an der Art, wie sie Tiere behandelten, erkennen konnte.

Allerdings beeinträchtigte die Tatsache, dass ich bis über beide Ohren in Zombie verknallt war, mein Urteilsvermögen vermutlich.

Trotzdem hatte ich auch aus der Scheidung, die gerade hinter mir lag, gelernt. So naiv wie in meiner Ehe würde ich in einer Beziehung nie wieder sein – dabei war mein Ex-Mann weder vorbestraft noch chronisch aggressiv.

Ich wollte von Zombies Schwester irgendeine handfeste Begründung dafür hören, dass sich seine Wut nicht gegen mich richten würden, wenn er ausflippte. Dummerweise schien Dana mir das nicht versprechen zu können.

Zwischen Danas Brauen bildete sich eine nachdenkliche Falte. »Ich war natürlich nicht dabei, wenn er Streit mit seinen Tussis hatte«, überlegte sie laut, »und unser Stiefvater hat ihm lange genug vorgemacht, wie man Frauen schlägt.«

Mein Nacken verkrampfte sich. Das war nicht das, was ich hören wollte.

»Aber ich kenne Zombies Schnallen alle und diskret war keine von denen«, analysierte Dana weiter. »Seine letzte, Michelle ...«

»Die Nacktköchin.« Wenn ich mich richtig erinnerte.

Dana nickte verwundert. »Die hat sich nach der Trennung bei mir ausgeheult und sich darüber beschwert, dass er so ein Weichei ist«, berichtete Dana zu meiner Überraschung. »Anscheinend wollte sie beim Vögeln von ihm gewürgt werden. Er hat sich geweigert und sie abserviert. Weil er ihre Anrufe ignorierte, sollte ich ihm erklären, dass ja wohl jeder Idiot wüsste, dass Sauerstoffmangel für besseren Sex sorgt und er sich nicht so anstellen und gefälligst zu ihr zurückkommen sollte.«

Mir fehlten die Worte.

»Das ist sehr viel mehr, als ich je über das Privatleben meines Bruders erfahren wollte«, seufzte Dana. »Aber im Prinzip waren alle seine Ischen so drauf. Den besten Schnitt hat seine Ex-Frau gemacht. Die lacht sich bis heute tot darüber, dass er sich bei der Scheidung so über den Tisch hat ziehen lassen. Und nicht mal die hat sich je ein blaues Auge eingefangen.«

Ich horchte auf. Das Argument überzeugte: Wenn eine Beziehung eskalierte, dann bei der Trennung. Aber auch ich selbst hatte bereits einmal mit Zombie Schluss gemacht und es unbeschadet überstanden.

»Und sogar Jaz hat ihn nie dazu gekriegt, ihr eine zu scheuern«, ergänzte Dana nach kurzem Überlegen. »Und die hat es wirklich drauf angelegt.«

»Warum interessiert dich diese Demontagefirma?«, erkundigte sich Adrian, als ich endlich im Büro angekommen war. »Die haben doch anscheinend immer saubere Arbeit abgeliefert. Da gab es keinen Ärger mit Sigrid Funke.«

Er hatte sich tatsächlich aus seinem Chefbüro in mein Exil am Flurende herüberbewegt und lehnte lässig neben der Tastatur meines Computers am Tisch. Als hätte er nicht gestern erst versucht, mich bei der Staatsanwältin anzuschwärzen.

Ich hatte die Homepage der Abrissfirma auf dem Monitor, auf der professionell angefertigte Werbefilmsequenzen vom Einsatz riesiger orangefarbener Baumaschinen zu sehen waren.

Zu meiner Verblüffung hatte Adrian heute anscheinend nicht vor, ein Drama aus den fast zwei Stunden, die ich zu spät gekommen war, zu machen. Er kam auch nicht sofort wieder auf die verlorene Zeugin zu sprechen.

Ich musterte ihn interessiert. Musstest du etwa auch bei der Röhmer antanzen?

»Ist nur ein Gefühl«, sagte ich. Damit provozierte ich Adrian geradezu, mich als dämlich hinzustellen.

Tatsächlich war er nicht in der Lage, die Gelegenheit auszulassen.

»Ein Gefühl?«, spottete er. »Weibliche Intuition, sozusagen? Es würde dem Team sehr bei den Ermittlungen helfen, wenn auch du zwischendurch mal ein paar Fakten recherchieren würdest.«

Na klar.

»Im Firmenwagen des Klempners hat Bussi keine Spuren der Toten gefunden«, fuhr Adrian dann fort. »Kalle Pflog hat kein Alibi für die zwei Stunden nach Sigrid Funkes Besuch. Angeblich hat er Altmetall entsorgt. Etwas anderes können wir ihm bis jetzt aber auch nicht nachweisen.«

Seine heiße Spur hatte also keine neuen Erkenntnisse geliefert. Deshalb interessierte ihn meine Meinung plötzlich.

Na schön.

»Pflog hat, genau wie eine Reihe anderer Firmen, noch vor wenigen Tagen in dem abgebrannten Haus gearbeitet«, erklärte ich. »Funke hat ihre Position offenbar ausgenutzt, um die Firmen mit Reklamationen zu schikanieren. Mehrere Betriebe hatten ähnliche Konflikte mit Funke und deren Mitarbeiter könnten außerdem auch der verschwundenen Prostituierten über den Weg gelaufen sein. Das Mordmotiv des Klempners trifft damit auch auf einige andere Handwerker zu. Der Streit mit dieser Malerfirma soll demnächst sogar vor Gericht gehen. Anscheinend droht der Konflikt mit der SWBG auch sie zu ruinieren.«

Die Suchmaschine zeigte mir den schlichten Internetauftritt der Firma *Farben-Froh*. Ein Foto zeigte eine rothaarige Frau mittleren Alters, die eine weiße Arbeitskluft mit Käppi trug und mit einer Farbwalze einen Regenbogen auf eine Wand gemalt hatte. Das war offenbar Nadine Froh, die Chefin.

»Dann hat die Malerin doch ein viel stärkeres Motiv als die Abrissleute. Druck mir das mal aus.« Adrian deutete mit dem Kopf auf den Bildschirm. »Gibt es was Neues von den vermissten Frauen?«

Ich schüttelte den Kopf. »Das Handy des Bruders-Schrägstrich-Zuhälters lässt sich nicht mehr orten.«

»Bleib da dran. Frag doch mal bei der Wohnungsbaugesellschaft, ob dem Typ inzwischen eine Ersatzwohnung vermittelt wurde. Vielleicht ist er dumm genug, dort aufzutauchen. Ich kümmere mich um die Malerfirma.« Adrian griff die Zettel, die der Drucker surrend ausgespuckt hatte, und wandte sich zur Tür.

»Die Abrissfirma hat ebenfalls in dem Brandhaus zu tun gehabt. Auch die kannten Sigrid Funke«, ergänzte ich trotzig.

Die Klinke in der Hand hielt Adrian tatsächlich noch mal inne. »Mit der Abrissfirma war Funke auf Kuschelkurs«, erklärte er langsam und betont, sodass es auch ein Kind mit Lernschwäche verstanden hätte.

Ich ballte die Fäuste. »Mach mir lieber eine Liste mit allen anderen Firmen, die in dem abgebrannten Haus gearbeitet haben und Zoff mit Funke hatten.«

Mein Teamchef schlenderte zufrieden hinaus und ich blieb mit dem unbestimmten Gefühl zurück, schon wieder bei irgendetwas verloren zu haben.

Ärgerlich wuchtete ich die Akte mit den von Sigrid Funke im letzten halben Jahr bearbeiteten Reklamationen auf meinen Schreibtisch. Die Liste für Adrian zu erstellen, dauerte nicht lange. Die meisten Firmen und den Grund ihres Streites mit Funke hatte ich mittlerweile im Kopf.

Beim Blättern fiel mein Blick schon wieder auf das Teufelslogo.

Automatisch hielt ich inne.

Reklamation, überflog ich den bekannten Text.

Sehr geehrter Herr Lokow,
die von Ihnen für die Entkernungsarbeiten in unserem Gebäude in der Bethanienstraße in Rechnung gestellten 96.040,10 Euro können wir derzeit nicht begleichen, da die Arbeiten nicht zu unserer Zufriedenheit durchgeführt wurden. Die Grünfläche wurde um Ihren Container herum durch Bauschutt stark verschmutzt und unzureichend gesichert.
Wir bitten darum, das Gelände zu reinigen und für den weiteren Verlauf der Bauphase ordnungsgemäß zu sichern. Setzen Sie sich zu diesem Zweck mit unserem Ansprechpartner vor Ort, Herrn Stepanovic, in Verbindung. Sobald Herr Stepanovic die ordnungsgemäße Absicherung

der Baustelle bestätigt, werden wir den ausstehenden Betrag selbstverständlich umgehend überweisen.
Mit freundlichen Grüßen,
S. Funke, Soziale Wohnungsbaugesellschaft Bochum

Nachdenklich kratzte ich mit dem Daumennagel an meinen unteren Schneidezähnen. Ein Grund für einen eskalierenden Streit war das nicht. Inzwischen gab es ja einen Bauzaun, das Problem war behoben worden.

Mir fiel ein, dass mir Lokows Sekretärin eine Aufstellung der Aufträge der DEMON-GmbH für die SWBG zusammenstellen sollte.

Ich warf einen Blick auf die Uhr.

Dann griff ich meine Jacke.

Zombie

Ich war vierzehn gewesen, als Brosching und Lokow und ihre Gang mich im Fahrradkeller in die Falle gelockt hatten. Danach hatte ich angefangen zu trainieren.

Fünfundzwanzig Jahre und die Erkenntnis, dass ich eher auf meine Freundin losgehen würde, als mich daran zu erinnern, hatte ich gebraucht, um darauf zu kommen, dass ich damals auch anders hätte reagieren können. Nicht jeder Mensch, dem Scheiße passierte, mutierte zum Monster.

Unfassbar, wie viel Mist ich Vollidiot deswegen mein Leben lang gebaut hatte.

Heute machte ich, was wohl schon vor fünfundzwanzig Jahren angebracht gewesen wäre: Heulen.

Gegen elf Uhr betrat ich zum zweiten Mal an diesem Vormittag das Firmengelände der DEMON-GmbH.

Der Hof wirkte im Vergleich zum Arbeitsbeginn heute Morgen beinahe leer. Die Fahrzeuge, die vorhin vor dem langen Hallengebäude startklar gemacht worden waren, waren jetzt verschwunden, die Rolltore geschlossen. Nur wenige Pkw parkten vor der Halle.

Menschen waren nicht zu sehen. Im hinteren Bereich des Geländes dröhnten Motoren. Ein Bagger ragte wie ein orangefarbenes Rieseninsekt über dem Hallendach auf. Dort zwischen den haushohen Schuttbergen wurde gearbeitet.

Büro stand auf der Stahltür, die an dem riesigen Gebäude geradezu winzig wirkte. Ich drückte die Tür auf und stand in Arielles farbenfroher Unterwasserwelt. Vor Heidi Klum.

Obwohl ich heute Morgen schon hier gewesen und auf den Anblick gefasst war, erschien mir das Empfangsambiente der Abrissfirma surreal.

Ein Schwarm bunter Zierfische paddelte fröhlich hinter Heidi entlang, die ein ultrakurzes, komplett mit silbernen Pailletten besetztes Minikleid trug, als wäre sie auf dem Weg zur Oscarverleihung.

Die gesamte hintere Wand des Raumes bestand aus einem gigantischen, blau beleuchteten Seewasseraquarium. Die Gegenstromanlage bewegte die bunten Anemonen sanft hin und her, die Fische versteckten sich in den künstlichen Höhlen oder hinter den Plastikknochen eines beinahe lebensgroßen Deko-Skeletts am Grund des Aquariums.

»Ah, Frau Beelitz, richtig?« Heidi erinnerte sich offensichtlich daran, dass ich heute Morgen nach ihrem Chef gefragt hatte. Dienstbeflissen griff sie nach dem Telefon, dabei schlug sie kokett die makellosen Beine übereinander.

Weil der Schreibtisch, hinter dem sie saß, aus Glas war, erfuhr ich dabei zwangsläufig, was sie unter ihrem Glitzerfummel trug. Der Empfangsbereich war aufsehenerregend, Zombies Lieblingsfeind Lokow hatte einen extravaganten Geschmack. Sympathiepunkte sammelte er bei mir dadurch nicht.

»Frau Beelitz ist da, wegen der Akten«, informierte Heidi jemanden per Telefon. Vermutlich ihren Chef, der angekündigt hatte, dass ich die Unterlagen abholen wollte.

Ich trat an den Schreibtisch. In Wirklichkeit hieß Heidi Agniezka Konieczpolski.

»Moment bitte.« Sie legte das Telefon zur Seite und strahlte mich an. Offenbar hatte sie nicht vor, aufzustehen und irgendwelche Papiere zu holen.

Draußen vor der Halle hielt ein Auto.

»Da ist der Chef schon«, lächelte die Frau.

Ein mulmiges Gefühl kroch mir in den Nacken. Sekunden später öffnete Lokow die Eingangstür. Seine riesige Gestalt füllte den Türrahmen aus, die derbe Arbeitskleidung und die klobigen Sicherheitsschuhe ließen ihn noch größer wirken. Obwohl er den Kopf tief zwischen die breiten, kantigen Schultern gezogen hielt, musste er sich bücken. Der Abrissunternehmer war noch größer und bulliger als Zombie.

Lokow streifte die widerstandsfähigen Arbeitshandschuhe ab und warf sie auf Agniezkas Glastisch. Auch wenn er der Chef war, schien er gearbeitet zu haben, die Handschuhe wiesen rostrote Schmierspuren auf und um sie herum verteilte sich Staub auf der polierten Glasplatte. Mit schweren Schritten kam er auf mich zu und reichte mir die Hand.

»Sie haben mich warten lassen, Edith«, erklärte er.

Der Tonfall gefiel mir nicht. Und dass er meinen Vornamen benutzte, den ich ihm nicht genannt hatte, störte mich ebenfalls.

»Die Unterlagen kann mir auch Ihre Mitarbeiterin aushändigen, Herr Lokow.«

Er ließ meine Hand nicht mehr los.

»Um *Sie* kümmere ich mich persönlich. Folgen Sie mir«, verlangte Lokow. Er legte mir seine Pranke zwischen die Schulterblätter und schob mich vorwärts.

Nee, so garantiert nicht!

Zombie war es mal gelungen, mich auf ähnliche Art zu überrumpeln, um mich unter vier Augen bedrohen zu können. Das passierte mir kein zweites Mal.

Energisch schob ich seine Hand weg.

»Ich warte hier auf Sie.«

Lokows Blick wanderte zu Agniezka. Die wurde sichtlich nervös. Dann stampfte er wütend durch eine Tür rechts neben dem Aquarium.

Die Sekretärin lächelte nicht mehr.

Es dauerte nur ein paar Sekunden, bis Lokow mit einem dicken Schnellhefter erschien, der offenbar bereitgelegen hatte.

Er hielt ihn mir hin, doch als ich danach griff, ließ er die Mappe nicht los.

»Ich hoffe, damit sind alle Ihre Fragen beantwortet, Frau Beelitz.« Das war keine Frage. Drohender Unterton. Einschüchterungsversuch.

Unter den wulstigen Brauen funkelten Lokows kleine, graue Augen. Sein Blick bohrte sich in meinen, als wollte er mich zwingen, zuerst wegzusehen.

Das war also Zombies ältester Feind. Dass ich ihn interessiert betrachtete, ärgerte Lokow offensichtlich maßlos. Sein Kiefer zuckte.

Auf den ersten Blick waren sich Zombie und Lokow nicht unähnlich, beide hatten dieses dominante Auftreten perfektioniert. Allerdings hatten sich Lokows Gesichtszüge im Laufe der Jahre angepasst: Die Muskeln, die seine Augenbrauen ständig nach unten drückten, hatten sich ausgeprägt, sein kräftiges Kinn ragte vor, die Mundwinkel zeigten nach unten. Nichts deutete darauf hin, dass Lokow, wenn er abends nach Hause kam, aufhörte, den Bösewicht zu spielen, und vielleicht sogar mal lachte.

Zombie hingegen konnte seinen Sarkasmus nicht mal in der schwärzesten Phase einer Depression abstellen.

Ich war voreingenommen, Zombies Feind war automatisch auch mein Feind, garantiert gab es einen Grund für den Hass auf Lokow.

»Wenn ich noch Fragen habe, weiß ich ja, wo ich Sie finde«, antwortete ich kühl.

Lokows Unterkiefer zuckte. Grußlos drehte er sich um und stampfte zur Tür hinaus. Der Boden bebte unter seinen Schritten.

Unter allen Umständen musste ich verhindern, dass Zombie und Lokow je wieder aufeinandertrafen.

Erst als ich meinen klapprigen Fiesta in eine Parklücke vor dem Polizeipräsidium gequetscht hatte, warf ich einen Blick in die Mappe, die Lokow mir gegeben hatte.

Bereits den obersten Zettel kannte ich. Es ging wieder um den Auftrag in der Wachkoma-WG von Iwan dem Schrecklichen.

Hinter dem Auftrag war Sigrid Funkes Reklamation abgeheftet, darauf ein Kugelschreibervermerk: *erledigt.* Die eigentliche Rechnung folgte. Wandentfernungen und Asbestentsorgung, weil die WG expandierte und weitere Pflegeplätze geschaffen werden sollten. Das hatte ich allmählich mitbekommen.

Eine Kopie dieser Rechnung hatte Sigrid Funke abgeheftet. In dem Ordner, in dem sie Informationen über die verschiedenen Pflegeeinrichtungen gesammelt hatte. Seltsam eigentlich, denn mit den Leistungen der Wachkoma-WG hatte die Rechnung gar nichts zu tun. In Funkes persönlichen Pflegerecherchen hatte der Zettel nichts zu suchen, er gehörte in die Unterlagen von Schmittkes Sanierungsabteilung.

Wieso hatte sie die Rechnung kopiert und mit nach Hause genommen? Ich betrachtete das Schreiben genau.

Kugelschreibernotizen oder andere Markierungen gab es nicht. Mir fiel nichts Ungewöhnliches daran auf.

Bis auf die bekannte Tatsache, dass Lokow für einen Container, eine Schuttrutsche, die Entfernung von drei Wänden und die Entsorgung des Bauschutts die erstaunliche Summe von 96.040,10 Euro gefordert hatte.

Fast einhunderttausend Euro für einen Wanddurchbruch?

Genau genommen war die *Asbestentsorgung* für die grotesk hohen Kosten verantwortlich. Allein dieser Posten machte knapp sechzigtausend Euro aus.

Ich blätterte weiter und stellte fest, das andere Arbeiten der Abrissfirma ähnlich viel gekostet hatten. Zumindest, sobald Asbest entsorgt werden musste oder eine Betonbrechmaschine zum Einsatz kam. Entrümplungen waren günstiger.

Das Durchblättern der Firmenunterlagen vermittelte mir eine Ahnung davon, wie viel Geld Lokow mit den Arbeiten für die SWBG verdiente. Und dazu kamen noch Großaufträge wie der Abriss der Brandruine. Oder der alten Zechenhalle, in der Sigrid Funkes Leiche gelegen hatte.

Hm …

Ich dachte nach. Über die DEMON-GmbH, die Wohnungsbaugesellschaft, die Wachkoma-WG, die Rechnung …

Dann beschloss ich, erst mal brav Adrians Auftrag zu erledigen und in der SWBG nachzuhaken, ob Marius Radu schon eine Wohnung bekommen hatte.

Persönlich.

Ich beobachtete den heißen Dampf, der von meiner Teetasse aufstieg. Der Duft der Kräuter hatte eine beruhigende Wirkung, da war ich von Anfang an drauf abgefahren.

Juri war zwei Jahre älter als ich.

Seit ich mit zehn auf die neue Schule gekommen war, weil meine Mutter unbedingt mit Dana und mir zu dem Arschloch nach Bochum hatte ziehen müssen, waren wir immer wieder aneinandergeraten. Bis die Wichser beschlossen, mir ein für alle Mal beizubringen, wer das Sagen hatte und Juri zu dem Dämon wurde, der alle meine Gedanken beherrschte. Zeitweise war ich besessen gewesen von dem Wunsch, ihn zu töten.

Ich lauschte in mich hinein.

Normalerweise ließ mich allein dieser Gedanke ausrasten.

Heute nicht.

Heute überlegte ich zum ersten Mal, ob es in Juris Kopf auch Dämonen gab.

Sehr wahrscheinlich schon.

Wer sich so lange hasste wie wir, wusste zwangsläufig über den anderen Bescheid. In Russland waren Juris Eltern recht erfolgreiche Sportler gewesen. Im Rudern oder so. In Deutschland hatte sein Vater bei der Müllabfuhr gearbeitet, die Entscheidung herzukommen bereut und sich mit Wodka betäubt. Juri hatte ihn verachtet.

Seine Mutter hingegen hatte Juri durch die Schule geprügelt, ihm im wahrsten Sinne des Wortes eingebläut, wie wichtig es war, immer viel Geld zu haben. Sie hatte ihn gedrillt, damit kein Versager wie sein Vater aus ihm wurde. Deshalb hatte er bereits mit zwölf sehr gut von seinen Schutzgelderpressungen leben können.

Ich hielt meine Nase über den Tee und atmete tief ein.

Ich war geworden wie er. Noch vor einem Jahr hatte ich eine große Firma, schicke Tussis und fette Autos gebraucht, um mir zu bestätigen, was für ein geiler Typ ich war. Ich war süchtig nach dem Gefühl gewesen, jedem überlegen zu sein.

Ich war stehen geblieben, damals mit vierzehn, als ich beschlossen hatte, kein Opfer mehr zu sein. Fünfundzwanzig Jahre lang hatte ich mich wie ein ausgeflippter Teenager benommen. Und dass ich heute in der Lage war, das zu checken, lag auch nicht daran, dass ich plötzlich klüger geworden war.

Wäre mir Eddie nicht begegnet, wäre ich immer noch genauso ein brutales Arschloch wie Juri.

Ach nee …

Wären wir uns nicht begegnet, wäre ich ja tot.

EDDIE

»Können Sie für mich in Erfahrung bringen, ob Herr Radu inzwischen eine Ersatzwohnung bekommen hat?« Im Büro des übergewichtigen Herrn Graf in der Abteilung für Mietangelegenheiten der SWBG roch es nach Deo und Cappuccino.

»Das lässt sich herausfinden.« Graf begann, auf der Tastatur seines Computers herumzutippen. »Was wollen Sie denn von ihm?«

»In seiner Wohnung ist das Feuer ausgebrochen«, erklärte ich. »Ich habe noch einige Fragen an ihn.«

Grafs kleine Augen flitzten vom Computer zu mir. Er hatte sein Jackett über die Lehne seines Bürostuhls gehängt, sodass ich die Flecken in den Achseln seines Oberhemdes sehen konnte.

»Nein«, sagte er nach kurzem Schweigen. »Herr Radu hat offenbar bereits anderweitig Unterkunft gefunden. Er hat kein Interesse an einer Ersatzwohnung bekundet.«

Ich seufzte. Eine Überraschung war das nicht.

In der zweiten Etage in der Sanierungsabteilung des dünnen Herrn Schmittke hatte ich auch kein Glück. Schmittke war nicht da, er hatte einen Außentermin. Und Frau Welling, seine mürrische neue Sekretärin, schien nicht sonderlich erfreut, als ich an den Tresen trat, hinter dem sie am Computer saß.

»Die DEMON-GmbH hat im Rahmen von Umbauarbeiten in der Wachkoma-Pflegeeinrichtung fast hunderttausend Euro in Rechnung gestellt. Sind das normale Preise für Abrissarbeiten?«, versuchte ich, etwas über die auffällige Abrechnung herauszufinden.

»Bei größeren Sanierungen kommen solche Beträge öfter zusammen«, nickte Welling kaugummikauend.

»In dem Fall handelt es sich aber nur um einen Wanddurchbruch«, blieb ich hartnäckig.

Welling hob den Blick vom Monitor und starrte mich einen Augenblick lang an. Dann klimperte sie mit ihren pinkfarbenen Fingernägeln auf der Tastatur. Mir fiel das neue Namensschild auf, das vor der Blonden auf dem Tresen stand. *A. Welling, stellv. Leitung Gebäudesanierung*, stand da. Welling hatte den Job von Sigrid Funke bekommen.

»Da wurde Asbest entsorgt.« Welling hatte den entsprechenden Vorgang anscheinend im Computer gefunden. »So was ist teuer. Es gab kurz Stress, weil der Container nicht ordentlich abgesichert war, aber das wurde wohl schnell behoben und dann hat der Chef das auch abgenickt. Die DEMON ist normalerweise zuverlässig. Mit anderen gibt es echt mehr Ärger«, erklärte sie mir, was auch Adrian längst geschlussfolgert hatte.

»Warum verhören Sie nicht diesen Klempner?«, erkundigte sie sich dann genervt. »Der Chef sagt, der hat ein Alkoholproblem.« Sie deutete mit dem Kopf auf die Glastür zu Schmittkes leerem Büro. »Neulich ist der sogar hier ins Büro marschiert und hat mit einem Amoklauf gedroht.«

»Tatsächlich?«

Mein Interesse verbesserte die Laune der Frau.

»Dabei wäre der Pflog schon viel eher pleite gewesen, wenn unser Chefchen nicht zufällig einen Kumpel bei der *Neuen Bank* hätte. Pflog hat mehrmals die Kreditraten aussetzen dürfen. Die Baumängel hat er trotzdem nicht beseitigt. Irgendwann hat die Bank dann die Geduld verloren.«

Mit der Rechnung war also alles in Ordnung. Vielleicht hatte Funke die Kopie einfach nur falsch abgeheftet.

Hatte ich mich an dieser Abrissfirma festgebissen wie ein Pitbull, der das Maul einfach nicht wieder aufkriegte, wenn er einmal zugeschnappt hatte? Sollten wir uns wirklich lieber auf den Klempner konzentrieren?

Mein Handy summte in meiner Hosentasche.

Ich wandte mich ab.

Zombie

Eddie sprach nicht mit mir.

Ohne mich anzusehen, tippte sie auf ihrem Handy herum. Ihr Schweigen legte sich wie eine kalte Klammer um meinen Brustkorb und hinderte mich am Atmen.

Die Kinder waren rausgerannt, nachdem ich sie mit Hähnchenschenkeln gefüttert hatte. Zu dem neuen Kletterturm, den Oleg und ich neulich zwischen den Wohnblöcken aufgestellt hatten. Jaz hatte ich zum Aufpassen abkommandiert.

Schwieg Eddie, weil ich heute Morgen so ausgerastet war? Verdammte Scheiße, ›ausgerastet‹ war eine geradezu lächerliche Verharmlosung! Ein Griff um den Hals ist ja wohl eine unmissverständliche Morddrohung.

Kalter Schweiß brach mir aus.

Sie würde mich verlassen.

Ich musste ihr erklären, dass ich nachgedacht und es endlich geschnallt hatte. Dass ich mich nie wieder wie ein Psychopath aufführen würde. Aber das schworen ja alle gewalttätigen Kerle, um immer wieder ins alte Muster zurückzufallen. So wie ich seit fünfundzwanzig Jahren. Eddie würde es mir nicht abkaufen.

Tatsächlich schien sie meine Entschuldigung nicht mal hören zu wollen. Sie starrte weiter mit gerunzelter Stirn auf ihr Handy.

Ich registrierte ihre Anspannung. Die Küche um mich herum verdunkelte sich, als würde draußen ein Gewitter aufziehen. Vermutlich überlegte sie, wie sie mit mir Schluss machen konnte, ohne dabei von mir im Affekt gekillt zu werden.

Obwohl meine Hände vom Schweiß klebten, wurde mir eiskalt. Ich wischte die Finger an meiner Hose ab, zupfte ein Unkrautbüschelchen von der Wäscheleine über meiner Arbeitsplatte und stopfte es in eine Tasse. Wenn sie mich verließ, würde auch indisches Beruhigungsunkraut nichts mehr nutzen. Dann ging meine Welt heute wieder unter.

Eddie ließ das Handy sinken und kniff sich in die Nasenwurzel, als hätte sie Kopfschmerzen.

Ich stellte den Wasserkocher an und setzte mich dann hastig zu ihr an den Tisch. Ich wollte nicht, dass sie zu mir hochsehen musste. Ich wollte nicht, dass sie Angst vor mir hatte. Ich hielt genug Abstand, um ihr das Gefühl zu geben, dass sie jederzeit die Tür erreichen konnte.

So eine Scheiße!

Monatelang hatte ich so verflucht genau darauf geachtet, Eddie auf keinen Fall mit irgendwas Angst einzujagen. Und jetzt hatte ich in zehn Sekunden alles vergeigt. Meine Wut darüber rauschte in meinen Ohren.

»Das Jugendamt hat das Baby mitgenommen«, murmelte Eddie, ohne hochzusehen.

»Was?« Normalerweise bin ich nicht begriffsstutzig, aber Eddies Gedanken waren so weit weg von meinen eigenen, dass ich nicht sofort schaltete.

»Flo nennt mich eine Schlampe – also, das ist mit Abstand das Netteste, was sie geschrieben hat.«

Ich schloss die Augen und sog hektisch Luft in meine Lungen, als die kalte Klammer von meiner Brust sprang.

Flo.

Na klar. Der Besuch vom Jugendamt hatte ja heute angestanden. Hatte ich überhaupt nicht mehr auf dem Schirm gehabt.

Also … Eddie wollte sich gar nicht von mir trennen?

Ich griff mir in die Haare und zählte meine Atemzüge. Irgendwann musste ich wirklich lernen, mit dem Ausflippen zu warten, bis es einen echten Grund dazu gab.

»Mach das Handy aus«, sagte ich, als mein Herzrasen nachließ. »Ich erzähle dir von Lokow.«

Erstaunt ließ Eddie das Gerät sinken. »Sicher?«

Ich zog eine Augenbraue hoch. »Nein.«

Über alles konnte ich sowieso nicht reden.

Ein Lächeln huschte über Eddies Gesicht und prompt schien es in unserer Küche wieder heller zu werden. Und wärmer.

»Ich habe früher eine Menge Scheiße gebaut«, gestand ich.

»Ach, wirklich?« Eddie lächelte wieder.

Verdammt, sie durfte mich nicht verlassen!

»Juri ist zwei Jahre älter als ich«, fuhr ich fort. »In der Schule war er derjenige, der deinen Kopf ins Klo gesteckt hat.«

Eddies Stirnrunzeln verriet mir, dass ihr Kopf nie in einem Klo gesteckt hatte.

»Sie waren zu viert: Christian, Juri, Bertie und Mark. Die hatten was gegen mich – oder vielleicht auch nur gegen die Farbe meiner Haut, keine Ahnung. Jedenfalls hatte ich sie ständig an der Backe. Juri war damals noch eine Ecke größer und viel kräftiger als ich. Ich hatte echt miese Karten.«

Ich hielt inne und horchte auf die Flaschengeister.

Doch außer dem Blubbern des Wasserkochers blieb alles ruhig. Eddie stand auf und strich mir im Vorbeigehen über die Wange, als wollte sie mich trösten. Ich atmete den vertrauten Gartengeruch ein, als sie das Wasser über die Kräuter goss. Das Zeug hielt Dämonen fern wie Knoblauch Vampire.

»Wegen Juri habe ich angefangen zu boxen. Ich wollte …« – Spuck es aus! – »… ihn töten.«

Eddies grüne Hellseherinnenaugen musterten mein Gesicht.

»Was soll ich sagen?« Ich zuckte die Schultern. »Ich hatte gewisse körperliche Voraussetzungen und einen fähigen Trainer.«

»Freddie Bollmann«, nickte Eddie prompt. Sie schob mir den Entspannungstee unter die Nase. Heute brauchte ich eine Überdosis von dem Zeug. Ich registrierte, dass Eddie ihren Stuhl dichter an meinen heranrückte, bevor sie sich wieder hinsetzte.

»Freddie hatte es voll drauf«, bestätigte ich. »Ein Jahr später war ich derjenige, der Ärger gemacht hat.«

Plötzlich war meine Stimme rau, mein Mund trocken. Hatte ich eigentlich schon mal mit irgendjemandem darüber gesprochen? Vor Gericht jedenfalls nicht. Und dem Psycho-Onkel vom Antiaggressionstraining hatte ich auch nichts erzählt. Meiner Mutter sowieso nicht. Und zwischen Dana und mir war das Thema absolut tabu.

Eddie berührte meine Hand.

»Mit achtzehn war ich bei den illegalen Fights dabei.« Meine Stimme klang fremd und hallte merkwürdig in meinem Kopf. Als wäre er völlig leer. »Freddie kannte jemanden, der das organisierte. Für ein … ausgewähltes Publikum. Da gab es die dicke Kohle, Freddie und ich haben fett abkassiert. Bis ich irgendwann mit Juri im Ring stand.«

Ich brach ab. Wie sollte ich das erzählen, wo ich doch jahrzehntelang versucht hatte, nicht einmal daran zu denken?

Eddie hatte sich aufgerichtet. »Lokow lag danach tagelang im Koma«, sagte sie mit gerunzelter Stirn. »Das war die gefährliche Körperverletzung, für die du verurteilt worden bist. Die Jugendstrafe.«

Ihre Worte lähmten mich. Klar, kannte sie meine Polizeiakte, aber dass sie so schnell die richtigen Schlüsse zog, grenzte wirklich an Hexerei.

»Ich hätte ihn umgebracht, wenn nicht doch irgendwann jemand dazwischengegangen wäre«, hörte ich mich zugeben. Definitiv hatte ich darüber noch nie gesprochen. Mit niemandem. Weil ich selbst viel zu entsetzt über das Ungeheuer gewesen war, zu dem ich geworden war.

»Lokow lebt aber noch.« Eddie drückte meine Hand so fest, dass ich aus meinen Gedanken gerissen wurde. »Übrigens hat mir Dana das alles schon erzählt, als du damals halb tot in meiner Wohnung rumgelegen hast. Nur dass es damals um Lokow ging, habe ich jetzt erst begriffen.«

»Was?«

Meine Schwester hatte ihren seelischen Müll schon lange bei Eddie abgeladen? Während ich Idiot auf sie losging?

»Dana war schon immer cleverer als ich«, seufzte ich. Ich konnte mir einen Seitenblick nicht verkneifen. Hatte Dana noch mehr erzählt? Ich schluckte die Frage herunter, weil Eddie sofort checken würde, dass ich etwas verschwieg.

»Sein blödes Grinsen verdankt Juri einem fähigen Chirurgen«, erklärte ich stattdessen. »Es hat ein Jahr gedauert, bis er wieder fit war. Dann wollte er die Revanche. Hunderttausend Kröten haben die mir damals geboten, damit ich noch mal mit ihm in den Ring steige.«

Eddie atmete scharf ein.

»Aber zumindest bei mir haben die Jugendstrafe und die Therapie was gebracht. Ich war runter von dem Trip. Ich wollte nicht zum Mörder werden.«

Eddie fuhr sanft mit dem Daumen über meinen Handrücken. Ihre Berührung kribbelte meinen Arm hinauf.

»Juri verliert nicht gern.« Dann kriegt er nämlich Ärger mit Mutti. »Ich schätze, ich bin seine schlimmste Niederlage. Und ich wette, er würde heute noch seinen Fünfhunderttausend-Euro-Betonschredder versetzen für eine Gelegenheit, es mir heimzahlen zu können.«

Eddies Augen wurden schmal. »Dann denk immer schön an unsere Abmachung«, sagte sie. »Keine Prügeleien, keine Mörder jagen und den Kopf unten halten, wenn es windig wird. Du hältst Sicherheitsabstand und überlässt Lokow Adrian und mir, verstanden?«

Sie hatte es geschafft, mich zum Grinsen zu bringen.

»Jo? Ist das angekommen?«, bestand Eddie auf einer Antwort.

»Ich steh total drauf, von dir rumkommandiert zu werden«, sagte ich.

Sie verdrehte die Augen.

»Verpiss dich, du blöde Fotze! Wegen dir haben die mir mein Kind weggenommen! Du bist schuld dadran!«

Die Alkoholfahne roch ich sofort.

»Flo ...« Ich wusste nicht, was ich sagen sollte.

»Halt die Fresse!«, keifte die Ex-Punkerin hasserfüllt. Hinter ihr lagen die Krankenhaustasche, Jacke und Schuhe kreuz und quer im Flur.

»Du hättest der Schlampe verklickern können, dass die das nicht machen kann! Das mit der Stromrechnung hast du ja auch geregelt! Und als die mir die Stütze kürzen wollten! Aber du hast mich sitzen lassen!«

Hatte ich.

»Du wusstest genau, dass ich das allein nicht gebacken kriege!«

Flo hatte sich von Dana aus dem Krankenhaus abholen lassen. Auf mich war sie zu sauer gewesen, um mich anzurufen.

»Du miese Verräterin! Du bist echt zum Kotzen!«

»Heul doch!«, schnauzte Zombie Flo an, weil ich schwieg. »Zum Kotzen ist, dass du dich zudröhnst und schon wieder deine Bude vermüllst!«

Flo wich erschrocken zurück, als mein Freund kurzerhand in ihre Wohnung marschierte. Im Vorbeigehen zerknüllte er ein Päckchen Zigaretten, trat die Krankenhaustasche unter die Garderobe, entdeckte das Sixpack Cola-Bier auf dem Tisch und griff die beiden Flaschen, die noch nicht leer waren.

»Ey, lass die Finger von meinem Kram, du Wichser!«, zeterte Flo.

In Zeitlupe wandte Zombie sich um. Monster-Modus.

»Willst du dein Blag zurückhaben?«, erkundigte er sich eisig.

Flo funkelte ihn wütend an.

»Dann krieg endlich deinen Arsch hoch. Dabei hilft dir

nämlich keiner. Niemand von uns hat Bock, auf deinen Braten aufzupassen, kapiert? Also versuch gar nicht erst, Mütze, Eddie oder Dana einzuspannen. Entweder polierst du die Bude selbst, bringst den Müll raus, machst die Wäsche und küsst der Tussi vom Amt die Füße, wenn sie das verlangt. Oder du kannst einmal pro Woche zu der Pflegemutti latschen, zu der dein Kind Mami sagen wird.«

Wow! Klartext.

Zombies Worte taten mir allein beim Zuhören so weh, dass ich vergessen hatte, zu atmen.

Flo hingegen sah immer noch aus, als hätte sie ihm gern eine reingehauen, wenn er nicht drei Meter größer als sie gewesen wäre. Doch sie ließ schweigend zu, dass Zombie sich an ihr vorbei ins Bad schob und das Bier ins Klo kippte.

»Ich möchte weiter am Leben teilhaben.« – Werden pflegebedürftige Menschen in unserer Gesellschaft ausgegrenzt?

Zombie war anhänglich, als ich an diesem Abend an seine Schulter angelehnt auf dem Sofa saß. Er hatte den rechten Arm um mich gelegt. Bis in seine Ellenbeuge reichten die gruseligen Tattoos. In der spektakulär gefakten Wunde blitzte ein bleicher Oberarmknochen auf. Er zog mich noch etwas dichter an sich und vergrub die Nase in meinen Haaren.

Während er so tat, als würde er sich einen Ninja-Warrior-Wettkampf im Fernsehen ansehen, surfte ich im Internet dem Stichwort ›Wachkoma-WG‹ hinterher.

Sabine Wüllner war 52 Jahre alt, als sie einen Schlaganfall erlitt, überflog ich den Artikel, der das Display meines Smartphones füllte.

Danach war nichts mehr wie früher: Sie fiel ins Wachkoma und brauchte plötzlich intensive Pflege, die ihr Mann Martin in den eigenen vier Wänden nicht leisten konnte.

»Die Entscheidung, für meine Frau einen Platz in einer Pflegeeinrichtung zu suchen, ist mir schwergefallen«, sagt er. »Natürlich wollte ich das Beste für sie. Im Seniorenheim ist die Pflege eher auf alte Menschen ausgerichtet. Und man liest ja immer, wie wenig Zeit das Personal dort hat.«
Nach langer Suche ist Martin Wüllner auf die *Intensivpflege Eppendorf* gestoßen. Dort leben acht Menschen, die auf Intensiv- oder Beatmungspflege angewiesen sind, zusammen und werden rund um die Uhr von zwei bis drei Pflegekräften betreut.
»Ich möchte trotz meines Pflegebedarfs weiter am Leben teilhaben«, erklärt Bewohner Maik Kilianski, der aufgrund einer Muskelerkrankung auf die Intensivpflege angewiesen ist.
»Pflegebedürftige Menschen werden häufig aus der Gesellschaft ausgegrenzt und in Pflegeheimen untergebracht«, erklärt Sascha Ott von der AeroVital, die die ungewöhnliche Wohngemeinschaft ins Leben gerufen hat. »Das halte ich für falsch.«
Martin Wüllner weiß seine Frau in der Intensivpflege-Wohngemeinschaft gut untergebracht: »Aufgrund der überschaubaren Größe und Anzahl der Bewohner ist die Atmosphäre familiär. Die Pflegekräfte sind sehr engagiert. In den meisten Seniorenheimen kann sich das Personal nicht so viel Zeit für den einzelnen Bewohner nehmen wie hier.«

Nachdenklich ließ ich mein Handy sinken. Über das Konzept der Intensivpflege-Wohngemeinschaft gab es offenbar unterschiedliche Meinungen. Dass pflegebedürftige Menschen Teil unserer Gesellschaft waren, auch wenn intolerante Nachbarn wie Gernot Zeppel sich den Anblick des ›Elends‹ lieber ersparen wollten, leuchtete mir durchaus ein.

Und dass die Personalsituation auch in anderen Pflegeeinrichtungen nicht entspannt war, war auch Sigrid Funke bei ihrer Suche nach einem Platz für ihre Mutter aufgefallen.

Ich blätterte in der Akte auf meinem Schoß.

Sigrid Funke hatte notiert, dass in einem der besichtigten Pflegeheime auf einer Station mit einundzwanzig Patienten in der Spätschicht nur eine examinierte Pflegerin und zwei Helferinnen anwesend gewesen waren. In der Nachtschicht im gleichen Heim waren eine Pflegerin und eine Helferin sogar für unvorstellbare vierundachtzig Patienten zuständig. Nach einer verantwortungsbewussten Personalpolitik klang das nicht.

Wie war das noch mal bei Iwan dem Schrecklichen gewesen?

Ich blätterte zurück.

Eine Präsenzkraft kümmerte sich um zwölf Bewohner. Das schien ein durchaus üblicher Personalschlüssel zu sein.

»Fuck!«, knurrte Zombie beim Blick in Funkes Unterlagen. »*Wie viel* hat der Wichser für den Wachkoma-Umbau kassiert?«

Über meinen Kopf hinweg hatte er die auffällig hohe Rechnung entdeckt, die die Tote aufbewahrt hatte.

»Der hat die über den Tisch gezogen«, schlussfolgerte Zombie prompt. »Mit Iwan zusammen. Der macht doch Männchen, wenn Juri mit dem Finger schnipst.«

Ich horchte auf. Was war das jetzt wieder?

»Juri Lokow kennt Iwan Stepanovic?«, hakte ich nach.

»Sicher.« Zombie grinste, als er meine Verwirrung bemerkte. »Iwan und er haben im gleichen Stall trainiert. Gorillafamilie, schon vergessen?«

Ach so?

Verdutzt hielt ich inne. Natürlich, das war logisch: Zombie kannte Stepanovic vom Boxen. Lokow war ebenfalls in der Szene unterwegs gewesen. Naheliegend, dass sich auch die beiden begegnet waren.

Wer kannte sich hier eigentlich noch alles? Aus der Schule? Vom Sport? Oder aus dem Canasta-Klub, in dem sich die Omas aller Beteiligten jeden Montagabend getroffen hatten?

»Muss ich dich ins Präsidium bestellen oder spuckst du freiwillig ein bisschen mehr aus?«, hakte ich nach, als Zombie schwieg.

Er winkte ab. »Iwan ist schon in Ordnung. Hat dummerweise in Lokows Lager geboxt, in der *Rocky-Gym* in Grumme. Wir kamen aber klar. Trotzdem würde er, ohne mit der Wimper zu zucken, meine Füße einbetonieren und mich in der Ruhr versenken, wenn Lokow das von ihm verlangen würde.«

Ich setzte mich auf, um zu sehen, ob Zombie Witze machte. Schien nicht der Fall zu sein.

»Na ja, vielleicht auch nicht«, überlegte Zombie laut weiter. »Käme auf einen Versuch an …«

»Wieso sollte Iwan für Lokow Leute umbringen?«

Zombie zuckte die Schultern. »Weil Juri gut bezahlt, weil Iwan ihm was schuldig ist, weil Juri ihn mit irgendwas in der Hand hat, weil er seine Familie bedroht. Da gibt's viele Möglichkeiten.«

Reine Spekulation also.

Warum interessiert dich diese Demontagefirma?, erinnerte ich mich an Adrians Worte. *Die haben doch anscheinend saubere Arbeit abgeliefert. Da gab es keinen Ärger mit Sigrid Funke.*

Ließ ich mich von Zombies alter Feindschaft ablenken? Oder gab es einen guten Grund, aus dem Funke die Rechnung kopiert und mit nach Hause genommen hatte? War es vielleicht gar nicht die Pflegesituation in der WG, die ihr aufgefallen war?

»Was, wenn da wirklich irgendwas nicht stimmt?«, fantasierte ich. »Und Sigrid Funke dahintergekommen wäre?«

Zombie sah mich an.

Ich trommelte mit den Fingern auf den Ordner. Wenn an Zombies böswilliger Unterstellung rein zufällig etwas dran war und Lokow zusammen mit Stepanovic seinen größten Kunden um fast hunderttausend Euro betrogen hätte – dann hätte er ganz sicher nicht gewollt, dass das rauskommt. Die Zusammenarbeit mit der SWBG war für Lokow Gold wert, im wahrsten Sinne des Wortes. Wenn Sigrid Funke die Geschäftsbeziehung ernsthaft gefährdet hätte, wäre das ein nachvollziehbares Mordmotiv …

Und ich traute Lokow einen Mord zu.

»Ich würde Iwan Stepanovic gern ein paar Fragen zu den hohen Umbaukosten stellen«, überlegte ich. »Leider spricht er nicht mit mir.«

Ich musterte den Typen neben mir, mit dem der schreckliche Iwan sehr viel lieber kommunizierte.

Zombie begriff, worauf ich hinauswollte, und zog eine Augenbraue hoch. »Wenn ich ihn für dich ausquetschen soll, musst du mitkommen und meinen Bodyguard spielen«, verlangte er.

Das Klingeln meines Handys unterbrach unser Gespräch. Die Nummer kannte ich nicht. Verwundert nahm ich den Anruf an. »Hallo?«

»Hello?«

»Ja, bitte?«

»This is Roxi«, erklärte mir eine schrille Frauenstimme. »Can you help me?«

Zombie

»Ich gucke doch nicht einfach zu, wie die Flo das Baby wegnehmen!«

Mützes normalerweise leichenbleiches Gesicht verfärbte sich rot. Der blonde Zwerg auf ihrem Arm plärrte. Es war einer der Zwillinge, entweder Elvis oder Lewis. Sein rundes Gesicht mit den blonden Wimpern und Augenbrauen war mit Nutella verschmiert.

»Das Amt schreit bestimmt Juhu, wenn sich eine langzeitarbeitslose Hartz-IV-Empfängerin, die schon vier eigene Bratzen am Arsch kleben hat, als Pflegemutter bewirbt«, bemerkte ich ironisch.

»Blöder Wichser!« Mütze schubste mich aus dem Weg und setzte Elvis oder Lewis auf ihrer alten Couch ab. Er hinterließ Schokocreme-Abdrücke auf dem fleckigen Polster, als er davonkrabbelte.

»Du musst was machen, Alter!« Mütze fuhr zu mir herum. »Du kannst da was drehen, du kriegst das hin!«

Autsch. Mütze kannte mich seit der fünften Klasse, sie wusste genau, wie sie mich kriegte.

»Ich kille die Jugendamtstussi für dich, wenn du willst«, bot ich an.

Mütze sank auf die Polster. Ich griff nach der Zigarettenpackung und hielt ihr eine Kippe hin.

EDDIE

Als Adrian und ich um kurz nach acht am Hauptbahnhof ankamen, wartete das dünne Mädchen in der dunklen Ecke links vom beleuchteten Glaseingang auf uns. Neben ihr schnarchte ein Betrunkener.

Feiner, eiskalter Regen nieselte aus dem schwarzen Nachthimmel. Roxi trug eine Jeans und billige Turnschuhe. Unter ihrer kurzen, schwarzen Kunstlederjacke ragte der lange Saum eines ausgeleierten Pullis hervor. Sie zitterte. Ich zog meinen eigenen Winterparka aus und wickelte sie darin ein.

Dann setzte ich mich zu der aufgelösten jungen Frau auf den Rücksitz, während Adrian seinen Wagen auf dem Ring Richtung Norden lenkte. Roxi redete in einer osteuropäischen Sprache auf mich ein.

»Rumänien – ähm, Romania?« Ich meinte, mich daran zu erinnern, dass ihr Bruder das bei dem Telefonat mit Adrian erwähnt hatte.

Sie nickte erfreut.

»Ich versuche, für morgen einen Dolmetscher zu kriegen«, sagte Adrian.

Mit ein paar allgemein bekannten englischen Vokabeln – Name, Bruder, Schwester, Sex, Geld – bekam ich auf der Fahrt zum Präsidium auch ohne Dolmetscher in etwa heraus, warum das Mädchen sich bei mir gemeldet hatte.

Es überraschte mich nicht, dass Roxi nicht ihr echter Name war. In Wirklichkeit hieß sie Lanta Radu. Ihr Bruder Marius hatte sie und ihre Schwester Efta mit nach Deutschland genommen, damit sie Geld für die Familie verdienen konnten. Mit Sex.

Wenn ich richtig verstand, hatte ein deutscher Freier Efta die Gesichtsverletzungen zugefügt. Es war ihr sehr schlecht gegangen, aber ihr Bruder hatte keinen Arzt geholt. Heute war wieder ein Mann aufgetaucht, ob es der gleiche gewesen war, hatte ich nicht verstanden. Der Mann hatte Marius Radu viel Geld gegeben und Efta mitgenommen.

Als ihr Bruder gesagt hatte, dass Efta nicht wiederkommen würde, war Lanta geflohen. Aus einem großen Haus in einer großen Stadt. Lanta war zurück nach Bochum gefahren und hatte mich vom Bahnhof aus angerufen.

Hatte der unbekannte Mann Efta ausfindig gemacht, weil er sie einige Tage zuvor auf die gleiche Art misshandelt hatte wie Sigrid Funke und nun eine gefährliche Zeugin beseitigen wollte?

Um mehr aus der verstörten Frau herauszubekommen, mussten Adrian und ich auf den Dolmetscher warten.

Hoffentlich dauerte das nicht zu lange.

ZOMBIE

»Is Eddie nicht da?«

Keine halbe Stunde nach meinem Besuch bei Mütze stand Flo vor der Tür. An einen Zufall konnte ich da nicht glauben. »Nee.«

»So 'n Scheiß.« Murrend wandte Flo sich wieder ab.

»Was is denn?«

»Die soll mir die Waschmaschine erklären«, murrte Flo.

»Tatsächlich?«, staunte ich über den plötzlichen Arbeitseifer. »Streikt Mütze etwa?«

»Fick dich, Mütze quatscht doch nicht umsonst den gleichen Scheiß wie du. Die hast du eingenordet.« Flo zeigte mir den Mittelfinger.

Ich verschränkte abwartend die Arme.

Einen Moment lang kaute Flo bockig auf ihrer Unterlippe.

»Ich hab die Jugendamtstante angerufen«, nuschelte sie dann. »Wir gucken uns morgen das Mutter-Kind-Wohnen an. Wenn ich will, kann ich gleich dableiben, deshalb muss ich ein paar Klamotten packen.«

Mutter-Kind-Wohnen?! Im Ernst?

Wow, Eddie konnte wirklich hellsehen.

»Wo hast du denn das Gehirn plötzlich her?«, erkundigte ich mich. Flo funkelte mich böse an.

Ich griff nach meinem Wohnungsschlüssel. »Wäsche waschen krieg ich grade noch hin«, sagte ich.

»Nee, lass mal ...« Flo wich vor mir zurück.

Ich musterte sie kritisch. Sie war wirklich ein Zwerg. In den schlabberigen Nach-Schwangerschafts-Joggingklamotten wirkte sie verwahrlost. Und sie starrte mich mit so erschrockenen Bambiaugen an, als hätte ich mit einer Schrotflinte auf sie angelegt.

Ich hatte nicht nur mitgekriegt, was ihre Mutter gemacht hatte, sondern auch die Scheiße, die ihr Vater abgezogen hatte. Es wunderte mich nicht, dass sie nicht mit mir in den Keller gehen wollte.

Seufzend zog ich die IKEA-Box aus dem obersten Regalfach im Flur und wühlte unter den ganzen Mützen das Tierabwehrspray hervor, das ich auch zur Nachtschicht nie mitnahm.

»Hier.« Ich warf Flo die Dose zu. »Aber nur benutzen, wenn ich versuche, dich zu fressen.«

EDDIE

»Ich glaube nicht, dass ich das wirklich mache. Nur weil du Lokow unbedingt was anhängen willst.«

Genervt versuchte ich, Jaz' pinkfarbenen Stretch-Minirock über meinen Hintern zu ziehen, als ich am nächsten Morgen zwischen den Birken vor dem weinroten Wohnblock stand. Der Fummel war so kurz, dass immer irgendwo ein Stück meiner Unterwäsche zu sehen war.

Der rumänische Dolmetscher würde heute Morgen nicht vor elf im Präsidium sein. Deshalb hatte ich beschlossen, mich vorher noch mit Zombie zusammen bei Iwan Stepanovic nach den hohen Umbaukosten der Wachkoma-Wohngemeinschaft zu erkundigen.

Vor dem weinroten Haus parkten vier identisch aussehende, kleine, weiße Wagen mit dem lindgrünen Logo eines ambulanten Pflegedienstes.

»Soll ich dir helfen oder willst du lieber mit deinem Polizeiausweis winken?«, erkundigte sich Zombie liebenswürdig.

Ich schnitt eine Grimasse. Dass der Polizeiausweis Iwan nicht beeindruckte, hatte ich ja schon festgestellt.

»Also schön Klappe halten und Kaugummi kauen«, riet mir Zombie. »Der Grund für das Röckchen ist übrigens ein anderer, als du denkst.«

Was?

Bevor ich nachfragen konnte, ging die Haustür auf. Iwan glotzte auf meinen pinkfarbenen Hintern.

Hastig fing ich an zu kauen und zupfte noch mal.

»Ey, Alter.« Zombie tickte seine Fäuste gegen Iwans. Begrüßungsritual unter Gorillas. Ich unterdrückte ein Seufzen.

»Wir haben doch neulich über meinen Alten gequatscht«, kam Zombie direkt zur Sache. »Der Deal läuft. Kann meine Bitch sich deinen Laden mal angucken?«

Bitch?

Zombie legte seinen Arm um mich. »Die kümmert sich dann, weißte?«

Bitch?

»Schon klar«, brummte Iwan.

Das ganze Haarspray, das Make-up und den pinkfarbenen Lippenstift hätte ich mir sparen können. Die Gefahr, dass Iwan mich wiedererkannte, bestand gar nicht, weil sein Blick an meinem grellrosa Gesäß festklebte. Prompt landete Zombies Hand auf meinem Hintern. Ich spürte seine Finger deutlich unter dem Rocksaum an meiner nackten Pobacke.

Iwan wandte sich grunzend ab. Die Besitzverhältnisse waren geklärt.

Ich atmete tief durch.

»Komm rein«, murrte Iwan.

Einzahl.

Der Grund für den Minirock war ja wohl genau der, den ich vermutet hatte: mich als hirnloses Accessoire in die WG zu schleusen. In der Hoffnung, dass Iwan gar nicht merkte, dass ich da war.

Mit dem Fahrstuhl fuhren wir hoch in den dritten Stock. Iwan glotzte und Zombie ließ demonstrativ die Finger unter meinem Rock. Seine nach oben gezuckte rechte Augenbraue verriet mir, dass ihm der Undercovereinsatz durchaus Spaß machte.

Gleich darauf öffnete der Verwalter eine Wohnungstür. Auf dem Schild neben der Klingel stand der unscheinbare Hinweis: *Selbstbestimmte Wohngemeinschaft – I. Stepanovic.* Beleuchtete Werbeschilder waren in diesem Business offenbar nicht notwendig.

Als ich in den Flur trat, bemerkte ich zuallererst den Geruch. Urin.

Zombie blieb stehen. Seine Belustigung war verflogen, seine Anspannung veränderte seine Haltung. Ich erinnerte mich daran, dass sein letzter Besuch bei Iwan Selbstmordfantasien ausgelöst hatte. Im Alltag gelang es Zombie, das Aneurysma in seinem Kopf einigermaßen auszublenden. Hier war das unmöglich.

Noch mal hierherzukommen, war alles andere als leicht für ihn.

Ich griff seine Hand.

»Kannst du mir mal helfen, Wanda?«, rief irgendwo eine Frauenstimme.

Zombie gab sich einen Ruck und folgte mir in die Wohnung.

Eine dunkelhaarige Pflegerin in weißem Poloshirt und lindgrüner Hose flitzte an uns vorbei und verschwand im nächsten Zimmer.

Der Geruch passte nicht zu dem freundlichen Eindruck,

den die Wohnung machte. Der Boden war durchgehend mit hellem Laminat ausgelegt, die Wände in sonnigem Gelb gestrichen, die Vorhänge in passendem Orange. Leise Musik rieselte aus in die Decke eingelassenen Lautsprechern.

Allerdings konnte die Hintergrundmusik die anderen Geräusche nicht komplett übertönen. Irgendwo hinten in der Wohnung piepte es. Und etwas zischte in gleichmäßigem Rhythmus.

Ein unartikuliertes Stöhnen stellte meine Nackenhaare auf. Es ähnelte den Lauten, zu denen Sigrid Funkes Mutter noch in der Lage war.

Die Zimmertür, in der die Pflegerin gerade verschwunden war, stand offen. Im Vorbeigehen sah ich, dass eine Frau einen großen Mann im Bett auf die Seite gerollt hatte. Die zweite Frau wischte mit einem nassen Lappen seinen Rücken ab. Eine beschmutzte Bettunterlage lag neben den Füßen der Frauen auf dem Boden.

Zombie quetschte meine Finger so fest zusammen, dass meine Gelenke knackten.

Und wenn mir das doch passiert, dann will ich, dass du mich umbringst.

»Was macht euer Umbau, Alter?«, erkundigte sich Zombie in gelangweiltem Ton bei Iwan, während er verkrampft meine Hand festhielt.

Der bullige Verwalter war in einen Küchenbereich abgebogen. Zombie schlenderte an den Zimmertüren vorbei, auf einen mit Plastik abgehängten Flurabschnitt zu.

»Alles fertig?« Zombie zog die Folie zur Seite.

»Pfffft, Quatsch!« Iwan tauchte wieder auf und winkte Zombie bereitwillig in den Baustellenbereich.

Ich hielt Abstand. Mehrere Wände waren entfernt worden, ein Fenster fehlte. In der leeren Öffnung hing die Schuttrutsche.

»Juri macht die Entkernung«, stellte Zombie beim Blick aus dem Fenster fest. Unten stand immer noch der Baucontainer mit DEMON-Logo. »Der verdient eine Scheißkohle, was?«

Ich zuckte zusammen, als Iwan Zombie ohne Vorwarnung zur Seite schubste.

Sofort schoss mir Danas Warnung durch den Kopf: *Es besteht die Gefahr, dass die Ader an dieser Stelle platzt, wenn er weitere Schläge gegen den Kopf bekommt.*

Mich hätte der Rempler wahrscheinlich gegen die nächste Wand geschleudert, Zombie brachte er nicht aus dem Gleichgewicht.

»Schon klar, dass du Juri nicht abkannst«, motzte Iwan. »Aber du liegst falsch, Alter. Juri ist ein Guter, der lässt keinen seiner Jungs hängen.«

Zombie zog spöttisch eine Augenbraue hoch.

»Jeder andere hätte mich auf die Straße gesetzt, als es mir die Halswirbelsäule zerlegt hat«, meinte Iwan. »Entrümpeln geht nicht mehr, wenn du da fünf Schrauben drin hast. Aber statt mich rauszuschmeißen, hat Juri mich hier in die Firma seiner Tante reingeschleust. Die hat mittlerweile sieben Wachkoma-Läden am Laufen. Einen Kredit bei der *Neuen Bank* hat er mir auch klargemacht und jetzt bin sozusagen Franchisenehmer. Das ist 'ne Goldgrube – wenn du nur Fälle aufnimmst, die sich nicht beschweren.«

»Dann hat Juri dich eben lieb, Dicker«, witzelte Zombie. »Bist ja auch schon hundert Jahre lang sein Haustier. Das macht ihn noch lange nicht zum Papst.«

»Anatoli ist sein Vorarbeiter«, erklärte Iwan. Anscheinend sollte der Name Zombie überzeugen, dass Lokow doch ein Heiliger war. »Mecki macht den Gerüstbau und Basti kriegt sein volles Gehalt, obwohl der nach dem Motorradunfall nur noch den Hof fegen kann. Der hätte alt ausgesehen, als

Krüppel mit zwei kleinen Blagen. Und meinem Neffen hat er den Baggerführerschein bezahlt, als der aus dem Knast kam.«

Zombie schwieg. Zwischen seinen Brauen hatte sich eine steile, kleine Falte gebildet.

»Das Haus hier ist ja nicht das neueste«, mischte ich mich ein, weil Zombie nicht weitersprach. »Haben Sie beim Umbau Probleme mit Asbest?«

Iwan drehte sich zu mir um, als hätte er erst jetzt bemerkt, dass ich zuhörte.

»Nee«, knurrte er gereizt.

Nee?

»Meinste, wir hätten hier nur einen Vorhang hängen, wenn die da Asbest wegreißen würden?« Iwan tippte sich an die Stirn.

Kein Asbest? Wirklich nicht? Oder log Iwan? Hatten hinter der Plastikfolie Arbeiten mit dem gesundheitsgefährdenden Material stattgefunden, ohne dass Schutzmaßnahmen für die hilflosen WG-Bewohner getroffen worden waren? Oder … was, wenn es die auf der Rechnung aufgeführten Arbeiten wirklich nicht gegeben hatte?

»Die Bude gehört der Wohnungsbaugesellschaft, oder?« Zombie hatte den Faden wiedergefunden und lenkte Iwans Aufmerksamkeit erneut auf sich. »Bei denen musste aufpassen, die haben mich mal so richtig abgezockt.«

»Siehste!«, triumphierte Iwan prompt. »Juri hält mir die Idioten schön vom Hals.«

Zombie verschränkte skeptisch die Arme. »Die ziehen doch alle ab: die Mieter sowieso und die Firmen, die die Bruchbuden instand halten sollen, auch.«

»Juri hat die im Griff«, verkündete Iwan großspurig. »Dem konnte nicht mal die Reklamationstante was.«

Ich hielt den Atem an.

Zombie tat, als würde er kurz nachdenken. »Dieser alte Drachen?«, hakte er dann behutsam nach.

Iwans schnaufte wütend. »Die blöde Kuh wollte mir an die Karre fahren. War hier, weil sie einen Platz für ihre Mutter suchte. Und dann hat die angefangen rumzumeckern.«

Zombie spielte den Erstaunten. »Was gibt's denn hier zu meckern? Sieht doch klasse aus, deine Bude!«

»Na, das Übliche«, winkte Iwan ab. »Das wir nur eine polnische Pflegerin hier haben, bei denen ist ja nie klar, ob die überhaupt eine Ausbildung haben. Aber die Hauptsache ist doch, dass die die Windeln wechseln, oder?«

»Und nicht so viel kosten«, ergänzte Zombie vielsagend.

»Wir verstehen uns, Bruder.« Wieder rempelte Iwan. »Die Alte hat echt ausgerechnet, dass die Weiber nicht pflegen und gleichzeitig die Wohnung putzen und Essen kochen können. Mal ehrlich, hier isst doch keiner selbst, die kriegen die Pulle an die Magensonde und fertig. Außerdem wohnen die polnischen Putzen hier. Wenn die in ihrer Schicht nicht fertig werden, hängen sie eben noch 'ne Stunde dran. Die trete ich schon in den Arsch. Aber die Schlampe wollte zur Zeitung rennen.«

Oha.

»Blöde Fotze«, kommentierte Zombie ungerührt.

Ich biss mir auf die Zunge, um keine Miene zu verziehen.

»Juri hat das geregelt«, erklärte Iwan.

»Ach ja?«, hakte Zombie sofort nach. »Die Drachenlady hat doch einer zum Schweigen gebracht, hab ich gehört. Sag nicht, da hat Juri seine Finger mit drin?«

Iwans zuckte die Schultern.

Gespannte Stille breitete sich aus, die Plastikfolie knisterte leise.

»Angie, kannst du mir mal mit dem Dekubitus helfen?«, brüllte jemand hinter mir in der Wohnung. Eine Pflegerin wuselte durch den Flur.

Wir kehrten in den beheizten Wohnbereich zurück und

ich folgte der Frau zu der offen stehenden Zimmertür, durch die sie verschwunden war. Eine zierliche Blondine stemmte ihre Hände gegen den Beckenknochen einer auf der Seite liegenden Frau. Aus dem nackten Rücken ragten die Wirbelknochen spitz hervor.

Betreut und gepflegt werden wir von speziellen ambulanter Intensivpflegedienst, hatte grammatikalisch bemerkenswert falsch in dem Flyer gestanden. Das war offenbar gerade der Fall. Ansonsten war Tag und Nacht eine *Präsenzkraft* anwesend. Die kostengünstige polnische Pflegelösung, von der Iwan gerade gesprochen hatte.

»Sie muss stündlich umgelagert werden«, sagte die Blonde zu der anderen. »Sonst wird der Dekubitus nicht besser.« Die Pflegerin deutete auf einen dunklen Fleck am Gesäß der bettlägerigen Frau. Ein Zwei-Euro-Stück großer, dunkler Kreis am unteren Ende ihrer Wirbelsäule, an der Stelle, an der die Pofalte begann.

Ich trat einen Schritt näher heran – die Absätze von Jaz' klobigen High Heels klapperten auf dem Laminat.

Der dunkle Fleck am Hintern der bettlägerigen Patientin war eine Wunde. Eine Druckstelle. Fäulnis hatte sich ins Fleisch gefressen. Die Blondine desinfizierte, die Patientin stöhnte.

Unbewusst begann ich, die gleiche Rechnung wie Sigrid Funke anzustellen. Hier gab es zwölf Patienten – bald sollte auf sechzehn aufgestockt werden. Aber es gab nur eine ständig anwesende Betreuerin, die kein Deutsch sprach und von der nicht einmal klar war, ob sie eine ausgebildete Krankenpflegerin war.

Wenn die Frau in der Zeit, in der der Pflegedienst nicht da war, alle zwölf Patienten einmal pro Stunde wenden, volle Urinbeutel austauschen und andere Körperausscheidungen entfernen sollte – wann erledigte sie dann die anderen Dinge?

Ich wühlte in meinen Jackentaschen und zog tatsächlich das zerknickte Exemplar des Flyers heraus. Außer den Pflegetätigkeiten übernahm die Präsenzkraft angeblich auch *tagesstrukturierenden Maßnahmen und hauswirtschaftliche Unterstützung* der Bewohner. Putzen musste sie also auch. Die *tagesstrukturierenden Maßnahmen* konnten sich dann eigentlich nur noch auf das Auf- und Zuziehen der Gardinen beschränken.

»Bitch?«

Ich verschränkte die Arme vor der Brust, kaum dass Zombie die Haustür hinter sich zugezogen hatte.

Er grinste.

»Kennst du eigentlich nur Typen, die Frauen zwanghaft an den Arsch grapschen, wenn gerade kein anderer großer, böser Kerl seine Finger unter ihrem Rock hat?«

»Ja«, nickte Zombie. »Iwan ist die ganz große Ausnahme.«

»Den Eindruck hatte ich nicht.«

Zombie legte mir einen Arm um die Schultern, während wir zum Auto gingen.

»Iwan hat mich vor zwanzig Jahren mal nach dem Training unter der Dusche angegrapscht«, rückte er mit der Sprache heraus. »Der ist stockschwul.«

Was?

»Sein bester Kumpel Juri ist in dieser Hinsicht allerdings nicht sonderlich tolerant. Der würde ihm die Eier abschneiden, wenn er das je rauskriegt. Die Sache ist also immer unser kleines Geheimnis geblieben. Deshalb würde mich schon interessieren, was passieren würde, wenn Juri wirklich mal von ihm verlangt, mir die Füße einzubetonieren ...« Zombie zwinkerte mir zu. »Du hast also mein Sexhäschen gespielt, damit Iwan nicht wieder auf den Gedanken kommt, dass ich irgendetwas anderes, als ein abgefuckter, sexsüchtiger Hetero-Macho sein könnte. Halt mich für einen Feigling, aber ich will seine Finger echt nicht noch mal zwischen den Beinen haben.«

ZOMBIE

Juri ist ein Guter, der lässt keinen seiner Jungs hängen.

Juri verteilte Schonarbeitsplätze an Invaliden?

Klar, ich selbst war Basti ja in der Halle begegnet.

Ich presste mir die Fäuste gegen die Schläfen, um diese Erkenntnis in meinen Schädel zu kriegen.

EDDIE

»Albastru?« Lanta zuckte die Schultern.

»Blau mit Fragezeichen«, übersetzte der schmale Dolmetscher mit der großen Brille.

Ein Klick auf der Tastatur färbte die kleinen Augen unter den wulstigen Brauen bläulich. Ich zog mein Smartphone aus der Tasche, während Adrian mit vor der Brust verschränkten Armen verfolgte, wie das Phantombild allmählich Konturen annahm.

Mithilfe des Dolmetschers hatte uns Lanta Radu heute deutlich mehr erzählen können.

Bevor das Feuer ausgebrochen war, war nachmittags ein Elektriker in der Wohnung gewesen. Schon seit Wochen flog die Sicherung raus, wenn der Herd eingeschaltet wurde, auf E-Mails hatte die SWBG nicht reagiert. Lantas Beschreibung nach war der Handwerker etwa in ihrem Alter gewesen, also um die zwanzig. Sie erinnerte sich an eine sichelförmige Narbe auf seiner linken Wange.

Außerdem hatte sie ganz kurz den Freier gesehen, der ihre Schwester gewürgt hatte. Als Lanta gegen die Tür gehämmert hatte, war der Mann geflohen. Er hatte einen sandfarbenen Mantel und ein grünes Baseballkäppi getragen.

Das Mädchen war sich sicher, dass der Freier deutlich älter als der Elektriker gewesen war, zwischen vierzig und fünfzig.

Und ein dritter Mann hatte Efta gestern offenbar mitgenommen. Er war Lantas Aussage nach ebenfalls älter als der Elektriker gewesen, groß und deutlich kräftiger als der aggressive Freier.

»Drei verschiedene Männer?« Adrian kratzte sich die Locken.

Die Brandermittler hatten bisher keinen Hinweis auf eine Brandstiftung gefunden und offensichtlich hatte es mit der Elektrik in der Küche seit Längerem Probleme gegeben.

Mithilfe der Narbe würden wir den Handwerker wohl ausfindig machen können.

Das Gesicht des aggressiven Freiers hatte Lanta nicht genau gesehen, sodass von ihm kein Phantombild angefertigt werden konnte.

Aber an den Mann, der ihre Schwester gestern mitgenommen hatte, erinnerte sie sich gut. Und ihre Beschreibung reichte aus, um mir das Adrenalin durch den Körper prickeln zu lassen. Ein Foto erschien auf dem Display meines Handys. Ein Bericht aus dem Sportteil der Lokalnachrichten.

Ich kratzte mit dem Nagel meines Daumens an meinen unteren Schneidezähnen.

Das eckige, aus den Beschreibungen zusammengestückelte Phantombild erinnerte ein bisschen an Frankensteins

Monster. Es besaß einen kahlen Schädel, eine hohe Stirn und wulstige, tief auf die kleinen, glitzernden Augen gesenkte Brauen. Der Kiefer war kantig, die breiten Schultern bis an die Ohren hochgezogen. Und ganz genau erinnerte sich Lanta an die unnatürlich weißen Zähne …

Adrian schob sich dichter an mich heran und warf einen Blick über meine Schulter auf mein Smartphone. Ich sagte nichts, doch ich spürte seinen Blick auf meiner Wange. Seine Finger trommelten auf seinen verschränkten Unterarmen.

Das Bild auf meinem Handy zeigte Juri Mikail Lokow. Bei den Amateur-Landesmeisterschaften im Schwergewichtsboxen.

Lokow hatte gewonnen.

Zombie

Ich starrte auf mein Handy.

Komme später. Du hast Adrian überzeugt, wir besuchen Lokow ;-), hatte Eddie geschrieben.

Adamkowitsch hatte ihr also abgekauft, dass Juri die Miethaie mit einer erfundenen Asbestentsorgung um beinahe einhunderttausend Euro betrogen haben könnte.

Mein linkes Bein begann zu wippen.

Eddie und Adamkowitsch besuchten Juri.

Allein?

Jedenfalls hatte sie nichts von einem Durchsuchungsbefehl und Verstärkung aus der Hundertschaft geschrieben.

Meine Gedanken beschleunigten wie die Berg-und-Tal-Bahn auf dem Rummel. Das Halstuch, an dem die Frau erstickt war, tauchte in meinem Kopf auf. Die Blutergüsse im Gesicht der Rumänin. Der alte Schmerz in meinen Schultern.

Grüß deine Schwester von mir.

Ich war aufgestanden.

Das Halstuch.

Die Wollmütze.

Die Parallele war mir sofort aufgefallen.

Ich fühlte mich, als hätte ich Fieber. Wie in Trance griff ich nach meiner Jacke.

EDDIE

Adrian stöhnte, als er vor der breiten Einfahrt stand, die auf das riesige, unübersichtliche Firmengelände der DEMON-GmbH führte.

Efta Radu war mittlerweile fast vierundzwanzig Stunden verschwunden. Lokow einzubestellen und zu fragen, wie er sich seine Ähnlichkeit mit dem Phantombild erklärte, war auch Adrian nicht zielführend erschienen.

Hielt Lokow Efta Radu hier gefangen? Möglichkeiten dazu gab es jedenfalls mehr als genug.

Vorn auf dem Hof herrschte Ruhe. Niemand war zu sehen, die Rolltore der Halle waren geschlossen. Auf den Stellplätzen vor dem Bürotrakt stand neben mehreren Kleinwagen ein uralter, weinroter Mercedes Diesel mit zahlreichen Rostbeulen.

Aus der Ferne dröhnte der Maschinenlärm zu uns herüber, der Bagger arbeitete sich unermüdlich durch die Schuttberge.

Adrian musterte die Stahlcontainer, die rechts neben der Halle ein buntes Labyrinth bildeten.

»Ohne Hundestaffel brauchen wir die Frau hier nicht zu suchen«, stellte er fest. »Hier gibt es tausend Möglichkeiten, jemanden zu verstecken oder …« Er brach ab.

… oder eine Leiche verschwinden zu lassen, beendete ich seinen Satz in Gedanken.

»Also machen wir gar nichts?«, erkundigte ich mich gereizt.

Unsere Blicke trafen sich. Ein Grinsen, das mich an Michel aus Lönneberga erinnerte und von dem ich schon fast vergessen hatte, dass es existierte, huschte über Adrians Gesicht.

»Wir sehen uns um, bis uns jemand bemerkt und rausschmeißt. Augen und Ohren auf. Frag die Mitarbeiter, ob sie die Frau gesehen haben. Finden wir irgendwas, was auf Eftas Anwesenheit hindeutet, fordern wir wegen Gefahr im Verzug die Kavallerie an.«

Verblüfft sah ich ihn an.

Er zwinkerte mir zu und mir fiel ein, dass wir irgendwann mal Kumpel gewesen waren.

Adrian betrat das Gelände. Durch den dicken Stoff meiner Jacke hindurch tastete ich den Griff meiner Dienstwaffe, während ich ihm folgte. Unter meinem grünen Winterparka hatte ich seit Langem mal wieder das Holster umgeschnallt. Das Ding schlackerte, weil ich abgenommen hatte, seit ich es das letzte Mal benutzt hatte. Gewöhnlich verzichtete ich auf die Pistole, weil ich genau wusste, dass ich nicht in der Lage war, sie einzusetzen.

Aber die Begegnung mit Lokow hatte mich gewarnt.

Adrian schlenderte zielstrebig zu den Containerreihen hinüber. Im nächsten Moment war er zwischen den Blechwänden verschwunden.

Ich überlegte einen Moment, ob ich ihm folgen sollte. Bestand die Chance, dass Efta Radu mit Klopfzeichen aus dem Innern eines Containers auf sich aufmerksam machte?

Mein Mund wurde trocken.

Ich ging an der Halle vorbei auf die Hügellandschaft aus

Bauschutt zu. Die Haufen aus Resten abgerissener Häuser, Straßen und Brücken waren genauso hoch wie die Lagerhalle. Dazwischen führte ein ausgefahrener Weg hindurch.

Ein dumpfes Dröhnen ließ den Boden vibrieren.

Zwischen den Schutthaufen entdeckte ich eine gigantische, orangefarbene Maschine, die offenbar Betonteile zerkleinerte. Ein gedrungener Mann in orangefarbener Arbeitskleidung mit einem Bauhelm auf dem Kopf bediente das Monstrum. Ein Hagerer warf Stahlteile, die das Gerät anscheinend aussortierte, auf einen Haufen Altmetall.

Ein Lkw wartete darauf, beladen zu werden, der Bagger ragte über der Maschine auf. Er stand auf einem Schuttberg und ließ das tonnenschwere Bruchstück einer Hauswand in das riesige, eckige Maul des Schredders krachen. Das Gerät verschluckte die meterlange Mauer. Erinnerte an den Sandwurm in *Star Wars,* dieses alles vernichtende Loch mit Zähnen und Zungen im Boden, in dem Gangsterboss Jabba the Hutt seine Widersacher versenkte.

Meine Nackenhaare sträubten sich bei dem Gedanken, ein Schauer kroch meine Arme hinauf und krallte sich zwischen meinen Schultern fest.

Zu spät, der Gedanke war bereits da.

Wie magisch angezogen, ging ich auf die stetig wachsenden Haufen verschiedener Schotter und Sandsorten zu, die Förderbänder rund um die Maschine herum ausspuckten. Die Kieshaufen waren so hoch wie ich.

»Ich habe gehofft, dass Sie mir doch noch die Gelegenheit für ein Gespräch unter vier Augen geben würden, Frau Beelitz.«

Mein Herz machte einen Satz, als eine kräftige Hand meine Schulter packte. Lokow war es gewohnt, den Baulärm zu übertönen. Er brüllte nicht, trotzdem war er deutlich zu verstehen. Ich spürte, wie sich seine kräftigen Finger durch meine Jacke hindurch in mein Schulterblatt bohrten. Als ich mich umdrehte, stieg Iwan der Schreckliche aus dem Lkw, der zum Beladen bereitstand. Seine Augen wurden groß, als er mich erkannte.

»Ey, die Schlampe hat bei mir im Laden rumgeschnüffelt«, platzte er heraus.

Lokows Blick wurde scharf.

»Anatoli, Dieter! Ihr bringt den alten Diesel zum Schrott«, befahl er den beiden Arbeitern. Die wandten sich wortlos ab und trotteten davon. Stattdessen trat Iwan an die Steuerung des Betonschredders. Offenbar wusste er, wie das Ding funktionierte.

Außer Iwan und Lokow war jetzt nur noch der Baggerfahrer in Sichtweite. Soweit ich erkennen konnte, ein jüngerer Typ. Bullig und breitschultrig.

»Es ist leichtsinnig von Ihnen, allein hier herumzulaufen, Frau Beelitz«, raunte mir Lokow zu. Drohender Unterton. »Für Unkundige kann so eine Baustelle schnell gefährlich werden.«

Mir wurde mulmig zumute.

Mein Blick wanderte auf Iwans massigen Rücken. Er tat, als hätte er nichts gehört. Zombies Worte gingen mir durch den Kopf. *Trotzdem würde er, ohne mit der Wimper zu zucken, meine Füße einbetonieren und mich in der Ruhr versenken, wenn Lokow das von ihm verlangen würde.*

Für mich galt das natürlich erst recht.

Kalter Schweiß brach mir aus. Iwan würde nicht eingreifen, wenn Lokow mir zu nahe kam.

Energisch schüttelte ich die Hand des Abrissunternehmers von meiner Schulter.

Er griff sofort wieder nach mir. Ich stolperte rückwärts, verlor das Gleichgewicht und landete auf dem Hintern auf dem mannshohen Haufen aus grobem Schotter, auf den unablässig neue Steinbrocken rauschten. Lokows Miene wurde hart.

»Adamkowitsch, Kripo Bochum. Guten Tag.«

Ich atmete auf.

Lokow wirbelte herum, seine Brauen rückten zusammen, als Adrian ihm seinen Ausweis unter die Nase hielt.

Ich rappelte mich auf und klopfte den Staub des frisch zermalmten Schotters von meiner Hose. Dabei ließ ich meinen Blick über den Steinhaufen wandern.

Ich wusste, wie ich eine Frau verschwinden lassen würde, wenn ich an Lokows Stelle wäre ...

Der Haufen rechts neben mir bestand aus grobem Kies. Ein heruntergerollter Brocken fiel mir auf, weil er eine andere Farbe hatte. Rotbraun.

»Bastian Schmidt, das ist Ihr Helfer vorn bei den Containern«, brüllte Adrian gegen den Lärm an.

»Und?« Lokow verschränkte die Arme.

Der Bagger versenkte krachend eine Steinsäule im Maul des Schuttvernichters. Dröhnend zermalmte die Maschine den Klotz, um ihn dann in faustgroßen Brocken per Förderband auf den Kieshaufen zu speien, neben dem ich stand. Der Sandwurm ging mir wieder durch den Kopf.

Ich hockte mich hin, um den Brocken, der mir aufgefallen war, genauer zu betrachten.

»Herr Schmidt ist gerade mit der Reinigung eines Containers beschäftigt«, schrie Adrian. »Können Sie mir erklären, was dort passiert ist?«

»Container werden schmutzig«, donnerte Lokow. »Ich werde aber Genaueres für Sie in Erfahrung bringen, wenn Sie Ihre Kollegin davon abhalten, zwischen den Maschinen herumzulaufen. Da kann man schnell unter die Räder kommen.«

Ich kniff mir in die Nasenwurzel, um zu verhindern, dass ich dachte, was ich gerade dachte. Weil ich das albernabergläubische Gefühl hatte, dass etwas, solange ich es nicht gedacht hatte, nicht wahr werden würde.

Aber der Klumpen vor meinen Füßen glänzte klebrig. Und es hingen Haare daran.

Ungläubig sah ich auf.

Lokow fixierte mich. Seine Oberlippe verzog sich, als wollte er die Zähne fletschen.

Lokow hatte Efta Radu geschreddert! Weil er verhindern wollte, dass sie verriet, wer ihr die Gesichtsverletzungen zugefügt hatte. Die gleichen Verletzungen wie bei Sigrid Funke. Juri Lokow war ein eiskalter Killer.

»Ich muss Sie bitten, die Maschine abzustellen, Herr Lokow.« Ich versuchte, bestimmt zu klingen. »Unsere Kollegen vom Erkennungsdienst werden das Gerät untersuchen.«

Lokow nickte nachdenklich. »Iwan«, sagte er, ohne mich aus den Augen zu lassen.

Adrian warf mir einen fragenden Blick zu.

Im gleichen Moment krachte Lokows Faust in sein Gesicht. Es knackte. Hellrotes Blut schoss aus Adrians Nase und er sackte lautlos zusammen.

Bevor ich meine Waffe unter der Jacke hervorziehen konnte, drehte mir Iwan beide Arme auf den Rücken.

Zombie

Juri war kein Guter. Er hatte weder ein Gehirn noch ein Gewissen. Juri Lokow war noch immer das gleiche sadistische Arschloch wie früher.

Weil ich im Gegensatz zu ihm mittlerweile halbwegs zurechnungsfähig war, zog ich mein Smartphone aus der Tasche und wählte den Notruf.

»Glaubst du, ich habe Schiss vor euch Bullen?« Ich spürte Lokows Atem an meinem Hals, er hielt den Kopf gesenkt und flüsterte direkt in mein Ohr. Iwans Griff verrenkte mir schmerzhaft die Schultern. Obwohl er wegen seiner Halswirbelsäulenprobleme nicht mehr trainierte, hatte er immer noch beängstigend viel Kraft. Ich hatte keine Chance, mich zu befreien. Iwan roch nach Schweiß und ich spürte seinen wabbeligen Bauch an meinem Rücken.

»Ich schnippe mit dem Finger«, raunte Lokow mir zu, »und dann seid ihr weg. Einfach so. Nicht war Wladi?«

Lokow schnippte.

Der Baggerfahrer war von seiner Maschine gestiegen und hinter Lokow getreten. Er riss Adrian auf die Füße. Adrian konnte nicht stehen, sein Kopf kippte zur Seite, als wäre sein Genick gebrochen. Sein Gesicht und seine Jacke waren blutüberströmt.

Der Baggerfahrer hielt ihn mühelos fest. Er war noch ziemlich jung, aber größer als Adrian, kräftig, trainiert und etwas übergewichtig. Ein Tattoo rankte aus dem Kragen seines Pullis und eine üble Verletzung musste ihm mal die linke Gesichtshälfte zerfetzt haben.

Auf ein Kopfnicken von Lokow hin schleifte er Adrian weg. Auf dem zerfahrenen Weg auf den Geröllhaufen hinauf.

Mein Herzschlag setzte aus.

Lokows Handlanger zerrte Adrian direkt auf den Schlund der Brechmaschine zu, die noch immer nach Futter brüllte.

O nein!

»Lassen Sie ihn in Ruhe!«, schrie ich Lokow an. »Sagen Sie dem Typ, dass er ihn loslassen soll.«

Lokow schüttelte mit gespieltem Bedauern den Kopf. »Sie

sind sehr aufdringlich, wissen Sie? Sie lassen nicht locker. Diesen Haufen Schotter hier versenken mein alter Freund Iwan und ich heute noch persönlich in einem Fundament.« Er deutete auf den bereitstehenden Lkw, aus dem Iwan ausgestiegen war. »Niemand wird je die sorgfältig zerkleinerten Einzelteile von Ihrem Kollegen finden.«

ZOMBIE

Fuck! Gegen Iwan hatte Eddie keine Chance.

Und die Bullen, die ich gerufen hatte, würden niemals rechtzeitig hier sein – jedenfalls nicht schnell genug, um zu verhindern, dass Adamkowitsch im Schredder landete. Juri fackelte gewöhnlich nicht lange.

So wie es aussah, war ich der Einzige, der dem Scheißbullen den Arsch retten konnte. Ich kannte ja den ultimativen Köder, den Speckwürfel, dem Juri nicht widerstehen konnte. Ich konnte für die kleine Verzögerung sorgen, die Adamkowitsch brauchte, um am Leben zu bleiben, bis die Kavallerie antrabte.

Dabei konnte ich den blöden Bullen nicht ausstehen.

Definitiv hing ich zu viel mit Engeln ab.

EDDIE

»Hören Sie auf, Lokow!« Meine Stimme überschlug sich. »Dafür gehen Sie lebenslang ins Gefängnis.«

Adrian war zusammengesackt, als ihn der Baggerfahrer fallen gelassen hatte. Direkt neben dem Metallschlund des

Schredders. Jetzt reichte ein Fußtritt, um ihn hineinzustürzen. Er würde zwischen den Betonbruchstücken zerquetscht werden.

»Wie kommst du darauf, dass ich dir noch die Gelegenheit gebe, mich ins Gefängnis zu stecken?«, erkundigte sich Lokow verächtlich.

Er griff nach dem Kragen meines Parkas und zog langsam den Reißverschluss auf. Tadelnd schnalzte er mit der Zunge, als er meine Dienstwaffe entdeckte. Ich erstarrte, als er die Waffe aus dem Holster zog und mit dem Lauf über meine Brust und meine Kehle fuhr. Mit der Mündung drückte er mein Kinn nach oben, sodass ich ihn ansehen musste.

Ich zitterte am ganzen Körper. Spöttisch zog Lokow einen Mundwinkel herunter, dann warf er die Waffe einfach weg.

Außer Reichweite.

»Aber bevor du stirbst, werden wir beide noch ein bisschen Spaß haben.« Er ließ seine Hände wieder unter meine Jacke gleiten und schob meinen Pullover hoch.

Ich wollte zurückweichen, doch Iwan bog meine Arme grob nach hinten. Meine Schultern knackten, ein heißer Schmerz durchzuckte meinen Rücken. Es fühlte sich an, als hätte er mir die Arme gebrochen.

Ich sah Sterne.

Im gleichen Moment spürte ich wieder Lokows Finger an meinem Busen. Er quetschte meine Brustwarzen zusammen, bis ich mich vor Schmerzen krümmte.

»Ich kümmere mich gleich um dich, Edith«, raunte er mir zu.

Zombie

Während ich zu rennen begann, riss ich mir das Lederband vom Hals und warf den kleinen Stein, der meine bösen Gedanken verhindern sollte, weg.

Dieses Mal bringe ich dich um. Und wenn es das Letzte ist, was ich tue!

Eddie

Ich spuckte Lokow ins Gesicht.

Blitzschnell knallte seine flache Hand gegen meine Schläfe, mein Kopf flog zur Seite und es wurde dunkel.

»Was ist los mit dir, Juri?«, erkundigte sich Zombie eisig.

Zombie?

Ich blinzelte gegen die Bewusstlosigkeit an.

Was machte Zombie hier?

»Legst du dich nur noch mit Lackaffen und Frauen an? Hast du Schiss, dass dir ein echter Gegner noch mal die teure Visage ruinieren könnte?«

Was?

Nein! Nein, nein, nein! Halt Abstand!

Lokow gab ein unmenschliches Knurren von sich.

Im nächsten Moment waren meine Arme frei. Iwan hatte mich losgelassen. Ich fiel. Meine Schläfe prallte auf den scharfkantigen Schotter. Wieder sah ich Sterne.

Lokow entfernte sich wutschnaubend.

Etwas krachte mir in den Rücken, die Luft entwich zischend aus meinen Lungen. Meine Wirbelsäule knirschte unter dem groben Profil eines Arbeitsschuhs. Ich zwang mich, die Augen offen zu halten.

War Zombie wirklich hier oder hatte ich geträumt?

Verschwommen sah ich, wie Lokow von mir wegstampfte.

Und dann blieb die Zeit stehen. Die Welt hörte auf, sich zu drehen.

Es dauerte einen Augenblick, bis ich begriff, dass nicht die ganze Welt stillstand, sondern nur die Betonbrechmaschine. Lokow hatte das Gerät ausgeschaltet und das monotone Dröhnen war verstummt.

Eine knisternde Stille senkte sich über den freien Platz zwischen den Schuttbergen, auf dem sich Lokow und Zombie gegenüberstanden.

Schwer atmend vor Wut schleuderte der Abrissunternehmer seine Jacke zur Seite und riss sich den dicken Strickpulli vom Leib. Darunter trug er ein geripptes Unterhemd.

Zombie zog seinen Kapuzenpulli über den Kopf. Seine Tattoos kamen zu Vorschein. Er wirkte konzentriert, beinahe cool, während er Lokow nicht aus den Augen ließ.

Was machte er hier?

Der Baggerfahrer am Schlund der Maschine zuckte fragend in Iwans Richtung die Schultern. Dessen Reaktion konnte ich nicht sehen, sein Stiefel stand immer noch auf meinem Rücken.

Lokow schien von einer Sekunde auf die andere völlig vergessen zu haben, dass er gerade dabei gewesen war, zwei Polizisten umzubringen.

Seine Komplizen wirkten ratlos.

»Glaub nicht, dass ich dich am Leben lasse, Rheinhart!«, brüllte Lokow, als er auf Zombie losging.

Kalte Finger griffen nach meinem Herz und pressten es zusammen. *Es besteht die Gefahr, dass die Ader platzt, wenn er weitere Schläge gegen den Kopf bekommt.*

Zombie wich aus und traf seinen Gegner im gleichen Augenblick mit einem Kinnhaken. Weil keiner von beiden

Handschuhe trug, wirkte der Treffer empfindlich. Lokow taumelte sofort.

Ich spürte, wie Iwan zusammenzuckte. Der Druck seines Stiefels auf meinem Rücken ließ nach, ich bekam Luft. Mein Aufpasser machte einen Schritt vorwärts, er bewegte sich von mir weg. Entweder hatte auch er mich vergessen oder er hielt mich für bewusstlos.

Meine Dienstwaffe! Sie lag direkt neben Iwans klobigem Sicherheitsschuh.

Millimeterweise richtete ich mich auf. Ich schmeckte Blut.

Zombie ließ unterdessen die Gelegenheit, Lokow niederzuschlagen, ungenutzt. Er wartete darauf, dass sein Gegner sich wieder aufrichtete.

Lokow wischte sich übers Kinn, dann stürzte er sich erneut auf Zombie. Im Vergleich mit ihm wirkte Zombie schmaler. Aber auch schneller.

O Gott, hoffentlich war er schnell genug!

Zombie wich zurück. Lokow setzte nach, traf mit einem Schlag seine Deckung, die einem normalen Menschen den Unterarm zerknackt hätte. Zombie konterte, zielte auf die Nieren.

Lokow konnte der folgenden, rechten Geraden ausweichen und riss die Arme vors Gesicht. Zombie traf ihn zwei Mal in den Bauch, sodass Lokow sich krümmte und keuchend taumelte.

Wieder hielt Zombie inne, gab seinem Gegner Zeit, sich zu sammeln.

Verwundert richtete ich mich auf. Er hatte sich unter Kontrolle?

Es sah tatsächlich aus, als versuchte Zombie, Zeit zu gewinnen, anstatt blind vor Wut auf Lokow loszugehen.

Aber was sollte das bringen?

Hastig sah ich mich um, doch Hilfe war nicht in Sicht.

Oder hielt Zombie bloß Abstand, weil er wusste, dass Lokow ihm überlegen war? Schwachsinn! Im Leben hielten ihn logische Überlegungen nicht davon ab auszurasten. Aber er rastete nicht aus.

Versuchte er, den Killer abzulenken, damit *ich* irgendetwas unternehmen konnte?, schoss es mir durch den Kopf.

Sofort streckte ich meine Hand nach meiner Waffe aus.

In dem Moment richtete sich Lokow wieder auf. Er packte Zombies Haare und stieß ihm mit voller Wucht den Schädel ins Gesicht.

Das grausige Geräusch durchzuckte meinen Körper.

Zombie knickten die Knie weg. Lokow brüllte triumphierend, als er zusammenbrach.

Nein!

Der Baggerfahrer riss die Arme in die Höhe, als wäre beim Fußballspiel ein Tor gefallen. Iwan rührte sich nicht.

Reflexartig griff ich nach meiner Waffe.

Lokow trat vor Zombie. Im gleichen Moment stand der plötzlich wieder. Als wäre er gar nicht ausgeknockt worden. Als hätte es das grausige Knacken nicht gegeben. Als hätte ich mir die schreckliche Szene nur eingebildet.

Ich erinnerte mich daran, dass er mit seinem Trainer Freddie den Knock-out geübt hatte. Wieder aufstehen und zuschlagen war ein Reflex. Zombie traf Lokow, ohne auszuholen, mitten ins Gesicht.

Lokows Stiernacken hielt dem Schlag stand, seine Nase nicht. Grellrotes Blut spritzte. Er achtete nicht darauf, sondern ging wieder auf Zombie los.

Ich rappelte mich hoch und hob die Waffe.

Zombie riss die Deckung hoch, doch Lokow rammte ihn einfach brüllend vor Zorn mit der Schulter. Zombie kam aus dem Gleichgewicht, seine Arme zuckten herunter, Lokow traf ihn gegen die Schläfe. Zombie ging wieder zu Boden.

Mein Herz blieb stehen.

Ich richtete die Waffe auf Lokow. Zielte.

Diesmal stand Zombie nicht mehr auf.

Grinsend hob Lokow seinen schweren Arbeitsstiefel über Zombies Gesicht.

Ich atmete aus, wartete meinen Herzschlag ab, damit das leichte Rucken den Schuss nicht verzog, und drückte ab.

Die Kugel durchschlug Lokows rechte Schulter und schleuderte ihn rückwärts von Zombie weg.

Zielen.

Ausatmen.

Herzschlag.

Die zweite Kugel traf Lokows Oberschenkel und er brach zusammen.

Zombie rollte sich zur Seite und hob verwundert den Kopf. Iwan wirbelte zu mir herum. Einen Sekundenbruchteil lang trafen sich unsere Blicke.

Statt auf Iwan richtete ich nun die Waffe auf den Baggerfahrer oben auf dem Schuttberg.

»Weg von meinem Kollegen!«, schrie ich hinüber. Der Baggerfahrer brüllte Iwan etwas auf Russisch zu.

Als Iwan sich nicht rührte, hob der Mann zögernd die Hände.

In dem Moment hörte ich das Martinshorn.

Zombie

Du hast auf Juri geschossen?

Ich denke, du kannst nicht auf Menschen schießen?

Irrtum. Sie konnte es offensichtlich sehr wohl. Sie tat es nur nicht, wenn es nicht wirklich notwendig war. Und sie hatte verdammt noch mal in dem verfickten Moment, in dem der Scheißkerl mir den Schädel eintreten wollte, noch darauf geachtet, ihn nicht kaltzumachen.

Juri wälzte sich ein paar Meter neben mir stöhnend auf dem Boden und blutete wie ein Schwein. Sein weißes Hemdchen färbte sich rot, der dicke Stoff seiner orangefarbenen Arbeitshose ebenfalls. Seine Nase war Geschichte, Rotz und Blut liefen ihm übers Gesicht.

Ich drückte mich auf die Füße und tastete meine Stirn ab. Mein Schädel brummte, aber alles in allem fühlte ich mich heiler, als ich erwartet hatte.

Ich versuchte ein paar Schritte.

Alles in Ordnung.

Im Vorbeigehen verpasste ich Juri einen kräftigen Hieb gegen die durchschossene Schulter, er kippte benommen zur Seite.

EDDIE

Gott sei Dank schien Zombie okay zu sein.

Und auch Adrian zog sich gerade, am Bagger abgestützt, wieder auf die Füße.

Die Sanitäter, die von irgendwoher auftauchten, eilten auf Lokow zu, die Polizisten hatten den Baggerfahrer bereits erreicht.

Ich ließ endlich die Waffe sinken. Wahrscheinlich sollte ich irgendetwas tun. Den Kollegen erklären, dass der Typ, der Adrian und mich gerade hatte umbringen wollen, der Mörder von Sigrid Funke und Efta Radu war. Die Beweise sichern, die wir brauchen würden, um Lokow für lange Zeit hinter Gittern verschwinden zu lassen.

Ich versuchte, die Bilder aus meinem Kopf zu schütteln, die mich lähmten. *Zombie bewusstlos auf einer Trage. Dana, die daneben zusammenbricht.*

Mit zitternden Händen ließ ich meine Dienstwaffe unter meiner Jacke verschwinden. Alles war gut gegangen, Zombie stand vor mir, die Trage war für Lokow.

Vorsichtig legte ich meine Hände an Zombies Gesicht, strich durch seinen kurzen, weichen Bart und tastete seine Stirn ab. Links über seinem Auge konnte ich eine Schwellung spüren, dort hatte ihn Lokows Kopfstoß getroffen.

»Mein Kopf ist noch dran«, winkte Zombie ab. »Was ist mit deinem?«

Bei Iwan und dem Baggerfahrer klickten die Handschellen.

Adrian hatte ein paar Worte mit den Sanitätern gewechselt, die das Blut aus seinem Gesicht gewischt hatten. Jetzt kam er auf Zombie und mich zu. Er hielt sich den Nacken und in seiner Nase steckte Watte.

»Rheinhart.« Adrians Blick flitzte zwischen Zombie und mir hin und her. Weil meine Hände noch immer an Zombies Wangen lagen, musste man keine Polizeihochschule besucht haben, um die richtigen Schlüsse zu ziehen.

»Was machen Sie hier?«

Zombie hob spöttisch eine Braue. »Vermutlich bin ich der Oberbösewicht. Verhaften Sie mich doch vorsichtshalber.«

Adrians Miene verfinsterte sich.

»Ihre Art von Humor kann einem wirklich auf den Geist gehen.« Er hielt Zombie die Hand hin.

Zombie grinste und – griff daneben.

Verwundert stutzte er, musterte irritiert Adrians Hand. Dann seine eigene. Ein paarmal öffnete und schloss er die Faust, dann griff er noch einmal langsamer zu. Im gleichen Moment knickte sein rechtes Bein weg. Er ging in die Knie.

Scheiße!

»Jo?«

Zombie hielt sich den Kopf.

»Jo?«

Er versuchte, mich anzusehen.

»Vielleicht sollte ich doch mal ins Krankenhaus …«

ZOMBIE

Hätte es hinkriegen können.

Müssen.

Ich hätte alles regeln können, für die Kids.

Vergeigt. Wie immer.

Jetzt war es … zu spät.

EDDIE

»Sankt-Josefs-Hospital! Da müssen Sie ihn hinbringen. Die wissen, was los ist, es gibt CT-Aufnahmen von seinem Kopf. Seine Schwester arbeitet dort als Neurologin.« Meine Stimme bebte, ich zitterte am ganzen Körper.

Der Fahrer des Rettungswagens schaltete das Blaulicht an und kurbelte das Fahrzeug vom Hof der Abrissfirma.

Der Sanitäter klebte einen Pflasterstreifen über die dicke Kanüle, die er in Zombies Ellenbeuge geschoben hatte. Durch einen durchsichtigen Schlauch sickerte die Infusionslösung in seine Vene.

Alles um mich herum drehte sich, Panik rauschte in meinen Ohren. Zombies Augen drehten sich unter seinen Lidern weg.

»Nein, nein, nein! Guck mich an!«, bettelte ich und strich ihm über die Wange.

Er gehorchte und öffnete die Augen wieder. Sein Gesicht war grau, die blasseste Farbe, die seine dunkle Haut annehmen konnte. Schweiß glitzerte auf seiner Stirn.

Als er die Tränen in meinem Gesicht sah, drückte er meine Hand.

»Du kommst ins Krankenhaus und alles wird gut. Verstanden?«, flüsterte ich.

Es kostete ihn Mühe, mich anzusehen.

»Ich hätte ...« Das Sprechen fiel ihm schwer. Er lallte. »... dich gefesselt zum Standesamt ... schleppen sollen ... dann ... gäbe es ... wenigstens eine kleine Chance, dass Jaz und Jo bei dir bleiben können.«

Seine Worte trafen mich wie eine Faust in den Magen.

Erst jetzt begriff ich. Die seltsame »Du musst mich heiraten, damit du mich umbringen kannst, wenn ich mal im Wachkoma liege«-Bemerkung war kein Scherz gewesen – sondern ... so was wie ein Antrag?! Auf eine skurrile Art, wie ihn nur Zombie zustande bringen konnte?

Klar! Wie blöd war ich denn? Er lebte seit Jahren mit der Gewissheit, jeden Tag sterben zu können.

Und ich hatte die ganze Zeit nur daran gedacht, mir nach meiner Scheidung das lächerliche Gefühl von Freiheit bewahren zu müssen, das ich nicht mal brauchte, weil wir ja sowieso zusammenlebten.

Zombie hingegen war immer bewusst gewesen, dass Jaz und Jo bei seiner Ex-Frau, der Pornoqueen, landen würden, wenn ihm etwas passierte.

Als wir am Krankenhaus ankamen, hatte ich das endlich kapiert.

Aber da war Zombie nicht mehr bei Bewusstsein.

Wie in Trance erlebte ich die Szene, die ich schon kannte.

Die Trage, deren Räder ausklappten, als die Sanitäter sie aus dem Heck des Rettungswagens herauszogen. Zombies leblosen Körper. Die Infusion, die Schläuche, das EKG-Gerät. Dana, die mit wehendem, weißem Kittel auf mich zugerannt kam. Mich anschrie, ohne dass ich ihre Worte verstand. Die ihren Bruder auf der Trage liegen sah und zusammenbrach.

Alles erschien mir irreal.

Die Sanitäter und Ärzte verschwanden mit Zombie im OP, Dana folgte ihnen aufgelöst. Ich blieb allein auf dem Flur in der Notaufnahme stehen.

Das Neonlicht flimmerte. Die Stimmen und Schritte um mich herum hallten durch die Leere in meinem Kopf. Der Geruch von Desinfektionsmittel brannte in meiner Nase und meinen Augen.

Ein Pfleger schob ein Bett mit einem jungen Mann darin den Flur entlang.

»Dürfen wir mal durch?«, fragte er mich.

Ich bewegte mich ein paar Schritte rückwärts, stieß mit dem Rücken gegen die kalte Wand.

Der Pfleger schob das Bett freundlich nickend an mir vorbei.

Ich blieb mit dem Rücken an die Tapete gelehnt stehen, weil ich so zumindest irgendeinen Halt hatte.

Irgendwann summte mein Handy in meiner Hosentasche.

Mütze.

Mechanisch ging ich dran.

»Hi. Bleiben die Kinder zum Abendessen?«, erkundigte sich meine Nachbarin.

Kinder. Abendessen.

Ich sah auf die Uhr.

Fast sieben.

Ich stand immer noch auf dem Flur in der Notaufnahme.

»Ja«, wollte ich sagen, aber meine Stimme funktionierte nicht.

Am anderen Ende der Leitung herrschte Schweigen.

»Was ist passiert?«, fragte Mütze dann treffsicher.

Der Kloß in meiner Kehle drohte, mich zu ersticken.

Hastig brach ich das Gespräch ab.

Das Telefon begann sofort wieder, in meiner Tasche zu vibrieren.

Irgendwann bemerkte ich die weißen Turnschuhe auf dem unempfindlichen Kunststoffboden vor mir.

Mein Blick wanderte an den Jeans und dem Arztkittel hinauf. Einen Augenblick lang sahen Dana und ich uns an. Ihr Gesicht wirkte versteinert.

Ich traute mich nicht zu fragen.

Dana wandte sich wortlos ab. Ich folgte ihr zu einer Tür, an der *Stroke-Unit* stand und die ein Zahlenschloss besaß.

Auf der Intensivstation dahinter waren die Flurwände nur brusthoch. Der obere Bereich war aus Glas, sodass ich in die Zimmer sehen konnte. Irgendwo dudelte ein Lokalsender im Radio, vielleicht ein Versuch, einen Anschein von Normalität zu vermitteln.

Alles war steril weiß, die Betten gigantisch groß, die Matratzen mit Luft gefüllt. Beatmungsmaschinen pumpten Sauerstoff in die Körper der Patienten, blinkende Monitore überwachten den Herzschlag.

Ich war in Zombies ganz persönlicher Hölle.

Und wenn mir das doch passiert, dann will ich, dass du mich umbringst.

Mein Herz wummerte dumpf gegen mein Brustbein.

Ich will keine Beatmung und keine künstliche Ernährung. Lass mich verrecken. Zombies Worte hallten gespenstisch durch meinen Kopf.

Dana trat auf die letzte Zimmertür auf der linken Flurseite zu. Ich blieb stehen. Alles in mir sträubte sich dagegen, einzutreten. Am liebsten wäre ich weggerannt.

Ich glaube, wenn es wirklich nötig ist, kannst du sowieso nur das Richtige tun.

Irgendwelche Maschinen abstellen, oder was? Hast du mal drüber nachgedacht, in was für eine Scheißsituation du mich bringst, indem du mir erzählst, dass du keine lebensverlängernden Maßnahmen willst?

Dana wartete auf mich. Meine Schritte kamen mir unnatürlich langsam vor, wie in Zeitlupe bewegte ich mich auf die Zimmertür zu. Die Zimmernummer 503, der Kaffeefleck auf Danas Kittel, der blaue Papierkorb unter dem Waschbecken brannten sich in mein Gehirn.

Im Zimmer piepten und blinkten die Monitore. Auf Zombies Brust klebten Elektroden, deren Kabel mit den Maschinen verbunden waren. Das wirkte surreal. Durch Zombies Gruseltattoos sah es aus, als würde die rechte Hälfte seines Brustkorbs zwischen Haut und Muskelfetzen freiliegen. Auf Höhe der Rippen fletschte die geifernde Ratte ihre blutverschmierten Zähne. Der Arzt, der die Elektroden angebracht hatte, hatte die Kabel um die Ratte herumgeklebt.

Auf dem weißen Kissen wirkte Zombies Gesicht schmal, eingefallen. Rechts von ihm ergoss sich seine lange, schwarze Mähne auf das Kissen, die gesamte linke Seite seines Kopfes war kahlrasiert. Ein dünner Schlauch verschwand unter einer Kompresse in seinem Schädel, Blut sickerte heraus. Ich sah einen Urinbeutel am Bettgestell baumeln.

Auf der Fensterbank dudelte noch ein Radio.

Ich will keine Beatmung ...

Moment! Mein Blut gefror. Die Beatmungsmaschine fehlte. Ich zwang mich, mich darauf zu konzentrieren, ob seine Atmung seinen Brustkorb bewegte.

Ich konnte nichts erkennen.

Mein Blick flitzte zum Monitor. Das regelmäßige Piepen war doch ein Herzschlag, oder nicht?

»Er atmet selbstständig«, brach Dana in diesem Moment das Schweigen. »Das ist gut.«

Ja.

»Der Notarzt sagte, er wäre im Rettungswagen noch ansprechbar gewesen. Ich hoffe, dass wir schnell genug operiert haben. Bevor die sich durch die Hirnblutung im Schädelinnern ansammelnde Flüssigkeit das Gehirn zu stark gequetscht hat.«

Ihre Worte schnürten mir die Kehle zu.

»Ein Stück Schädeldecke wurde entfernt, das geplatzte Gefäß abgeklemmt und vorsichtshalber eine Drainage gelegt«, fuhr Dana fort. Sie deutete auf den Schlauch, aus dem das Blut aus Zombies Kopf lief. »So sammelt sich kein weiteres Blut an, sondern kann abfließen. Inwieweit das Gehirn allerdings durch den Druck der sich stauenden Flüssigkeit oder durch die Operation geschädigt wurde, wissen wir erst, wenn er aufwacht.«

Ich sah sie an.

»Das kann in einer Stunde sein, in einer Woche oder in einem Monat.« Dana sprach im emotionslos-sachlichen Neurologinnentonfall. Worte, die sie wahrscheinlich schon oft zu den Angehörigen ihrer Patienten gesagt hatte.

»Oder nie mehr«, beendete sie tonlos den Satz.

Mein Kopf fühlte sich leer an.

Sigrid Funkes Mutter tauchte aus meinen Erinnerungen auf, ihr zusammengekrampfter Körper, ihr leerer Blick.

Und wenn mir das doch passiert, dann will ich, dass du mich umbringst.

Dana hatte etwas aus der Brusttasche ihres Arztkittels gezogen. Sie drehte es einen Augenblick lang zwischen den

Fingern, bevor sie es mir hinhielt. »Das habe ich in seiner Hosentasche gefunden. Ist für dich, schätze ich.«

Einen Augenblick lang starrte ich verwundert auf das anthrazitfarbene Schmuckkästchen mit der silbernen Aufschrift. Dann wurde mir eiskalt.

Sekundenlang hielt ich die Plastikschachtel in der Hand.

Das hatte er nicht gemacht, oder?

Schließlich öffnete ich sie doch.

Der Ring war schlicht, silbern, breit.

Dann soll ich dich heute lieber nicht fragen, ob du jetzt mich *heiraten willst?*

Scheiße.

»Dreh die Zeit noch mal zurück, wenn auch nur für diesen Augenblick …« *Radio Bochum* spielte Ruhrrock von Jo Hartmann. Das konnte ich jetzt echt nicht ertragen. Ich sprang ans Fenster und riss den Stecker des Apparats aus der Dose.

»Ich habe Mama noch nicht angerufen«, murmelte Dana hinter mir. »Ich kann sie jetzt nicht trösten.«

Irgendwann verließ Dana doch das Zimmer, um ihre Mutter zu benachrichtigen. Ich sank auf die abwischbare Plastiksitzfläche des Krankenhausstuhls neben Zombies Bett.

Das war meine Schuld. Niemals hätten Adrian und ich allein zu Lokow fahren dürfen. Schon Zombies abgrundtiefer Hass hätte mich warnen müssen. Und seit ich Lokow persönlich begegnet war, hatte ich doch gewusst, dass ihm ein Mord zuzutrauen war.

Eine Ewigkeit lang betrachtete ich Zombies beängstigend lebloses Gesicht. Seine dunkle Haut bildete einen scharfen Kontrast zu der steril weißen, nach chemischer Reinigung riechenden Krankenhausbettwäsche. Mein Blick wanderte über die um das Bett herum aufgebauten Monitore, die

Elektroden auf Zombies Brust, den an seinen Finger geklemmten Pulsmesser, den Infusionsschlauch in seiner Ellenbeuge, durch den Flüssigkeit und Medikamente in seinen Körper sickerten.

Meine Schuld.

Vorsichtig berührte ich seine auf der dünnen Bettdecke liegende Hand. Sie fühlte sich untypisch kalt an.

Ich will nicht jenseits von tot wieder aufwachen.

Etwas in mir fing an zu zittern.

Und wenn mir das doch passiert, dann will ich, dass du mich umbringst.

Du Arsch!

Das geht nicht! Das kannst du vergessen!

Ich ließ die Stirn neben ihm auf das Laken sinken und heulte.

ZOMBIE

Ihr Kopf lag auf meiner Brust.

Ich hielt still, wie immer. Weil ich nicht wollte, dass sie aufwachte oder sich von mir wegdrehte.

»Mütze bringt die Kinder morgen in die Schule«, flüsterte jemand.

Ich erkannte Danas Stimme.

Was machte Dana in unserem Schlafzimmer?

Eddie löste sich vorsichtig von mir.

Ich versuchte, das auf die Reihe zu kriegen.

Klappte nicht.

Als hätte ich anstelle eines Gehirns ein schwarzes Loch im Kopf. Es fiel mir merkwürdig schwer, die Augen zu öffnen. Dann sah ich die Apparate, die Infusionen, das Bett, auf dem die blinkenden Lichter der Monitore und der Notbeleuchtung gespenstisch leuchteten.

Ach, du Scheiße.

Kalte Angst krabbelte mir wie eine Spinne in den Nacken.

War wirklich passiert, was ich glaubte, das passiert war? War mein Körper nur noch eine von Maschinen am Leben gehaltene Hülle, in der ich gefangen war, ohne mich bemerkbar machen zu können?

Reflexartig wackelte ich mit den Zehen. Klappte das, oder bildete ich mir nur ein, eine Bewegung zu spüren?

Ich senkte den Blick und sah die Bettdecke zucken.

Okay. Weiteratmen. Zumindest mein linker Fuß gehorchte mir noch.

Was war mit dem rechten Bein?

Dana tauchte in meinem Sichtfeld auf. »Zombie?«

Sie starrte mich an, als wäre ich tatsächlich grade in meinem eigenen Grab aufgewacht. Ganz schlechtes Zeichen.

»Hörst du mich?«

Die Bettdecke am Fußende bewegte sich. Der rechte Fuß reagierte ebenfalls.

Linke Hand?

»Scheiße.« Mit zitternden Fingern zog Dana eine Taschenlampe aus der Brusttasche ihres Arztkittels, vermutlich, weil sie diese Bewegung Tausende von Malen gemacht hatte und es irgendwie automatisch das Erste war, womit sie prüfen wollte, ob ich noch funktionierte.

Meine linke Hand schloss sich zur Faust.

Rechte Hand?

Das Licht ging an. Ich kniff die Augen zusammen.

Dana heulte, während sie weiter versuchte, mir mit der Taschenlampe in die Augen zu leuchten.

»Verstehst du, was ich sage? Bitte, komm schon. Sag, dass du mich verstehen kannst, ja?«

Ich senkte den Blick.

Meine rechte Hand lag unübersehbar auf meinem Bauch auf der künstlich weißen, nach chemischer Reinigung stinkenden Bettdecke. Mit einem wie eine Wäscheklammer an den Mittelfinger geklippten Kabel, das meinen Puls registrierte. Ich konnte sehen, dass die Hand da war, aber ich hatte vergessen, wie ich sie benutzen konnte.

Also war irgendwas kaputt gegangen in meiner Birne.

Reflexartig hob ich die linke Hand und tastete vorsichtig meinen Kopf ab.

»Nicht anfassen!«, quietschte Dana erschrocken, aber ich fühlte schon die Kompresse, den Schlauch, meinen kahl rasierten Schädel.

Wow. Die hatten mir echt den Kopf aufgemacht?

Dana oder wer?

Das war … abgefahren. Freaky. Als wäre ich jetzt wirklich Frankensteins Monster.

»Auf den Arm könnte ich ja vielleicht verzichten, aber doch nicht auf die Haare, Mann.« Ich versuchte, ärgerlich zu klingen, hörte mich aber müde und irgendwie heiser an.

Dana hörte auf, mich zu blenden und zu heulen.

»Scheiße, Alter!«, flüsterte sie. »Du hörst mich und sagst nichts, du Arsch?!«

Der rechte Arm war definitiv weg. Ironie des Schicksals: Bis zur Ellenbeuge hatte ich mir die Haut abziehen, den blutigen Bizeps zerfleddern und den Oberarmknochen freilegen lassen. Ich hatte den Arm eines Toten haben wollen – bitte schön, da war er.

»Weißt du, wer ich bin?«, drängelte sich Dana hartnäckig wieder in mein Bewusstsein.

»Janet Jackson«, murmelte ich.

Dana sah aus, als wollte sie auf mich losgehen. Eddie legte meiner kleinen Schwester eine Hand auf den Unterarm, nahm ihr die Taschenlampe weg und drückte sie sanft auf den Stuhl neben dem Bett.

»Weißt du, wer das ist?« Dana deutete hektisch auf Eddie.

»Na, logisch.« Ich neigte den Kopf zur Seite. »Das ist mein Schutzengel. Siehst du ihren Heiligenschein nicht, oder was?«

Das Sprechen strengte mich an.

Eddie schloss erleichtert die Augen und ich schnallte, dass die beiden mächtig Schiss gehabt haben mussten, dass ich nur noch in sich wiederholenden Silben sprechen würde.

Was auch immer passiert war, es musste kritisch gewesen sein.

Was war passiert?

»Was ist mit deiner Hand?« Eddie griff meine wie tot auf meinem Bauch liegende Rechte und drehte sie vorsichtig um. Ich sah, dass ihre Finger über meine Handfläche strichen, doch das warme Prickeln, das sich normalerweise bei ihrer Berührung einstellte, spürte ich nicht.

Dana drehte meine Hand so, dass die Finger nach unten zeigten.

»Versuch, die Faust zu schießen. Mit der Schwerkraft geht es leichter.«

Ich wusste nicht mal, wie ich das anstellen sollte.

»Streng dich an.«

Meine linke Faust ballte sich verkrampft, meine Zähne knirschten, doch mein rechter Arm hing wie ein toter Fisch in Eddies Hand. Lediglich der kleine Finger zuckte.

Dana rümpfte die Nase. »Sieht aus, als müsstest du in Zukunft ohne deine rechte Gerade auskommen«, orakelte sie düster. »Aber mit einer ordentlichen Reha kannst du vielleicht irgendwann wieder Blümchen pflücken.«

Ich versuchte, mich aufzusetzen, doch Dana drückte mich sofort wieder ins Kissen.

»Liegen bleiben!«, fuhr sie mich schon viel weniger verzweifelt an. »Du bewegst dich keinen Zentimeter, solange ich es nicht erlaube. Haben wir uns verstanden?«

»Meine Füße funktionieren«, widersprach ich. »Wenn du glaubst, dass ich mir von einer dominanten Krankenschwester einen Nachttopf unter den Arsch schieben lasse, tickst du nicht sauber.«

Dana blinzelte mich mit großen Kulleraugen an.

»Ich glaube, du schätzt deine Lage nicht richtig ein, Bruderherz«, stellte sie fest, bückte sich und – winkte mit einem verfickten Urinbeutel, der an meinem Bett hing?!

»Nee! Scheiße, das ist jetzt nicht dein Ernst!«

Es war ein Gefühl, als hätte ich gerade bemerkt, dass sich eine giftige Viper zwischen meinen Beinen unter der Bettdecke versteckte hatte.

»Das geht nicht, Dana! Mach das Ding weg!«

Ach, du Scheiße! In dem Moment, in dem ich die Worte aussprach, ahnte ich, wie der betreffende Vorgang in der Praxis umgesetzt werden würde. Ich presste so hastig die linke Hand auf die Bettdecke, dass die Nadel in meiner Ellenbeuge ruckte und der Infusionsständer wackelte. »Nee, du nicht!«

Mein Blick wanderte zu Eddie. Wie war ich verflucht noch mal in so eine Scheißlage geraten?

Eddie war blass und kaute auf ihrer Unterlippe.

»Es tut mir leid. Adrian und ich hätten niemals allein zu Lokow fahren dürfen. Wärst du nicht aufgetaucht …« Sie verstummte.

Irgendwas klingelte in meinem Hinterkopf.

»Lokow?« Die Hackfresse des Dämons tauchte vor mir auf. Seine Container mit Teufelslogo. Der Brand. Der Mord an der Sekretärin. Wegen dem verfickten schwarzen Loch in meinem Kopf kriegte ich das alles nicht mehr zusammen.

»Juri Lokow?«, flüsterte Dana.

In Eddies grünen Augen veränderte sich etwas. Sie neigte den Kopf zur Seite und durchbohrte mit ihrem Blick Danas Stirn, um direkt in ihr Gehirn zu sehen und ihre Gedanken zu lesen.

Ihre Augen wanderten von Dana zu mir und wieder zurück zu Dana. Dann deutete sie mit einer Kopfbewegung zur Tür und meine Schwester folgte ihr hinaus.

Ich verfluchte das schwarze Loch in meinen Kopf, das ein paar entscheidende Erinnerungen gefressen zu haben schien.

EDDIE

In dem schmalen Raum gab es ein Bett, ein Waschbecken mit einem Papierkorb darunter, einen Tisch mit zwei Stühlen und eine Kaffeemaschine. Jede Gefängniszelle war besser ausgestattet als das Bereitschaftszimmer der Krankenhausärzte.

Dana stellte zwei schlecht gespülte Kaffeetassen auf den Tisch und teilte den Rest aus der Thermoskanne auf, bevor sie sich mir gegenübersetzte. Ich schloss die Hände um den lauwarmen Becher. Es war morgens um halb fünf, ich konnte das abgestandene, bittere Zeug gebrauchen.

»Du kennst Juri Lokow«, versuchte ich, das Gespräch an der Stelle fortzusetzen, an der ich Dana eben aus Zombies Krankenzimmer gelotst hatte. Ein hochkochender Blutdruck war vermutlich das Letzte, was du gebrauchen kannst, wenn ein Schlauch in deinem Kopf steckt. »Aus der Schule?«

Dana musterte mich nachdenklich.

»Was hat Zombie dir denn erzählt?«, erkundigte sie sich ausweichend.

Ach so? Zombie war nicht der Einzige, der sich vor dem Thema drücken wollte?

»Lokow hat ihn gemobbt, bis Zombie sich genug aufgepumpt hatte, um sich zu rächen. Was ihm, wie wir bereits wissen, die Jugendstrafe eingebracht hat«, fasste ich so knapp wie möglich zusammen. Ich wollte schließlich Danas Version der Geschehnisse hören, nicht die von Zombie.

Dana schluckte. »Mehr nicht?« Ihre Stimme bröckelte.

Was denn noch?

Verdammt! Ich begriff, dass das anscheinend längst nicht die ganze Geschichte gewesen war! Zombie hatte mir irgendwas verschwiegen. Offenbar etwas Wesentliches. Und Dana wollte jetzt ebenfalls nicht darüber sprechen.

»Was hat er denn vergessen zu erzählen?«, erkundigte ich mich so beherrscht wie möglich.

Der Kaffeebecher in Danas Händen fing an zu zittern. Angst flackerte über ihr Gesicht. Ihr Bruder reagierte in solchen Momenten normalerweise mit einem Aggressionsschub.

Dana senkte hastig den Blick, ihre Schultern verkrampften sich, der kalte Kaffee schwappte über ihre Hände.

Gut möglich, dass sie ebenfalls ausflippte, wenn ich sie jetzt unter Druck setzte. Das lag ja in der Familie.

»Lokow hat zwei Frauen ermordet«, appellierte ich an ihren Verstand. »Vielleicht sogar noch mehr.«

Dana sah mich mit großen, schwarzen Augen an.

»Einem Opfer hat er ein Halstuch in den Mund gestopft und es daran ersticken lassen«, fuhr ich fort. »Die zweite Frau hat ähnliche Verletzungen erlitten, bevor er ihre Leiche in einer Maschine geschreddert hat, die normalerweise Beton und Bauschutt zerkleinert. Und um ein Haar wäre es ihm gelungen, sie beim Befestigen von Fundamenten sauber zu entsorgen.«

Dana sprang auf und kotzte in den Mülleimer.

Verdammt, was war hier los?

Als sie den Mund am Waschbecken ausgespült hatte und mir wieder gegenübersaß, perlte Schweiß auf ihrer Stirn. Ihre raspelkurzen Afrolöckchen kräuselten sich in ihrem Nacken, der Bereich ihres Gesichtes zwischen Nase und Mund hatte sich grau verfärbt.

Ich musterte sie nachdenklich. In dem Moment, in dem Zombie zusammengebrochen war, hatte ich Lokow komplett vergessen. Sicher war er festgenommen und in ein Krankenhaus gebracht worden. Aber war Adrian noch in der Lage gewesen, die Tatortarbeit zu übernehmen? Hatte ich überhaupt jemandem gesagt, wo die Spurensicherung nach Efta Radus Leiche suchen musste? Sobald mein Gespräch mit Dana beendet war, würde ich telefonieren müssen.

»Lokow wird sich einen guten Anwalt leisten können«, erklärte ich Zombies Schwester eindringlich. »Alles, was du mir über ihn erzählen kannst, hilft uns, ihn für lange Zeit ins Gefängnis zu bringen.«

Dana schluckte.

»Sie waren immer zu viert«, sagte sie leise. »Christian Brosching war der Anführer der Clique. Er ist der Sohn eines Bankdirektors, der versehentlich eine Auszubildende geschwängert hat. Natürlich hat sein Vater seine Ehefrau deswegen nicht verlassen, aber er hat seinem Söhnchen alles in den Arsch geschoben. Juri war Christians Kumpel, weil Christian lieber mit ihm befreundet war, als von ihm terrorisiert zu werden. Zusammen haben Christian und Juri Mitschüler erpresst und verdroschen. Mark und Bertie waren eher Mitläufer.«

Die Namen sagten mir nichts.

»Sie waren immer hinter Zombie her«, sprach Dana weiter. »Zum Spaß, weil sie ein Opfer brauchten. Und der hat seine Fresse nicht halten können und hat sich immer wieder mit denen angelegt. Irgendwann haben sie beschlossen, ihn ein für alle Mal fertigzumachen.«

Dana bog ihre schlanken Finger nach hinten, bis es knackte.

Ich wartete darauf, dass sie weitersprach.

»Mittwochnachmittag«, fuhr sie schließlich fort. »November. Schulschluss. Fahrradkeller. Sie haben mich nicht gehen lassen. Viele haben das gesehen, sind aber trotzdem auf ihre Räder gestiegen und abgehauen.«

Mir wurde eiskalt.

»Christian hat mir meine Mütze in den Mund gestopft.« Dana schien würgen zu müssen. »Ich spüre heute noch die Wolle im Hals, die ganzen Fusseln. Ich konnte nicht atmen.« Dana rang nach Luft. »Irgendwann ist Zombie aufgetaucht. Christian hat gedroht, mich ersticken zu lassen, wenn er sich wehrt. Juri hat ihn zusammengeschlagen.«

Ich wollte das nicht hören.

»Dann hat Christian mich vergewaltigt und Juri hat Zombie gezwungen zuzusehen.«

O Gott …

Manchmal ist das Opfer nicht mal gemeint.

Ich fühlte mich wie gelähmt.

»Wie alt warst du?«, fragte ich schließlich. Meine Stimme krächzte.

»Zwölf.« Dana richtete sich auf. »Zombie vierzehn.«

Kein Wunder, dass er Lokow hatte umbringen wollen, als er Jahre später die Gelegenheit dazu bekam.

»Wir haben nie darüber gesprochen.« Dana schien sich etwas gefangen zu haben. »Vielleicht hätten wir das mal machen sollen …« Sie zuckte zusammen, irgendetwas schien ihr eingefallen zu sein. »Aber Eddie?«

»Ja?«

»Wenn es nicht unbedingt nötig ist, erzähl es nicht Mama, ja?«

»Ich bin nicht lebensmüde.«

Dana gelang ein Lächeln.

Mechanisch zog ich mein Notizbuch hervor und notierte die vier Namen, die Dana genannt hatte.

Juri Lokow. Der blieb in Haft, nachdem seine Schusswunden versorgt worden waren.

Christian –

»Brosching«, half Dana mir weiter. »Er ist heute Direktor der *Neuen-Bank*-Filiale in der Innenstadt«, fügte sie hinzu.

»Echt?«

»Hat artig seine Lehre gemacht und Papa hat dann schon für die Karriere gesorgt.«

Neue Bank, notierte ich und tippte mit dem Kugelschreiber auf den Zettel. Der Name war doch kürzlich erst gefallen? In welchem Zusammenhang war das gewesen?

»Und ›Mark‹?«

»Mark Oltmann. Der hat es auch zu was gebracht«, erklärte Dana zynisch. »Er ist seit Jahren Chef des städtischen Baudezernats, glücklich verheiratet und hat zwei Töchter.«

Baudezernat, notierte ich.

Kurz hielt ich inne. *Abrissunternehmer*, schrieb ich hinter Lokows Namen. Dann notierte ich dahinter auch die Namen von Lokows Mitarbeitern. *Anatoli*, hatte er einen genannt. Mit *Bastian* hatte Adrian gesprochen. Und hatte nicht irgendwer *Mecki* oder so gehießen? Und *Iwan Stepanovic* natürlich. Der hatte zwar eigentlich einen Schonarbeitsplatz in der Wachkoma-WG bekommen, aber wenn besonders vertrauenswürdige Mitarbeiter gefragt waren, stand er offensichtlich noch immer auf Lokows Gehaltsliste.

Ich kreiste alle ein und notierte daneben *Rocky-Gym, Grumme?*, denn zumindest bei einigen Mitarbeitern handelte es sich laut Zombie wohl um ehemalige Boxkumpel.

Wladi, fiel mir noch ein. *Baggerfahrer* und, ohne mit der

Wimper zu zucken, bereit, einen Mord für seinen Chef zu begehen.

Außerdem war da noch *Lokows Tante, stille Teilhaberin an Iwans Wachkoma-Business.*

Im gleichen Moment fiel der Groschen und ich erinnerte mich wieder, in welchem Zusammenhang von der *Neuen Bank* die Rede gewesen war.

Einen Kredit bei der Neuen Bank *hat er mir auch klargemacht,* hatte Iwan der Schreckliche erzählt. Existenzgründung mithilfe von Vitamin B, für die Iwan so dankbar war, dass er selbstverständlich mit anpackte, wenn mal eine Leiche entsorgt werden musste.

Ich starrte den Zettel an. Allmählich ahnte ich, wie weit das Netzwerk reichte, an dessen Fäden Lokow wie eine fette Spinne zupfte und knüpfte.

Ich überlegte kurz und schrieb *Zombie* und *Dana* auf die andere Seite, kreiste sie ein und verband sie mit den Namen der vier Männer, die als Jugendliche gemeinsam eine Vergewaltigung begangen hatten.

Einer fehlte mir noch, fiel mir auf.

Bertie.

Ich stellte die Kugelschreiberspitze auf den Namen und sah Dana an. Sie zuckte die Schultern.

»Bertie Schmittke ist so ein langer, dünner gewesen. Ich glaube, der hat Juri Geld gegeben, damit er nicht selbst von ihm verprügelt wurde. Ich hab keine Ahnung, was aus dem geworden ist.«

Fassungslos starrte ich Dana an.

Ich wusste es.

Eine bleierne Müdigkeit lähmte mich. War das dem Medikamentencocktail zu verdanken, der zweifellos in meinen Körper gepumpt wurde? Oder konnte eine Lähmung auch Stunden nach einer Hirn-OP noch eintreten?

Mein Blick wanderte zu Eddie. Irgendwann war sie mit zwei Aktenordnern unterm Arm wieder ins Zimmer gekommen, hatte mich geküsst und den Ordner dann an meinen Bauch gelehnt aufgeklappt.

Etwa einen halben Meter über ihr baumelte der Galgen.

Die längste Zeit meines Lebens war ich süchtig nach Sport gewesen. Jetzt konnte ich nicht mal mehr aufs Klo gehen. Seit Jahren war mir klar, dass ein Blasenkatheter ein richtig guter Grund war, mich zu erhängen.

Der dazu notwendige Galgen war in greifbarer Nähe. So nannten die Pflegerinnen nämlich den Plastikgriff, der über dem Bett baumelte – für den Fall, dass ich doch irgendwann wieder in der Lage sein sollte, mich daran hochzuziehen, um mich hinzusetzen.

Im Moment diente der Griff jedoch nur als Befestigung für das Kabel mit dem Klingelknopf, mit dem ich die Pflegerin rufen konnte. Das Kabel war lang genug, um den Galgen so zu nutzen, wie es sein Name vorsah.

Wahrscheinlich lag es daran, dass Eddie unter der Bettdecke meinen Oberschenkel kraulte wie das Kinn der Katze: Die tiefschwarze Verzweiflung, auf die ich wartete, wollte sich noch nicht einstellen. Der Galgen verschwamm über mir, mir fielen die Augen zu.

Ich hatte die ganze Zeit falsch herum gedacht.

Ich hatte geglaubt, Sigrid Funke wäre dahintergekommen, dass Lokow und Stepanovic mithilfe der Wachkoma-WG die SWBG betrogen, indem sie utopisch hohe Rechnungen ausstellten.

Umgekehrt gedacht ergab sich Folgendes: War Sigrid Funke dahintergekommen, dass Juri Lokow und ihr Chef, Herbert Schmittke, alte Kumpel waren? Und dass Schmittke als Leiter der Sanierungsabteilung Lokow die Aufträge zuschob, selbst wenn Lokow das Zehnfache von dem forderte, was andere Firmen auf die Rechnung setzen würden?

Natürlich berechnete Lokow nicht einfach Wucherpreise, das wäre doch zu durchsichtig gewesen. Er setzte teure Alibiposten mit auf die Rechnungen. Wenn kostspielige Asbestentsorgungen oder Betonbrecharbeiten aufgelistet waren und Schmittke als Leiter der Sanierungsabteilung deren fachgerechte Durchführung abgesegnet hatte, wer sollte dann auf die Idee kommen, dass etwas nicht stimmte?

Zombie war eingeschlafen, während ich mir sämtliche Unterlagen noch einmal mit dem Wissen vornahm, wer mit wem zur Schule gegangen war.

Sigrid Funke hatte Iwan Stepanovics Wachkoma-WG besucht und war dabei nicht nur auf die Pflegemängel gestoßen, sondern auch auf die Baustelle, die vier neue Pflegeplätze schaffen sollte.

Dann war sie in ihrer Abteilung über die 96.040,10 Euro-Rechnung der DEMON-GmbH gestolpert und hatte sie kopiert.

Hatte sie Schmittke davon berichtet? Ohne zu wissen, mit wem er gemeinsame Sache machte?

Mittlerweile hatte ich die Namen der vier an der Vergewaltigung beteiligten Männer gegoogelt. Die Positionen, in denen sie sich heute befanden, ermöglichten Betrug und Korruption im großen Stil. Und wenn mal etwas schiefging, dann war Juri Lokow mit seinem treu ergebenen Abrisskommando immer noch der Mann fürs Grobe, der Menschen einschüchterte und wenn nötig auch verschwinden ließ.

War das möglich?

Dass jemand die machtbesessene Sigrid Funke genug gehasst hatte, um sie im Affekt umzubringen, war eine Sache. Ein seit Jahrzehnten immer weiter durch die Stadt wachsendes Netzwerk aus Korruption und Verbrechen eine völlig andere.

Mein Blick wanderte zu Zombie. Das Kunstlicht der Monitore warf gespenstische Schatten auf sein Gesicht.

War ich durch seine alte Feindschaft mit Lokow auf das wahre Motiv für den Mord an Sigrid Funke gestoßen? Hatten wir es mit Korruption im großen Stil zu tun?

Ich würde den unscheinbaren Herrn Schmittke danach fragen.

Zombie

Das Gefühl kalter Finger in meinem Gesicht weckte mich.

Als ich die Augen öffnete, sah ich über mir den Galgen baumeln.

Der Albtraum war Realität. Ich war im Krankenhaus. Es musste schon Morgen sein, diffuses Tageslicht fiel durch das Fenster und erhellte den Raum, in dem ich mich zwischen all den Apparaten und Monitoren und Schläuchen und Kabeln wie ein Versuchskaninchen für verrückte Professoren fühlte, die medizinische Experimente am menschlichen Gehirn durchführten.

»Joseph, Gott sei Dank! Ich dachte, du bist tot!«

Dass ich das nicht war, war mit Sicherheit das Erste gewesen, was Dana Mama mitgeteilt hatte.

Das hinderte meine Mutter nicht daran, mit völlig verlaufener Wimperntusche neben meinem Bett zu hocken und zu flennen.

Eddie war weg.

Argwöhnisch musterte ich meine Mutter.

»Hast du Eddie rausgeschmissen?«, erkundigte ich mich gereizt.

Sie konnte ihr Heulen abstellen wie einen künstlichen Brunnen. »Sie wollte sowieso gerade gehen«, entgegnete sie schnippisch.

Ich hätte mich gern aufgesetzt, damit sie sich nicht über mich beugen und meinen Bart tätscheln konnte, als wäre ich ein zurückgebliebener Dreijähriger.

»Wo wollte sie hin?«

»Glaubst du, ich habe gefragt?«

Nicht nur, dass meine Beziehung zu Eddie das gesamte Weltbild meiner Mutter infrage stellte, sie brachte außerdem bis heute den Tod meiner kleinen Schwester Marleen mit meiner Freundin in Verbindung. Hundert Mal hatten Dana und ich versucht, ihr klarzumachen, dass Eddie Marleen nicht erschossen hatte. Auch wenn meine Mutter behauptete, das verstanden zu haben, war sie kein bisschen in der Lage, die Gefühle zu kontrollieren, die unweigerlich hochschäumten, sobald sie Eddie begegnete. Womit erklärt wäre, wem ich meine unterentwickelte Impulskontrolle verdankte.

»Überhaupt weiß ich nicht, was die sich rausnimmt. Natürlich kümmere ich mich um dich. Ich nehme die Kinder zu mir, solange du im Krankenhaus und in der Reha bist.«

»Mama!« Mit der funktionstüchtigen linken Hand packte ich den Plastikgriff am Galgen und zog mich hoch.

Das Bett unter mir begann zu schaukeln. Der regelmäßige Piepton, den der Apparat rechts von mir von sich gab, beschleunigte.

»Ich kann sowieso nicht verstehen, wieso du immer noch ausgerechnet diese Person ...«

... vögelst?

Mein warnender Blick brachte sie zum Schweigen.

Zumindest kurzzeitig.

»Mal ehrlich, Joseph: Die ist nicht dein Typ.«

Das war absurd. Ich war vierzig Jahre alt, lag mit einer Hirnblutung im Krankenhaus und musste meiner Mutter gegenüber rechtfertigen, mit wem ich schlief?

»Das habe ich ihr übrigens auch verklickert«, fügte sie hinzu.

»Was?«, schnappte ich.

»Ich meine, sie ist ja ganz niedlich, aber mit der langweilst du dich doch zu Tode. Das hat keine Zukunft mit euch.«

Okay, sie ließ mir keine Wahl.

Ich musste sie umbringen. Dana würde Verständnis dafür haben.

EDDIE

ANWOHNER PROTESTIEREN GEGEN PFLEGE-WG
IN WOHNGEBIET IN LANGENDREER

Ich überflog den Zeitungsbericht über die Wachkoma-Wohngemeinschaft, den ich schon einmal gelesen hatte.

»Wir wollen das hier nicht haben«, stellt Mieter Gernot Zeppel klar. Er wandte sich mit seinen Bedenken an die Stadtverwaltung.

»Wir haben keine rechtliche Möglichkeit, eine solche Wohngemeinschaft zu verhindern«, erklärt Baudezernatsleiter Mark Oltmann. »Der Bebauungsplan lässt diese Nutzung zu.«

Oltmann.

Tatsächlich.

Oltmann, Lokow, Brosching und Schmittke – die Verbindungen waren leicht zu finden, seit ich wusste, wonach ich suchte. Wer das Spiel mitmachte wie Iwan, den machten die vier reich. Wer ihnen in die Quere kam wie Sigrid Funke ...

Ich schaltete mein Handy aus und stieg aus dem Wagen.

Obwohl es Viertel nach acht am Samstagmorgen war, war die Eingangshalle des SWBG-Bürogebäudes erleuchtet. Eine Putzfrau feudelte den Boden.

Der Geschäftsführer würde gleich eintreffen, Kommissariatsleiter Böck hatte ihn herbeordert.

Rechts neben dem Eingang standen Adrian und Gregor zusammen mit Böck, der unruhig von einem Fuß auf den anderen trat. Bussi war mit Verstärkung und zwei Fahrzeugen der Spurensicherung angerückt und zwei Kollegen aus der Abteilung für Wirtschaftskriminalität fuhren gerade vor.

Mir fiel ein, dass ich mich weder gewaschen noch gekämmt hatte. Um kurz vor sieben war Zombies Mutter aufgetaucht. Keine Ahnung, wie sie um diese Zeit auf die Intensivstation gelangt war.

Jedenfalls hatte ich sie mit ihrem Sohn allein gelassen, unsere gleichzeitige Anwesenheit in seinem Zimmer hätte für Zombie unweigerlich Stress bedeutet. Außerdem wollte ich den Verbrechern, die Dana und ihn so sehr verletzt hatten, dass die beiden fünfundzwanzig Jahre lang nicht darüber hatten sprechen können, endlich das Handwerk legen.

»Guten Morgen.«

Adrian drehte sich zu mir um. Ein Pflaster klebte auf seiner geschwollenen Nase, der Bluterguss hatte sich unter seinen Augen verteilt.

Er nahm mich zur Seite.

»Was ist mit Rheinhart?«, erkundigte er sich. Und er tat wirklich so, als würde ihn das mehr interessieren als der Großeinsatz am Samstagmorgen, den er und Staatsanwältin Röhmer innerhalb der letzten Stunde auf die Beine gestellt hatten – nur aufgrund der Schlussfolgerungen, die ich nach einer durchwachten Nacht und einer Überdosis scheußlichen Kaffees gezogen hatte.

»Ist bei Bewusstsein.« Ich würgte an dem Kloß, den die Worte in meinem Hals verursachten. Wenn ich jetzt die Nerven verlor, ergriff Böck doch noch die Flucht. Der sah sowieso schon aus, als würde er am liebsten wegrennen.

Eine kleine Spitze konnte Adrian sich nicht verkneifen. »Schläfst du wirklich mit dem Irren?«

»Meinst du den Irren, der verhindert hat, dass du im Schredder landest?«, konterte ich.

»Ich sag doch, dass er eine Macke hat.« Adrian versuchte ein schiefes Lächeln und hielt mir einen Zettel hin. »Die Röhmer hat den Durchsuchungsbeschluss in Pyjama und Puschen unterschrieben. Sie kommt her, sobald sie geduscht hat.«

Er musterte mich mit Huskyblick.

»Bussis Leute sammeln immer noch Leichenteile aus dem Kies«, brachte er mich dann rasch auf den Stand der Ermittlungen. »Die DNA-Analyse läuft, es wird sich leicht feststellen lassen, ob das Opfer mit Lanta Radu verwandt war. Die Vertuschungsversuche laufen allerdings auch schon. Lokows Baggerfahrer behauptet, Efta Radu wäre seine Freundin gewesen.«

Ich stutzte. »Wladi?«

Adrian nickte. »Wladimir Stepanovic hat ausgesagt, Efta

Radu im Streit erwürgt zu haben. Angeblich hat er ihre Leiche heimlich geschreddert und Lokow hatte keine Ahnung, dass er mit ihren Überresten Fundamente auffüllen würde. Wladi ist übrigens der Neffe von Iwan Stepanovic, neunzehn Jahre alt, hat einen hochbezahlten Anwalt und gute Chancen, mit einer Jugendstrafe davonzukommen.«

»Was?«, schnappte ich.

»Mit Sigrid Funkes Tod will Lokow nichts zu tun haben. Und er hat einen ganzen Bus voller Anwälte engagiert.«

»Der wollte uns beide umbringen!«

Adrian zuckte die Schultern. »Er sagt, er wollte uns nur einschüchtern, weil wir unbefugt sein Gelände betreten haben. Er versucht, sich mit allen Mitteln rauszuwinden. Und keiner seiner Schläger sagt gegen ihn aus.«

Juri ist ein Guter, der lässt keinen seiner Jungs hängen.

»Damit kommt der nicht durch«, knurrte ich.

Adrian deutete mit dem Kopf auf das Verwaltungsgebäude der SWBG, in dem der Reinigungsdienst gerade in den oberen Etagen die Beleuchtung eingeschaltet hatte.

»Finden denn die Kollegen von der Wirtschaftskriminalität da drinnen irgendwas Hilfreiches?«

»Lokow hat der SWBG 96.040,10 Euro für die Entfernung von drei Wänden in Rechnung gestellt.«

Adrian hob die Augenbrauen.

»Und Schmittke hat das anstandslos abgenickt, während er bei anderen Firmen sogar die falsche Farbe eines Wasserhahns reklamiert. Für einen Auftrag dieser Art würde die Abrissfirma Berger aus Wattenscheid etwa zwanzigtausend Euro veranschlagen.« Den Preis hatte mir Berger vorhin genannt, nachdem ich ihn aus dem Bett geklingelt hatte. »Demnach hätten Schmittke und Lokow am Wachkoma-Umbau mal eben achtzigtausend Euro verdient. Macht vierzigtausend für jeden.«

»Dann sollten wir sämtliche Auftragsunterlagen beschlagnahmen«, erklärte Adrian den versammelten Kollegen.

»Und es kann nicht schaden, auf Verbindungen zur *Neuen Bank* und ins Bauamt zu achten«, fügte ich noch hinzu.

Zombie

Ich hatte schon ziemlich viel Ekelhaftes gegessen.

Rohe Eier, weil *Rocky* das im Film auch machte. Eiweißshakes, die nach Kleister mit Brausepulver schmeckten. Froschschenkel, weil Fickvorlage Nummer drei nach der Scheidung merkwürdige Mahlzeiten auf ihrem YouTube-Kanal zubereiten wollte, obwohl sowieso niemand wegen der Rezepte zusah.

Aber den weißen Schleim, den die Krankenschwester in einer Schüssel anstelle eines Frühstücks auf dem ausklappbaren Tisch neben meinem Bett positionierte, würde ich nicht herunterwürgen können.

Die höchstens Zwanzigjährige stellte per Knopfdruck das Kopfteil meines Bettes steiler, sodass ich beinahe aufrecht vor der Schüssel saß.

»Wollen Sie es selbst versuchen oder soll ich Sie füttern?«, erkundigte sie sich freundlich lächelnd.

Geht es noch?

Demonstrativ bewegte ich die funktionstüchtigen Finger meiner linken Hand.

Eddie

Um kurz nach halb neun parkte ich mein klappriges Auto vor einem dreistöckigen Wohnhaus in Bochum Gerthe, keine zehn Minuten Fußmarsch von Zombies und meiner eigenen Wohnung entfernt.

Beim ersten, flüchtigen Blick in die Akten der SWBG hatten die Kollegen bereits Zahlungen von fast einer halben Million Euro an die DEMON-GmbH entdeckt. Beinahe auf jeder Rechnung waren Betonbrecharbeiten oder Asbestentsorgungen aufgeführt. Und nervige Reklamationen wie bei den anderen Firmen, hatte es praktisch nicht gegeben.

Ich betrachtete einen Moment lang die sonnengelb gestrichene, saubere Fassade. Adrian trat zwischen mit Tannenzweigen winterfest gemachten Blumenbeeten an die Eingangstür.

Das war ein ganz normales, unauffälliges Haus, in dem normale, unauffällige Leute wohnten.

Leute wie Herbert Schmittke. Der magere, kahlköpfige Büroangestellte schien ein typischer Schreibtischtäter zu sein. Einer, der jeden Antrag dreimal prüfte und seine Sekretärinnen mit seiner Pedanterie in den Wahnsinn trieb. Nie im Leben hätte ich gedacht, dass ausgerechnet Schmittke seinen Arbeitgeber um zigtausend Euro betrog. Oder lachend danebenstand, während seine Schlägerkumpel Dana vergewaltigten.

Meine beste Freundin Dana.

Lokow und Schmittke hatten so dreist betrogen, dass Sigrid Funke schon hätte blind sein müssen, um nicht stutzig zu werden.

Hatte Funke Lokow selbst zur Rede gestellt?

Oder hatte sie mit ihrem Chef über ihren Verdacht gesprochen und Schmittke hatte seinem alten Kumpel gesteckt, dass seine Sekretärin gefährlich wurde? Woraufhin Lokow die Drecksarbeit erledigt hatte?

Ich trat neben Adrian an die Haustür. *I. und H. Schmittke* las ich auf dem Klingelschild.

Schmittke war verheiratet?

Adrian griff unter seine Jacke, zog seine Dienstwaffe hervor und kontrollierte das Magazin.

»Na gut«, nickte er dann. »Fragen wir Schmittke, ob Sigrid Funke hinter seine krummen Geschäfte gekommen ist.«

Bevor er klingeln konnte, ging die Haustür auf. Eine alte Frau mit strähnigem, schwarz gefärbtem Haar und einem Piercing in der Augenbraue schob einen Rollator heraus.

Ich hielt ihr die Tür auf.

»Schönen Dank, Herzchen«, murmelte die Frau undeutlich. Offenbar hatte sie vergessen, ihre dritten Zähne einzusetzen.

»Wohnt hier Herr Schmittke?«, erkundigte ich mich.

»Der Bertie, na klar. Zweiter Stock rechts«, nickte die Alte hilfsbereit.

»Mit seiner Frau?«

Ich deutete auf das Klingelschild.

»Garantiert nicht.« Die Nachbarin brach in schallendes Gelächter aus. »Eine Frau hat der noch nie mit nach Hause gebracht. Die Ilona ist seine Mutter, aber sie ist vor einiger Zeit gestürzt und jetzt im Pflegeheim ... Jedenfalls habe ich nicht mitgekriegt, dass er sie zurückgeholt hätte«, fügte sie nach kurzem Zögern hinzu. »Nein, die hätte ich gehört, wenn sie den armen Bertie zusammenfaltet. Der wäre ja schön blöd, wenn er sie wieder nach Hause holen würde.«

Zombie

Meine Mutter ging mir schon wieder auf den Sack.

Nachdem ich ihr einen Mord angedroht hatte, wenn sie noch ein einziges Mal versuchte, meine Freundin zu vergraulen, war sie eingeschnappt hinausgestampft.

Allerdings war sie Beleidigungen gegenüber resistent wie eine mutierte Bakterie gegenüber Antibiotika.

Keine halbe Stunde später war sie mit einem Coffee to go und der *Bild*-Zeitung unter dem Arm wieder hereinmarschiert, um weiter zu jammern, wie ungerecht es war, dass das Schicksal ausgerechnet ihr immer wieder in die Fresse schlug. Dabei war ich derjenige mit dem Blasenkatheter. Sie schien sich auf einen längeren Krankenhausaufenthalt einzustellen.

Dana freute sich darüber, sie tauchte im Halbstundentakt auf und hatte nervtötend gute Laune.

Ich nicht. Eddie war nicht da und nun verdüsterte sich meine Stimmung minütlich. Ich hoffte nur, dass Eddie sich um unsere Kinder kümmerte und sich nicht wirklich von meiner Mutter hatte vertreiben lassen.

Ich ließ Mama den Frühstücksschleim auffuttern. Sie war noch härter drauf als ich und aß wirklich alles. Irgendwann hatte ich ihr mal das Trockenfutter der Katze als Knabberkram hingestellt und sie hatte nichts übrig gelassen.

Eddie

»Frau Beelitz?«

Herbert Schmittke guckte mich an, als stünde ein Gespenst vor seiner Wohnungstür.

Ich sah an mir herunter. Gut, ich hatte auf dem Stuhl neben Zombies Krankenbett geschlafen und trug immer noch die zerrissenen Jeans und den Pullover, in dem mich Iwan der Schreckliche gestern in den Dreck auf dem Schutt-Recycling-Platz getreten hatte. Aber einen wesentlichen Unterschied zu meinem sonstigen Styling machte das nicht. Warum Schmittke mich anguckte, als würde er mir zum ersten Mal begegnen, war mir daher nicht ganz klar.

Es sei denn ... er hätte nicht damit gerechnet, mir noch mal gegenüberzustehen.

Ich musterte den mageren Mann scharf.

»Entschuldigung«, entgegnete der Abteilungsleiter in dem Moment hastig. »Sie überfallen mich ein wenig.«

Schmittke trug eine knielange, dunkle Boxershorts, aus der dünne, unbehaarte Beine ragten, und dazu ein zartrosafarbenes Oberhemd, das er eilig übergeworfen und schief zugeknöpft hatte.

»Ich fahre gleich ins Büro, durch Frau Funkes Tod ist in dieser Woche einiges liegen geblieben. Dort empfange ich Sie gern – sagen wir in einer Stunde?«

Er wollte den Eingang hastig wieder schließen, doch Adrian legte seine Hand an das Türblatt und hielt gegen.

Schmittke war nicht sonderlich kräftig und auch nicht entschlossen genug, um die Tür trotz Adrians Widerstand zuzudrücken.

»Wir haben ein paar Fragen an Sie, die keinen Aufschub dulden, Herr Schmittke.«

Bevor der Abteilungsleiter antworten konnte, schubste Adrian die Wohnungstür auf.

Schmittke wich vor uns zurück in einen düsteren Flur. An einer überfüllten Garderobe hingen Schirme und Handtaschen. Und neben einem schwarzen und einem sandfarbenen Mantel registrierte ich einen alten Pelz, der aussah, als würden Motten darin wohnen. Wenn Schmittke kein Transvestit war, gehörte der Kram vermutlich seiner Mutter.

Es roch muffig, so als wäre irgendwann mal was in einer Ecke verschimmelt und seitdem nicht mehr gelüftet worden. Wer Kinder hatte, die Bananenschalen hinter der Heizung deponierten, weil sie zu faul waren, zum Mülleimer zu gehen, wusste, was ich meinte.

Schmittke winkte uns hastig in eine enge Küche, deren einziges Fenster nach vorn in Richtung Straße hinausging. Aus der Anzahl der Türen im Flur schlussfolgerte ich, dass es neben einem Bad nur noch zwei weitere Räume in der Wohnung gab. Hatte Schmittke mit seiner Mutter zusammen in so beengten Verhältnissen gelebt?

Von seinem Gehalt könnte er sich doch eine größere Wohnung leisten. Vor allem wenn er seine Einnahmen, wie ich unterstellte, mithilfe von systematischem Betrug deutlich aufbesserte.

Als ich in die Küche trat, bekam ich ernsthafte Zweifel daran, dass der glatt rasierte Anzugträger, der ja gerade mal zwei Jahre älter als Zombie war, wirklich hier lebte.

Es gab eine Eckbank, einen Tisch mit geblümter Plastikdecke und vergilbte, bröselnde Tapeten aus den Siebzigern. War es möglich, dass Schmittkes Mutter seit Monaten im Pflegeheim untergebracht war und er die Eckbank noch nicht entsorgt hatte?!?

Adrian zog den Protokollblock hervor.

Ich musterte meinen Vorgesetzten scharf.

Garantiert werde ich heute nicht deine Tippse spielen! Wir wissen doch beide, dass du ohne mich nicht hier wärst. Und du hast sogar jetzt noch keine Ahnung, wie alt und eng die Verbindung zwischen Schmittke, Lokow, Brosching und Oltmann tatsächlich ist.

Auffordernd hielt Adrian mir den Block entgegen.

Vergiss es!

Statt die Protokollzettel entgegenzunehmen, angelte ich einen Kugelschreiber aus meiner Jackentasche und drückte ihn meinem Teamchef in die Hand.

Eine Sekunde lang starrte Adrian mich ungläubig an.

Dann schluckte er sichtbar und wandte sich wortlos zum Küchentisch.

Ich blinzelte.

Adrian setzte sich auf die Eckbank, drückte das Pflaster fester auf seine Nase und wartete auf etwas, das notiert werden konnte.

Na bitte. Ging doch.

»Wohnen Sie mit Ihrer Mutter hier?«, platzte ich mit einer Frage heraus, bevor mein Teamchef es sich doch noch anders überlegen konnte.

Schmittkes rahmenlose Brille vergrößerte seine Augen. Sie schienen eckig, weil er die Oberlider so stark unter die Brauen presste.

»Bis vor etwa einem halben Jahr, ja. Seit einem Sturz ist sie in einer Seniorenresidenz untergebracht. Kaffee?«

In seinem verrutschten rosa Hemd, Socken und Boxershorts nahm Schmittke eine schwarze Thermoskanne mit goldfarbenen Blümchen von der Anrichte. Der sonst so akkurat gekleidete Abteilungsleiter schien nicht vorzuhaben, sein Erscheinungsbild zu korrigieren. Irgendetwas stimmte hier ganz und gar nicht.

Mein Blick wanderte zu Adrian. Die Situation schien ihn nicht so sehr zu verwirren wie mich.

»Haben Sie schon immer hier gelebt?«, fragte ich nach.

Der Abteilungsleiter rumste die Kanne auf die wellige Plastiktischdecke. »Meine Mutter hat einen angeborenen Hüftschaden. Sie war immer schon stark gehbehindert und benötigte ihr Leben lang Hilfe.«

Das war ebenfalls ein Ja.

Ich kaute nachdenklich auf meiner Oberlippe, während mein Blick durch die Küche wanderte. Eine Wohnung wie auf einer Polaroidaufnahme.

Herbert Schmittke war hier zur Schule gegangen. Gemeinsam mit Lokow und Zombie. Er hatte sein ganzes Leben lang bei seiner Mutter gewohnt.

»Sie kennen Juri Lokow bereits aus der Schule, Herr Schmittke«, stellte ich fest.

Schmittke verschränkte die Arme. »Wieso interessiert Sie das?«

»Die DEMON-GmbH arbeitet eng mit der SWBG zusammen. Sie erhält ihre Aufträge vor allem von der von Ihnen geleiteten Sanierungsabteilung.«

Schmittke zuckte die Schultern. »Juri ist einer unserer verlässlichsten Geschäftspartner. Die Zusammenarbeit mit ihm hat sich bewährt. Er arbeitet zügig und zu unserer vollsten Zufriedenheit und stellt außerdem alle notwendigen Maschinen zur Verfügung. Im Bauwesen sind verlässliche Handwerkspartner heutzutage Gold wert.«

»So kann man es ausdrücken, wenn der Abriss von drei Zwischenwänden 96.040,10 Euro kostet«, nickte ich ironisch.

Schmittke funkelte mich ärgerlich an. »Wenn Sie den Ausbau der Wachkoma-Wohngemeinschaft meinen – dort stand auch noch eine Asbestentsorgung an. Solche Sanierungsarbeiten an alten Häusern sind nun einmal kostspielig.«

»Hatte Lokow Sie darum gebeten, sich für das Projekt von Iwan Stepanovic einzusetzen?«, wollte ich wissen.

Schmittke presste die schmalen Lippen zu einem Strich zusammen. »Das Konzept von Herrn Stepanovic hat mich davon überzeugt, dass die SWBG der richtige Partner für ihn ist. Immerhin sind wir eine *soziale* Wohnungsbaugesellschaft – die SWBG sieht es als ihre Aufgabe an, benachteiligten

Menschen bezahlbaren Wohnraum zur Verfügung zu stellen. Von der Ausgrenzung pflegebedürftiger Menschen aus dem alltäglichen Miteinander halte ich nichts.«

Hm.

»Wussten Sie, dass auch Ihr alter Freund Christian Brosching die Pflege-WG unterstützt hat? Erst durch den Kredit der *Neuen Bank* konnte Herr Stepanovic in das Projekt einsteigen.«

Schmittkes Augen wurden schmal. Er begriff, dass ich die alten Verbindungen hinter den korrupten Machenschaften durchschaut hatte.

»Frau Funke ist über die Umbaukosten gestolpert«, erklärte ich. »Hat sie das Ausmaß Ihres Betrugs durchschaut?«

Schmittkes Gesicht verfärbte sich passend zum schief sitzenden Hemd. Noch immer machte der Büroleiter keine Anstalten, etwas an seiner derangierten Erscheinung zu ändern.

»Frau Funke war krankhaft streitsüchtig«, zischte er.

»Was nichts daran ändert, dass sie recht hatte. Haben Sie mit Juri Lokow über das Problem mit Ihrer Mitarbeiterin gesprochen?«

Schmittke funkelte mich wütend an. »Es gab kein Problem. Ich sage nichts mehr ohne Anwalt.«

»Sie sollten sich etwas anziehen«, nickte ich. »Sie werden uns auf das Präsidium begleiten müssen.«

»Gar nichts muss ich.« Schmittke rührte sich nicht von der Stelle.

»Sollen wir Sie in Unterhose mitnehmen?«, wunderte sich Adrian.

Schmittkes Blick flitzte zu ihm hinüber. Dann erhob er sich langsam.

Er wollte keine Hose anziehen? Wieso nicht?

»Ich müsste mal auf die Toilette«, sagte ich und erhob mich.

Sekundenlang blieb Schmittke vor der Küchentür stehen, als wollte er mich nicht hinauslassen.

»Die erste Tür rechts«, knirschte er dann zwischen den aufeinandergepressten Zähnen hindurch.

Adrian sah mich fragend an.

Schmittke ließ mich vorbei, deutete durch den muffigen, düsteren Flur und wartete, bis ich die Tür zum Badezimmer öffnete.

Ich betrat den bordeauxrot gekachelten Raum. Es gab einen plüschigen Überzug auf dem Klodeckel, dessen Farbe zu den altrosa Badematten passte, eine Wanne mit einer Antirutschmatte darin und einen geblümten Duschvorhang. Es roch penetrant nach dem chemischen Zitronenduft eines WC-Steins. Neben mehreren Lockenwicklern bemerkte ich zwei Zahnputzbecher auf der Ablage über dem Wachbecken und einen schmuddeligen Bimsstein, mit dem man sich die Hornhaut von den Füßen schrubben konnte, auf dem Badewannenrand.

Schmittkes Mutter war seit einem halben Jahr im Pflegeheim, aber der gammelige Hornhaut-Wegschrubber lag noch auf der Wannenkante?

In seinem Büro, das so was wie seinen natürlichen Lebensraum darstellte, war mir Herbert Schmittke vollkommen unauffällig vorgekommen. Aber hier in seiner Wohnung war offensichtlich, dass irgendetwas mit ihm nicht stimmte.

Kam Muttersöhnchen Schmittke allein nicht zurecht? Wagte er nicht, irgendetwas in der Wohnung zu verändern, weil er sich die Erinnerungen erhalten wollte?

Ich schlüpfte zurück in den Flur und hörte Schmittkes gedämpfte Stimme im Raum nebenan.

»Ja, *Soziale Wohnungsbaugesellschaft.* – Ich kann Herrn Lokow nicht auf seinem Handy erreichen … – Wirklich?«

Schmittke wollte mit Lokow sprechen.

Dummerweise war dem das Handy in der Untersuchungshaft abgenommen worden.

Ich erinnerte mich, wie Schmittke mit dem Telefon am Ohr hinter seinem Schreibtisch gesessen und mich beobachtet hatte, während ich mit seiner neuen Sekretärin geredet hatte. Jetzt fragte ich mich, ob er da vielleicht auch seinen Kumpel Lokow am Apparat gehabt und ihm berichtet hatte, dass ich herumschnüffelte.

Natürlich. Garantiert hatte Schmittke Lokow die ganze Zeit über die Polizeibesuche auf dem Laufenden gehalten. Und nebenbei hatte er ihm womöglich auch meinen Vornamen verraten.

Ich huschte zu der zweiten Zimmertür hinüber. Dahinter vermutete ich ein Wohnzimmer. Oder das noch immer unverändert erhaltene Zimmer der Mutter.

So leise wie möglich drückte ich die geschwungene Messingklinke herunter und schob die Tür auf.

Einen Moment lang war ich zu geschockt, um zu schreien.

Zombie

Meine Fresse – jetzt hatte ich den Geisterbahnlook perfektioniert.

Vorhin hatte mir ein kleiner dunkelhäutiger Arzt den Schlauch aus dem Kopf gezogen, die Elektroden von meiner Brust gerupft und mich von der Intensivstation auf die Neurologie verlegt.

Und eben war eine winzige Physiotherapeutin mit blondem Zopf aufgetaucht und hatte mir geholfen, mich hinzusetzen und die Beine aus dem Bett baumeln zu lassen. Sie hatte mir auch in meine schwarze Boxershorts geholfen, die irgendwer mitgebracht hatte. Und sie hatte den Urinbeutel durchs Hosenbein gefummelt.

Dann hatte sie mir allerdings erklärt, dass ich heute leider noch nicht aufstehen könne. Es sei zu riskant. Nicht etwa, weil man mir gestern am Hirn herumoperiert hatte, sondern bloß, weil ich zu groß war.

Die Therapeutin ging mir nur bis zur Brust und wog nicht mal halb so viel wie ich. Sie hatte Angst, mich nicht halten zu können, falls ich umkippte.

»Sie meinen, theoretisch könnte ich aufstehen?«, hatte ich geschlussfolgert. »Wie soll das gehen, mit dem Ding?«

Das EKG war ich los, den Pulsmesser, der wie eine Wäscheklammer an meinem Finger hing, konnte ich einfach abziehen, aber den verfickten Urinbeutel hatte ich ja noch am ... Schwanz.

»Den nehmen wir dann einfach mit.« Die Frau hatte das Ding vom Bett abgehakt, mir in die Hosentasche gesteckt und die Schultern gezuckt.

»Morgen bringe ich einen Kollegen mit. Dann schauen wir mal, wie es klappt«, hatte sie mir versprochen.

Ich sah keinen Grund zu warten und war einfach aufgestanden.

»Herr Rheinhart!«, hatte die Therapeutin erschrocken gequietscht. »Bitte! Bitte, setzen Sie sich wieder! Ich – äh, lassen Sie mich wenigstens schnell einen Rollator holen. Dann können Sie sich festhalten, wenn es wacklig wird, ja?«

Garantiert nicht. Ein bisschen Schwindel haute mich schon nicht um, aber bevor ich einen Rollator anfasste, lernte ich fliegen.

Sie war mir ins Badezimmer gefolgt und hüpfte jetzt hysterisch um mich herum. Allerdings hielt sie Sicherheitsabstand.

Kein Wunder, stellte ich beim Blick in den Spiegel fest. Ich hatte es tatsächlich fertiggekriegt, mich mit meinem Zombielook selbst zu erschrecken.

Die mit orangefarbenem Jod beschmierte Narbe an meinem ziemlich genau zur Hälfte kahl rasierten Schädel war ein Hingucker. Sah aus, als hätten sie ein Stück Knochen rausgesägt und wieder eingebaut. Aber ein echter Schocker war mein Gangbild. Irgendwie kriegte ich die Füße nicht richtig hoch und mein rechter Arm baumelte leblos neben meinem Körper. Er zog die gesamte rechte Schulter mit runter, als würde er einen Zentner wiegen.

Auch mein rechtes Bein kam mir schwerer vor als das linke. Ich bewegte mich wie ein besonders gelungenes Exemplar der wandelnden Toten in *The Walking Dead* und sah aus, als hätte ich drei Stunden in der Maske verbracht. Wahrscheinlich war Eddie gar nicht vor meiner Mutter geflüchtet.

Was das bedeutete, war offensichtlich: Liegestütze, Klimmzüge, Hanteltraining, Boxen – das konnte ich alles vergessen. Ich hatte das einzig wirksame Mittel, meine Aggressionen zu kontrollieren, verloren. Ich schloss die Augen.

»Herr Rheinhart? Geht es Ihnen nicht gut?«, quiekte die Therapeutin schrill.

Hm, irgendwie ließ mich die Gewissheit, nie wieder der Größte, Stärkste und Brutalste von allen zu sein, merkwürdig kalt. Mit was zum Teufel dröhnten die mich zu?

Eddie

Der Raum war überheizt, der Geruch nicht besonders stark, aber unverkennbar.

Diffuses Tageslicht durchdrang die zugezogenen Gardinen. Mir fiel auf, dass der Stoff mit Klebeband an der Tapete befestigt war. Es dauerte einen Sekundenbruchteil, bis sich meine Augen an das Halbdunkel gewöhnt hatten und ich die Person erkennen konnte, die im Fernsehsessel saß und anscheinend auf den dunklen Bildschirm in der Kirschholzwohnwand gegenüber starrte.

Wie gelähmt stand ich in der Tür.

Schließlich tastete ich nach dem Lichtschalter. In dem verstaubten Lampenschirm mit Troddeln am Rand flammte eine alte Glühbirne auf und tauchte das Zimmer in warmes Licht.

Das Gesicht war gelbbraun. Das etwa fünfzehn Zentimeter lange, dünne, graue Haar stand vom Kopf ab. Ich registrierte die vertrockneten Finger auf den Armlehnen und die knochigen Beine, die ausgestreckt auf dem zum Sessel gehörenden Hocker lagen. Die in grauen Plüschpuschen steckenden Füße. Weil die mumifizierte Leiche einen lachsfarbenen, verwaschenen Bademantel trug, ging ich davon aus, dass es sich um eine Frau handelte.

Schmittkes Mutter.

Von wegen Pflegeheim!

Ich trat einen Schritt in das enge Zimmer hinein, achtete darauf, den Tisch nicht zu berühren, auf dem die Fernsehzeitung neben einigen Bierflaschen und einem vollen Aschenbecher lag.

Der Kopf der Toten war nach hinten gekippt. Die Augen waren in den tiefen Höhlen versunken. Vertrocknet. Ihr Mund stand offen, die Lippen hatten sich zurückgezogen, sie bleckte die gelben Zähne.

Zwischen den Zähnen …

Sie hatte den Mund nicht schließen können, weil ein rotweiß karierter Stoff den gesamten Rachenraum füllte. Ein Küchenhandtuch vielleicht.

Wie das Halstuch bei Sigrid Funke.

Eiskalt rieselte mir die Erkenntnis den Rücken hinunter: Wie damals die Wollmütze bei Dana.

»Sie müssen das verstehen. Sie hat mich mein Leben lang gequält.« Herbert Schmittke stand hinter mir. »Dabei habe ich mich immer um sie gekümmert.«

Ich nickte vorsichtig. »Irgendwann haben Sie es nicht mehr ausgehalten. Und da haben Sie getan, was Lokow und Brosching vor fünfundzwanzig Jahren bei der Vergewaltigung von Dana Rheinhart vorgemacht haben.«

Vorsichtig drehte ich mich um.

Herbert Schmittke hatte einen sauberen, grauen Anzug über das rosafarbene Hemd gezogen und eine Krawatte umgelegt. Der Knoten saß akkurat.

Ich unterdrückte den Impuls, meine Waffe zu ziehen.

»War Ihre Mutter übergewichtig?« Der mumifizierten Leiche sah man das nicht mehr an.

Schmittke runzelte irritiert die Stirn, nickte dann aber.

»Sie konnten nicht mehr aufhören«, schlussfolgerte ich. »Haben Sie schon öfter Prostituierte misshandelt?«

Schmittke schluckte.

Die Antwort stand ihm ins Gesicht geschrieben.

Ich versuchte, die Fakten in die richtige Reihenfolge zu bringen.

»Als Sigrid Funke Ihnen den Betrug vorgeworfen hat, haben Sie sie auf die gleiche Art zum Schweigen gebracht?«

Schmittkes Kiefer spannten sich, Zorn flackerte über sein Gesicht.

»Ich habe ihr Geld angeboten«, zischte er. »Aber sie hat mich einen Idioten genannt.«

Er kam auf mich zu.

Meine Hand zuckte unter meine Jacke.

»Sie hatte Spaß daran, Leute fertigzumachen.«

»Wie Ihre Mutter.« Adrian erschien hinter Schmittke in der Wohnzimmertür.

Anscheinend hatte er schon eine Weile im Flur gestanden und mitgehört.

Schmittke wirbelte herum.

»Sie haben Sigrid Funke umgebracht. Nach Funkes Streit mit Kalle Pflog«, schlussfolgerte Adrian weiter. »Sie sind ihr an dem Morgen zu der Klempnerfirma gefolgt, nicht wahr? Hatte sie Ihnen vorher erzählt, dass sie Lokow für einen Betrüger hält? Wollte sie ihren Verdacht vielleicht sogar der Geschäftsführung melden?«

Schmittkes Blick flitzte panisch zwischen Adrian und mir hin und her.

»Sie haben sich an die alte Zechenhalle erinnert, die Lokow für die SWBG abreißen sollte, und haben Funke unter einem Vorwand auf das Gelände gelockt«, fuhr ich fort. »Hat Lokow die Leiche für Sie in die Halle geschleppt? Oder hat er Ihnen einen Mitarbeiter seines Vertrauens geschickt? Blöd nur, dass der Obdachlose die Tote so schnell entdeckt hat, nicht wahr?«

»Und nachdem die Polizei im Fall Funke ermittelte, ist Ihnen eingefallen, dass Efta Radu Verletzungen aufwies, die auf eine Verbindung zu dem Mordfall hindeuten«, ergänzte Adrian. »Wer hat den Brand gelegt? Lokow selbst?«

Nein, der hatte Efta ja ausfindig gemacht und ihrem Bruder Geld dafür gegeben, dass er sie verschwinden lassen konnte, fiel mir ein. Wenn jemand den Brand gelegt hatte, dann der Elektriker, den die SWBG schon seit Wochen hatte schicken sollen. Eine Information, an die Schmittke leicht herankommen konnte.

Den Elektriker hatte Lanta Radu als einen deutlich jüngeren Mann beschrieben. Mit einer sichelförmigen Narbe auf der Wange …

»Wladi«, begriff ich. Der baggerfahrende Neffe von Iwan dem Schrecklichen.

Schmittke senkte den Blick und starrte zu Boden. Er presste die Lippen fest aufeinander.

»Jedenfalls wird uns Eftas Schwester Lanta sagen können, ob Sie derjenige waren, der auf ihre Schwester losgegangen ist«, stellte ich fest. »Herr Schmittke, Sie sind wegen des dringenden Verdachtes des Mordes an Ihrer Mutter und Ihrer Mitarbeiterin Sigrid Funke vorläufig festgenommen.«

Herbert Schmittke rückte seine Krawatte gerade.

Zombie

Ich konnte nicht glauben, dass ich die dominante Schwester Kerstin angebettelt hatte, damit sie mir den verfickten Katheter heute schon entfernte.

Dana hatte zähneknirschend die ärztliche Erlaubnis gegeben. Doch die Möchtegerndomina hatte die Peitsche geschwungen und erklärt, dass sie nicht vorhatte, sich von mir verarschen zu lassen. Ich sollte mal darüber nachdenken, dass ich gestern erst am offenen Gehirn operiert worden war.

Also hatte ich die Taktik geändert und es erst mit Schleimen, dann mit Betteln versucht.

Darauf war sie angesprungen. Mich ein bisschen erniedrigen zu können, törnte sie definitiv an. Und weil sie außerdem befürchten musste, dass ich nach dem Schichtwechsel die nächste Pflegerin dazu kriegen würde, mich einfühlsamer von dem Ding zu befreien, als ich es verdiente, hatte sie sich doch noch weichkochen lassen.

Jetzt brauchte ich vernünftige Klamotten. Und wo zum Teufel war mein Handy?

»Sie sind mir ein bisschen zu aktiv«, stellte Schwester Kerstin missbilligend fest. »Ich schicke Ihre Mutter nach Hause. Vor heute Nachmittag braucht hier keiner mehr aufzutauchen. Sie ruhen sich jetzt nämlich erst mal aus.«

Sie befestigte eine weitere Infusion an dem Schlauch in meiner Ellenbeuge und drehte an dem Plastikregler, sodass das Zeug ziemlich flott in meine Blutbahn sickerte.

Wie bei einem gereizten Pitbull vermied ich es, ihr in die Augen zu sehen. Sonst verpasste sie mir womöglich eine Dröhnung, die mich für die nächsten drei Tage ins Koma versetzte.

Eddie

Mein Smartphone summte. Ich schrak zusammen, zog hektisch den Reißverschluss des Plastikoveralls auf und fummelte mein Telefon aus der Hosentasche.

Dana.

Meine Hände zitterten, als ich den Anruf entgegennahm.

»Er kann aufstehen«, flüsterte meine Freundin.

Mir schossen Tränen in die Augen.

»Und er hat sich mit der Krankenschwester angelegt.«

»Gott sei Dank.« Ich sank auf die Motorhaube des Fiesta.

»Es kann immer noch Komplikationen geben«, ruderte Dana hastig zurück. »Und ein Restrisiko, dass es irgendwann wieder zur Hirnblutung kommt, bleibt. Wie viel Funktion der Arm wiederbekommt, ist fraglich. Allerdings ist seine Neigung zu zwanghaftem Training in diesem Fall ausnahmsweise ein Vorteil.«

Der Arm war mir völlig egal.

»Wir haben ihn erst mal ruhiggestellt, aber er wird schon

wieder schwierig. Und meine Mutter werde ich auch nicht los. Wann kommst du?«

Die Verzweiflung in Danas Stimme war nicht zu überhören. Das Telefon noch am Ohr, begann ich bereits, die Fußüberzieher abzustreifen und mich aus dem Overall zu schälen. »Bin unterwegs.«

Dana atmete auf. »Super. Dann kannst du ihm ja verklickern, dass er mindestens eine Woche im Krankenhaus bleiben muss und danach in die neurologische Reha – sechs Wochen Minimum, eher acht bis zwölf.«

Ich warf einen Blick auf die Uhr. Es war nach drei. Der gesamte Hausabschnitt war abgeriegelt.

An Schmittkes Garderobe hatte der Erkennungsdienst nicht nur einen sandfarbenen Mantel sichergestellt, sondern auch eine knallrote Lederhandtasche, in der sich neben dem Schlüssel des silbergrauen Polos auch das Portemonnaie und die Papiere von Sigrid Funke befunden hatten.

Schmittke saß in Untersuchungshaft. Seine DNA würde mit den Partikeln, die unter Sigrid Funkes Fingernägeln gefunden worden waren, abgeglichen werden.

Gregor befragte die Nachbarn, Adrian erläuterte der Staatsanwältin und unserem Chef Böck den Sachverhalt. Der Rechtsmediziner war eingetroffen. Ich wurde nicht mehr gebraucht.

»Ich hole nur noch die Kinder«, sagte ich zu Dana.

Als ich das Telefon in die Innentasche meiner Jacke steckte, fiel mir das kleine, viereckige Plastikkästchen in die Finger.

Ich zog es heraus und betrachtete nachdenklich die silberne Aufschrift auf dem Deckel.

»Ach, du Scheiße.«

Ich wurde wach, weil etwas mit Schwung auf meinem Bett landete, nicht sonderlich vorsichtig über mich hinwegkrabbelte und im nächsten Moment neugierig meine kahl rasierte linke Kopfseite antippte.

»Tut ihm das weh?«

Jo.

»Stirbt Jo jetzt, Mami?«

Lotti.

Und Mami war anscheinend auch da. Na endlich. Mir fiel ein Felsen vom Herzen. Vorsichtshalber ließ ich die Augen zu. Sonst könnte Eddie mir womöglich ansehen, dass ich eine halbe Panikattacke gehabt hatte, weil sie so lange weg gewesen war. Ich benahm mich wie ein Köter, den Frauchen das erste Mal allein zu Hause ließ.

Eddie durfte natürlich auf keinen Fall denken, dass ich klammerte oder sie einengen wollte. Oder – Fuck! – dass sie bei mir bleiben und sich um mich kümmern musste, weil ich jetzt ein verdammter Pflegefall war!?

Boah, die dreifachen Saltos, die meine Gedanken wegen der Frau schlugen, überforderten mich echt.

»Haben die ihm den Kopf aufgeschnitten, Eddie?« Jo tippte wieder auf meinen Schädel. Unauffällig legte ich meinen linken Arm um meine Tochter und hielt sie fest. Jo schlang ihre Ärmchen um meinen Hals.

»Das musste sein, damit er wieder gesund werden kann, Schatz«, beruhigte Eddie sie.

Okay, ich war im Himmel.

Scheiß was auf Hanteln und Liegestütze – den Bad Boy vom Dienst spielte ich doch sowieso schon lange nicht mehr. Ich brauchte nicht länger auf die große Depression warten: Dass mein verficktes altes Leben endgültig vorbei war, kratzte mich nicht. Es war verdammt geil, dass ich noch eine Chance kriegte.

»Das sieht echt horror aus«, stellte Jaz fest. »Bist du sicher, dass er noch lebt?«

»Dana sagt, er hat Beruhigungsmittel bekommen«, erklärte Eddie mit gesenkter Stimme.

»Sind Sie nicht ganz richtig im Kopp? Wie können Sie die Kinder hierherschleppen?«, fuhr meine Mutter meine Freundin an. »Sollen die einen Schaden fürs Leben kriegen, bei dem Anblick?«

Danke schön, Mama.

Jetzt öffnete ich die Augen doch.

»Mann, Oma, ich bin schon zwölf! Wenn Papa stirbt, habe ich ja wohl ein Recht darauf, dabei zu sein«, keifte Jaz zurück. »Und ich wette, ich flenne weniger rum als du!«

Jaz stand mit in die Seiten gestemmten Armen vor meiner Mutter. Die fing prompt wieder an zu heulen. Mit dem Ärmel ihrer flattrigen Leoprint-Bluse putzte sie sich die Nase.

»Stirbt Jo, Mami?«, piepste Lotti wieder.

Eddies Blick traf meinen.

Ich zog eine Augenbraue hoch.

Sie lächelte.

Ich hätte nicht gedacht, dass es im Himmel so laut war.

EDDIE

Verdammt, war das schwer.

Mein Herz klopfte, meine Hände waren kalt und schwitzig. Meine Gedanken rotierten, weil die Worte, die ich mir auf der Autofahrt ins Krankenhaus überlegt hatte, irgendwie wieder aus dem Arbeitsspeicher meines Gehirns verschwunden waren.

Bevor ich mit den Kindern zum Krankenhaus gefahren war, hatte ich beim Juwelier in der Innenstadt angehalten. Der Name des Geschäftes, in dem Zombie den Ring besorgt hatte, stand ja auf dem Kästchen.

Tatsächlich hatten sie den gleichen, breiten Silberring noch einmal in der Größe des fetten Goldklunkers, mit dem mein Freund gern sein Gangsterrapperoutfit komplettierte, in der Vitrine gehabt.

Nun lehnte ich an der Wand seines Krankenzimmers und drehte das Kästchen, in dem sich jetzt zwei zusammenpassende Ringe befanden, nervös in der Hosentasche. Unterdessen saßen Jo und Lotti auf Zombies Bett und flochten Zöpfchen in seine verbleibende Restmähne, während Jaz und ihre Großmutter sich so laut ankeiften, dass wir in absehbarer Zeit alle rausfliegen würden.

Was, wenn ich mich irrte? Wenn Du-musst-mich-heiraten-damit-du-mich-umbringen-kannst doch bloß einer seiner blöden Witze gewesen war? Und der Spruch im Rettungswagen ihm im Delirium rausgerutscht war?

Oder wenn er sich nach der Operation einfach nicht mehr daran erinnern konnte, dass er mich vorher möglicherweise hatte heiraten wollen? Oder wenn er es, nachdem er überlebt hatte, nicht mehr für notwendig hielt, weil er sich ja selbst weiter um seine Kinder kümmern konnte?

Zumindest musste ich warten, bis Jaz Ria vergrault hatte, denn wenn Zombies Mutter mitbekam, was ich vorhatte, würde sie hundertfünfzig Gegenargumente finden, bevor Zombie schnallte, was ich von ihm wollte.

Dass ich nicht sein Typ war.

Dass er sich zu Tode langweilen würde, mit einer grauen Maus wie mir.

Dass er schon eine Ex-Frau am Hals hatte, die er noch ein paar Jahre lang auszahlen musste.

Mir wurde schwindelig.

Fühlte sich an, als würde ich hyperventilieren. Ich lehnte den Hinterkopf an die Wand und versuchte, ruhiger zu atmen.

Als mir Philipp damals den Antrag gemacht hatte, hatte ich nur Ja oder Nein sagen müssen. Und weil ich bereits im fünften Monat mit Lotti schwanger gewesen war, hatte sich das Risiko, einen Korb zu bekommen, auch für Philipp in Grenzen gehalten. Kurz vorm Kotzen vor Aufregung war keiner von uns gewesen.

Zombie gegenüber hatte ich mehr als einmal durchblicken lassen, was ich von einer weiteren Ehe hielt. In diesem Moment konnte ich nachvollziehen, warum er den Ring in der Tasche gehabt und es trotzdem nicht gebacken bekommen hatte, mich zu fragen.

Ich musste das Risiko, eine Abfuhr zu erhalten, wohl eingehen.

Einen Moment lang betrachtete ich das Chaos im Krankenzimmer. Dann schloss ich die Faust um das Kästchen und straffte die Schultern.

Dank

Unglaublich, dass meine zweite Krimireihe nun tatsächlich abgeschlossen ist. Ebenso unglaublich ist, wie viele Menschen mich in den letzten Jahren bei der Arbeit an der Trilogie um Eddie und Zombie unterstützt haben.

Mein Mann und meine Kinder bringen viel Verständnis und Geduld dafür auf, dass ich wochenlang in andere Welten abtauche. Eine Menge Recherchefahrten und Lesungen wären ohne meine Eltern, die jederzeit als Babysitter einspringen, nicht möglich. Und mein Bruder Carsten kann wirklich jede Computerfrage beantworten.

Einblicke in die Intensivpflege habe ich durch Familie Linke und unsere Zusammenarbeit an dem Buch *ALS – Zwei Seiten einer Krankheit* erhalten, das die beeindruckende Geschichte zweier starker Menschen erzählt.

Das Team der Polizei Bochum, Nicole Schüttauf, Herr Schüttauf und Herr Werner, Vanessa Heuer und Peter Adams haben mir Einblicke in die Polizeiarbeit gewährt.

Die Teams vom *Jobcenter* und der *Agentur für Arbeit* in Bochum, Frau Dr. Schmalhorst, Herr Böttcher und natürlich die Kund*innen des *Jobcenters* haben meine Recherchen zum Thema ›Langzeitarbeitslosigkeit‹ möglich gemacht.

Durch private Kontakte habe ich Einblicke in die ›Alkoholentwöhnung‹ erhalten.

Bei unseren Bochumer Freunden Peter und Regina und bei all den lieben Menschen aus der Kleingartenanlage *Friedlicher Nachbar* in Bochum-Gerthe sind wir immer willkommen. Danny und Heike haben für Inspirationen zu Oma Ediths ›Hexenhäuschen‹ gesorgt.

Dipl. Psych. Julia Neufeld-Becker hat Zombie geduldig betreut.

Dr. Oliver Preuß und mein Schwager Dieter haben mich mit Infos rund ums Thema Schießen versorgt.

Detlef, Emma, Julia, Dagmar, Simone, Moni, Katrin und Annette haben testgelesen und mir mit vielen Anregungen geholfen, die Geschichte verständlich zu machen.

Die Teams von *Grafit* und *Emons* haben diese Krimireihe mit viel Engagement möglich gemacht.

Ein ganz großes Dankeschön an euch alle!

Mein besonderer Dank gilt Ulrike Rodi, die mich seit dem Erscheinen von *Der 13. Brief* durch zwei komplette Krimireihen begleitet hat. Du hast die Geschichten von Lila und Eddie so viel besser gemacht :-*.

Außerdem möchte ich all den Leserinnen und Lesern meiner Krimis danken, von denen mich einige schon seit dem Beginn der Lila-Reihe begleiten, andere mit Eddie neu dazugekommen sind.

Ich freue mich sehr über die vielen persönlichen Begegnungen und Gespräche auf Lesungen, die spannenden virtuellen

Diskussionen in den Leserunden und überall die Kommentare, Rezensionen und Nachrichten von euch. Zu hören, dass euch meine Krimis Spaß machen, hilft mir immer wieder sehr, im Alltag nicht den Faden zu verlieren – sondern den Computer anzuschalten und weiterzuschreiben.

Lucie

Der 1. Teil der Trilogie – wie alles begann

Lucie Flebbe

Jenseits von Wut

ISBN 978-3-89425-587-9
Auch als E-Book erhältlich

Ihr verhasster Job ist ihre neue Chance …

Knall auf Fall steht Edith ›Eddie‹ Beelitz mit ihrer kleinen Tochter Lotti auf der Straße: Ehemann Philipp war eindeutig die falsche Wahl. Weil bei der Bochumer Polizei Personalnotstand herrscht, kann Eddie kurzfristig in ihren ungeliebten Beruf zurückkehren, und das sogar in Teilzeit bei den Mordermittlern. Die haben gut zu tun: Vor dem Jobcenter liegt die Leiche der arbeitssuchenden Ronja Bleier – sie wurde brutal erschlagen. Eddie, die gehofft hatte, nur Schreibarbeiten übernehmen zu müssen, ist überfordert. Wie soll ausgerechnet sie dabei helfen, einen Mord aufzuklären?

»Ich bin gespannt wie die Reihe mit Eddie weitergeht. Eine Frau, die zeigt was sie kann.«
Karin Stallmeister, Thalia Universitätsbuchhandlung

»So ist ›Jenseits von Wut‹ unterhaltsame, manchmal etwas raue Krimi-Unterhaltung. Hoffentlich gibt es noch mehr davon.«
Silke Schröder, hallo-buch.de

»Lucie Flebbe spielt virtuos mit vertrauten Handlungsmustern und versteht es, Leseerwartungen auf elegante Weise zu unterlaufen.«
Joachim Feldmann, culturmag

»Ich war von Kapitel zu Kapitel immer gefesselter von Eddies Geschichte. … Und dann, Wow, was für ein Ende! Das hat mich wirklich begeistert.« https://inasbuecherregal.wordpress.com

grafit

So geht es weiter – der 2. Teil der Trilogie

Lucie Flebbe

Jenseits von schwarz

ISBN 978-3-89425-590-9
Auch als E-Book erhältlich

Eine Suchtklinik wird zur Todesfalle

Securitymann Jo Rheinhart alias ›Zombie‹ wird bei einer Schicht vor einer Suchtklinik überfallen und niedergeschlagen. Aber warum? Nichts wird gestohlen, niemand sonst kommt zu Schaden.

Am nächsten Abend wird Zombie an selber Stelle von zwei bewaffneten Männern angegriffen und tötet sie in Notwehr – behauptet er jedenfalls.

Kommissarin Eddie Beelitz glaubt ihm, obwohl sie weiß, zu was Zombie fähig ist. Der taucht ausgerechnet in der Suchtklinik unter, während Eddie versucht herauszufinden, was in Wahrheit geschehen ist …

»Auch der zweite Teil der Reihe hat mich begeistert und überzeugt. Der Kriminalfall ist undurchsichtig und spannend, die Geschichte insgesamt fesselnd und unterhaltsam und es gibt viele Einblicke in das Privatleben der Protagonisten, was die Story rund macht. Ich freue mich auf den dritten und letzten Teil mit Eddie und Zombie!«
fanti2412.blogspot.com

»Kurz gesagt, es war ein wahrer Lesegenuss.«
mowala, lovelybooks.de

grafit

Mehr von Lucie Flebbe:

Lucie Klassen (jetzt Flebbe)

Der 13. Brief

ISBN 978-3-89425-349-3

Der 1. Fall für Lila Ziegler, auch als E-Book erhältlich

Die 20-jährige Lila pfeift auf das von ihren Eltern für sie geplante Jurastudium und erschleicht sich bei Privatdetektiv Danner erst einen Schlafplatz, dann einen Job. Unversehens landet sie wieder auf der Schulbank …

Lucie Flebbe (vormals Klassen)

Hämatom

ISBN 978-3-89425-367-7

Der 2. Fall für Lila Ziegler, auch als E-Book erhältlich

Als Krankenhauspatientin wird Lila Ziegler Zeugin, wie eine junge Putzfrau an einem Herzinfarkt stirbt. War das tatsächlich ein natürlicher Tod?

Fliege machen

ISBN 978-3-89425-381-3

Der 3. Fall für Lila Ziegler, auch als E-Book erhältlich

Ein Hund ist schuld, dass Lila Ziegler auf der Straße landet. Sie mischt sich unter die Obdachlosen und Straßenkids, um einen Mann namens ›Fliege‹ zu finden – ein eiskalter Job!

77 Tage

ISBN 978-3-89425-411-7

Der 4. Fall für Lila Ziegler, auch als E-Book erhältlich

Ungewöhnlich hohe Todesfallzahlen bei einem Pflegedienst, ein mysteriöser Blog und unerwarteter Besuch: Für Lila Ziegler kommt es knüppeldick …

Das fünfte Foto

ISBN 978-3-89425-417-9

Der 5. Fall für Lila Ziegler, auch als E-Book erhältlich

Lila Ziegler und Ben Danner ermitteln unter Schrebergärtnern. Wo ist Sabine Kopelski? Hat ihr Mann sie unter dem Teich begraben?

die Lila-Ziegler-Krimis

Tödlicher Kick

ISBN 978-3-89425-435-9

Der 6. Fall für Lila Ziegler, auch als E-Book erhältlich

Der Nachwuchsstürmer ist tot und eine ehemalige Prostituierte steht unter Verdacht: Detektivin Lila Ziegler und ihr Partner Ben Danner ermitteln in Kreisen, in denen echte Kerle noch was zählen.

Prinzenjagd

ISBN 978-3-89425-458-9

Der 7. Fall für Lila Ziegler, auch als E-Book erhältlich

Zwei prominente Tote innerhalb kürzester Zeit auf dem Gelände des Allee-Hotels – ist dies der Beginn einer Mordserie? Lila Ziegler findet heraus, was sie so hat nicht wissen wollen …

Am Boden

ISBN 978-3-89425-475-9

Der 8. Fall für Lila Ziegler, auch als E-Book erhältlich

Der Student Jonas steht in Verdacht, einem Freund einen tödlichen Stoß versetzt zu haben. Zugleich erklärt Lila Ziegler ihrem Vater den Krieg und zeigt ihn wegen häuslicher Gewalt an. Sie ahnt nicht, was sie damit auslöst …

Totalausfall

ISBN 978-3-89425-494-0

Der 9. Fall für Lila Ziegler, auch als E-Book erhältlich

Lila Ziegler hat einen Selbstmordversuch knapp überlebt. In einer psychosomatischen Klinik soll sie sich nun erholen. Aber erst als eine Psychologin ermordet aufgefunden wird, beginnt Lila an etwas anderes zu denken, als ihrem Leben ein Ende zu setzen …

»Flebbe ist es gelungen, mit dieser Romanfigur dem deutschen Krimi ein neues, markantes Gesicht zu verleihen, die alten Kommissare und langweiligen Ermittlerduos sind nunmehr von gestern.«
Doreen Liebig, Ostthüringer Zeitung

»Die Lila-Ziegler-Serie, die geradzu mustergültig Unterhaltung und Gesellschaftsreportage miteinander verwebt, bleibt ein echter Markstein auf dem Feld des zeitgenössischen Krimis.«
Jens Dirksen, Westdeutsche Allgemeine Zeitung

grafit